헬 모드
HELL MODE
~파고들기 좋아하는 게이머는
폐급 설정 이세계에서 무쌍한다~
1
HAMUO 지음
하무오
일러스트 모 MO

프롤로그

남자의 이름은 야마다 켄이치. 서른다섯 살 월급쟁이다. 독신이다.

"끝나버렸군, 겨우 3년 만에 서비스 종료라니."

남자는 혼자서 부엌이 딸린 다다미 여덟 장짜리 방에서 중얼거렸다. 지금은 토요일의 한낮인데도 딱히 외출을 하지도 않고, 컴퓨터 화면을 들여다보며 한숨을 쉰다.

컴퓨터 화면에는 판타지 비슷한 풍경과 함께 오른쪽 아래에 『FIN』이라고 멋을 낸 글자가 쓰여 있었다. 온라인 게임이라 그런지 그동안 감사했다며 게임 캐릭터들이 제각각 작별의 몸짓이며 말을 표시하고 있다.

"아니, 뭐, 이것도 게임이 너무 쉬웠어. 한숨 나올 정도로 쉬웠지. 끝난 게 차라리 다행이려나. 시간과 돈을 쓸데없이 안 써도 되는 거잖아."

켄이치는 이제껏 월급과 보너스를 뽑기와 과금 아이템에 쏟아부어왔지만, 서비스 종료에 대해서도 달리 슬픔을 느끼지는 않았다.

3년 전 시작했던 인터넷 게임인데, 설정도 공략도 너무 싱거워서 불만이 있었다. 불만을 가지면서도 언젠가 업데이트로 파고들기 요소를 추가해줄 것이라 믿고 계속해왔다.

하지만 유저 숫자가 늘지 않아서였을까, 무자비하게도 게임 유통 회사는 서비스 종료를 결정했다.

"오? 뭐야, 뭐야. 새로운 서비스를 개시한다고?"

게임을 종료한 뒤 게임 유통 회사의 홈페이지 화면을 봤다.

그곳에는 새로 시작하는 게임의 링크가 있었다. 링크 주소는 새로운 게임의 소개 페이지 같았기에 클릭했다.

"어디 보자, 음……."

켄이치는 경악했다. 그곳에는 자신을 절망케 하는 문장이 줄지어 쓰여 있었다.

· 로그아웃 중에도 알아서 레벨 업!

· 직업은 간단히 리셋할 수 있어요!

· 전투는 AI가 알아서 진행해줘요!!

· 지금 시작하면 반드시 레전드 등급 아이템이 나오는 뽑기를 3회 뽑을 수 있어요!!

"절망적으로 싱거운 게임이야. 이건 쉬운 게임을 넘어 방치 게임이잖냐. 언제부터 이렇게 된 거냐……."

남자는 두 손으로 얼굴을 감싸고, 좋았던 옛 시절의 게임을 떠올렸다. 대략 20년 전 처음으로 온라인 게임을 접한 때의 기억이었다.

단순한 레벨 업조차 어찌나 고생이었던가. 레벨을 하나 올리는 데도 1개월은 걸리는 것이 당연했다. 반년을 들여 상위 직업으로 승급했을 때의 감동을 지금도 잘 기억하고 있다.

죽으면 사망 페널티가 있어 장비는 바닥에 떨어지고, 경험치는

20퍼센트나 깎인다.

보스의 HP는 믿기지 않을 지경으로 높고, 50인 레이드 전투로도 한 시간 이상은 두들겨야 간신히 잡을 수 있다. 세 시간이나 걸린 적도 있다. 연타를 견디지 못해서 자꾸 부서지는지라 예비 키보드는 필수였다.

게다가 죽기 살기로 때려잡아도 떨어지는 아이템은 단 하나뿐. 이후에는 50명 사이에 살육전이 벌어진다.

그렇게 불합리하고 혹독한 과정을 거치기에, 손에 넣은 아이템과 힘들게 올린 레벨에 더더욱 애착을 가질 수 있었다. 다만 몇백 시간은커녕 몇만 시간이나 들이며 열중했던 온라인 게임도 10년도 더 전에 서비스가 종료되었다.

지난 시절의 감동을 찾아 수많은 게임을 플레이했다.

하지만 시대는 달라졌다. 요즘 플레이어들은 파고들기 요소를 원하지 않는다. 대형 제작사도, 신규 게임 유통 회사도 쉬운 게임으로 사업을 전환했다.

레벨은 쑥쑥 오르고, 무기도 방어구도 스킬도 간단하게 손에 넣을 수 있게 되었다.

"다른 게임을 찾아볼까."

지금 플레이하고 있는 게임의 회사는 포기하고 파고들기 요소가 많은 게임을 인터넷으로 찾아보기로 했다.

검색창에 『게임, 폐급 설정, 파고들기』라고 입력해서 원하는 게임을 찾아본다.

그러자 유통 회사의 표시도 없고, 게임 타이틀도 없는 사이트가 검색 결과의 가장 상위에 표시되는 희한한 일이 벌어졌다.

"오?! 어디 보자……. 끝나지 않는 게임에 당신을 초대합니다, 라고? 흠."

끝나지 않는 게임, 콘텐츠가 바닥나지 않는 게임이라며 호기심을 자극하는 문구가 화면을 가득 채우고 있다.

"아하, 서양풍 검과 마법의 판타지 세계인가. 일단 해볼까. 어디, 설정은 이 사이트의 화면에서 직접 하는 건가."

흥미가 솟았기에 일단 해봐야겠다.

게임은 다운로드 형식이 아닌 브라우저에서 각종 설정을 하는 방식이기에 우선 설정 화면으로 이동했다.

"우선은 난이도. 이지 모드부터 있구나. 노말, 엑스트라, 헬. 이지 모드는 너무 재미가 없지."

아마도 게임의 난이도를 유저가 설정할 수 있는 듯하다. 난이도에 따른 차이점도 잘 설명해준다.

· 이지 모드

노말 모드의 열 배 속도로 스킬 입수, 스킬 성장이 가능합니다.
엑스트라 스킬을 세 개까지 뽑기로 뽑을 수 있습니다.
게임 초보자, 레벨 올리기가 귀찮은 분에게 무척 인기가 높은 모드입니다.

· 노말 모드

일반 모드입니다.

엑스트라 스킬을 한 개까지 뽑기로 뽑을 수 있습니다.

가장 인기가 많은 모드이며 적당하게 육성할 수 있습니다.

어떤 모드를 할지 망설여지는 경우는 이 모드를 선택합시다.

· 엑스트라 모드

스킬 입수, 스킬 성장이 노말 모드의 열 배 어렵습니다.

하지만 노말 모드에서는 도달할 수 없는 영역까지 육성이 가능합니다.

통상 스킬을 뽑기에서 하나 뽑을 수 있습니다.

게임에 익숙한 분, 노말 모드는 너무 쉬워서 불만이 있는 숙련자에게 가장 적합한 모드입니다.

· 헬 모드

스킬 입수, 스킬 성장이 노말 모드의 백 배 어렵습니다.

성장 한계는 없습니다. 뽑기를 하지 못하기에 직업으로 선택한 스킬만 초기에 입수 가능합니다. 후회해도 소용없습니다.

절망이 당신의 앞에 나타나겠지요.

만약 절망을 뛰어넘을 수 있다면 당신은 분명 하나의 진리를 발견하게 될 것입니다. 제작 스태프가 장난삼아서 만든 모드입니다.

노말 모드, 엑스트라 모드, 헬 모드. 난이도를 높일수록 스킬 입수는 어려워지고 레벨도 잘 오르지 않게 된다.

하지만 난이도가 올라감에 따라서 성장 한계가 완화되는 설정이었다.

"헬 모드, 선택. 다음은…… 직업을 고르는 건가."

헬 모드를 망설이지 않고 선택했다.

다음은 직업 선택 화면으로 전환되었다. 게임에서 자주 본 직업이 있다.

검사, 격투가, 도적, 상인, 마법사, 현자, 검성, 성녀, 대마도사 등 직업을 선택하는 방식이었다.

또한 직업에도 난이도가 있는 듯하다. 직업을 클릭하면 난이도 표시가 나타난다.

"직업은 꽤 많군. 이것도 오른쪽 직업으로 갈수록 육성 난이도 설정이 높아지는구나. 용사에 마왕까지 있잖아."

더 나중에 나온 직업일수록 더욱 희귀하고 강하다는 설정인 듯하다. 그리고 각 직업의 숙달 난이도가 별 모양으로 표시되어 있다.

검사 및 격투가의 난이도는 별 한 개.

검성과 대마도사는 별 세 개였다.

용사와 마왕은 난이도가 별 다섯 개나 된다.

"뭐지? 검사와 검성이면 보통 검성이 더 좋을 텐데. 왜 선택지가 있어?"

검사의 상위 버전이 검성이라는 것은 정석이다. 그러면 누구든 검성을 선택할 테지.

일단 검사를 선택해서 확인해보자. 그러자 화면이 바뀌더니 다음으로 계급 선택이 나왔다.

“평민, 남작, 백작. 아하, 계급은 뽑기로 결정되는 건가. 국왕까지 있잖아. 검성도 똑같나?”

이세계물 소설에 자주 나오는 신분 계급을 선택하는 과정이었다.

켄이치는 이세계물 소설을 많이 읽었기에 계급을 쉽게 이해할 수 있었다.

다시 하기 버튼을 눌러서 직업 선택 화면으로 돌아간 뒤, 이번에는 검성을 선택했다.

“농노, 평민, 남작밖에 선택이 안 되잖아. 아하, 강력한 직업을 선택하면 신분이 낮아져서 육성이 어려워지는 건가.”

용사를 선택해봤더니, 농노와 평민 중 뽑기에 의한 확률로 결정되는 것 같았다.

뽑기 확률도 표시되어 있고 운에 따라서 계급이 결정된다. 강한 직업일수록 낮은 계급을 가질 확률이 높았다.

뛰어난 능력으로 성장 가능한 직업일수록 낮은 계급에서 시작하게 된다는 것은 이해할 수 있었다.

“뭘 골라 해볼까. 검사도 마법사도 전에 해봤고. 이번에는 힐러를 도전하는 것도 나쁘지 않겠는데. 그러고 보니 마왕은 해본 적 없구나. 농노가 마왕이 되면 꽤 재밌겠어. 음? 직업이 더 있네.”

어떤 직업을 선택할까 망설이다가 마지막 선택지라고 생각했던 마왕을 고르려던 때 선택지가 하나 더 있음을 깨달았다.

“소환사? 소환사는 마왕보다 더 어렵다는 뜻인가?”

직업 선택의 가장 마지막은 소환사였다. 소환사의 난이도는 별 여덟 개라고 표시되어 있다.

아무튼 소환사를 선택했더니 계급 선택지는 농노뿐이었다.

"소환사인가. 별로 해본 적 없지만, 신룡이라든가 소환할 수 있다면 멋있겠네."

켄이치는 수많은 게임을 해왔다. 온라인 게임뿐 아니라 가정용 게임 소프트웨어도 당연히 플레이 경험이 있다. 국민적 인기가 있는 게임에서 소환사가 그리스 신화에 나올 법한 소환수를 소환한 것을 떠올렸다.

"좋아, 소환사다. 계급은 농노. 선택은 이게 끝인가?"

모드는 『헬 모드』, 직업은 『소환사』, 계급은 『농노』를 선택했는데 더 이상 다른 선택은 없는 듯하다.

외모나 성별 선택은 없는 것인가 생각하며 화면을 구석구석까지 살펴봤지만, 클릭 버튼이 한 개 보이는 것이 전부였다.

『시작하겠습니까?』라는 클릭 버튼만 커다랗게 화면에 표시되어 있다. 클릭하자 메시지가 출력되었다.

『소환사는 아직 시험 운용이 끝나지 않아 유저가 없습니다. 그래도 시작하겠습니까? 네/아니오』

"응? 테스트를 아직 안 끝냈다고? 그럼 어째서 선택 가능한 거야? 그래도 오히려 재밌겠는데. 좋아, 내가 테스트를 해주겠어!"

켄이치는 주저하지 않고 『네』를 선택했다. 그러자 화면이 빛나더니 부엌이 딸린 다다미 여덟 장짜리 방에는 아무도 남지 않았다.

이 세계에서 야마다 켄이치라는 사람은 사라져버린 것이다.

제1화 전생했더니 농노였다

따뜻하다. 켄이치는 자신이 의식을 잃은 채 있었다는 사실을 깨달았다. 또한 온수 수영장 혹은 그보다 더욱 따뜻한 액체 속에 자신이 있음을 알고 놀란다.

'어? 숨이?!'

이대로는 숨이 막힐 것이라는 패닉에 빠졌다. 하지만 이상하게도 힘이 안 들어가고 몸이 잘 움직여지지 않았다.

'큰일 났다, 죽는다!! 응? 숨을 안 쉬어도 멀쩡한데? 어떻게 된 상태인 거야?'

따뜻한 물속에 있고, 아무것도 보이지 않고, 숨도 못 쉬는 상태인데도 멀쩡하다. 그뿐 아니라 무척이나 깊은 안정감이 느껴졌다.

회사원으로서 사회의 거친 파도에 시달리며 지치고 쇠약해졌던 켄이치의 마음도 치유를 받는 기분이다.

그런 편안한 심정에 몸을 맡긴 채 단지 가만히 시간이 흘러가는 것을 기다린다.

그로부터 열흘이 지나간 어느 때.

켄이치는 갑자기 불안을 느꼈다. 지금껏 품은 적 없는 기묘한 감각이었다.

'어? 설마? 뭐지? 다, 답답하다.'

온몸을 강하게 압박당하는 감각에 휩싸인다.

변함없이 힘도 안 들어가고, 눈도 안 보이고, 귀도 안 들린다. 오직 의식만 있는 상태였다.

온몸을 누르는 압박감에서 해방되었다는 생각이 들었을 때, 곧장 또 미지근한 물처럼 따스한 것에 몸이 감싸인다.

'수, 숨이, 끄으으.'

이제까지는 호흡을 안 해도 문제없었는데 숨이 답답해졌다. 호흡을 하지 못하며 괴로워하던 때 엉덩이의 주변에서 충격이 치달았다. 거듭거듭 충격이 치닫는다. 아마도 엉덩이를 얻어맞은 탓이다.

'윽! 아프잖냐!! 무슨 짓이냐!!!'

"응애애, 으아아아앙!!!"

"오, 숨을 쉬는군! 애썼다, 테레시아!!"

"네, 여보……."

처음으로 듣는 목소리였다. 눈도 거의 보이질 않고 귀도 잘 들리지 않는 상태였다만, 어째서인지 일본어처럼 알아들을 수 있었다.

기도가 확보되면서 드디어 바라 마지않았던 산소를 들이마신다.

누군가의 손에 들려서 온수 바깥으로 나온 뒤 뻣뻣한 감촉의 무엇인가에 감싸였다. 잠시 시간이 지났을 때는 다시 안정감이 돌아왔다.

'맞네요, 더는 의문의 여지도 없는 전생이네요. 아이고, 진짜 고맙습니다. 왜 출산 전 상태로 전생인 거야. 하다못해 다섯 살쯤부터 시작해달라고!'

*　*　*

그로부터 6개월이 흘렀다. 켄이치는 주변 형편을 살피면서 하루하루를 보내왔다. 태어났을 무렵보다는 눈이 잘 보이게 되었고 귀도 잘 들리게 되었다.

기어 다니기가 가능할 만큼 신체가 자랐기에 아주 약간의 거리일지언정 이동 수단도 손에 넣었다.

"알렌, 졸리니?"

"녜에."

지난 6개월 동안 깨달은 사실이 있다. 야마다 켄이치는 알렌이라는 이름을 새로 받았다는 것.

성별의 선택은 없었으나 무사히 남자아이로 태어나기는 했다.

지금 자신을 꽉 안아주고 있는 여성은 알렌의 어머니, 테레시아. 10대 후반의 여성이다. 갈색 머리카락을 끈으로 묶은 포니테일에, 초록색 눈동자를 가진 무척 아름다운 여성.

어머니가 간단하게 나무 울타리를 달아 둔 조그만 침대에 자신을 살며시 놓아준다. 곧이어 뻣뻣한 감촉이 느껴져서 썩 좋지는 않은 마직물 이불을 어깨까지 덮어주었다.

"테레시아, 나 왔어."

이번에는 흙마루에서 탄탄한 체격의 남자가 들어온다. 땀을 잔뜩 흘린 데다가 몸 곳곳에 흙이 묻어 있었다.

이 남자가 알렌의 아버지, 로단이다. 테레시아와 같은 갈색의 머리카락에 야성적인 용모가 눈에 띈다. 체격도 커다랗게 근육질이었다. 나이는 대강 스무 살쯤 되었을 테지.

평소 테레시아는 로단을 여보, 당신이라고 부르기에 아버지의 이름을 아는 데 조금은 고생했다.

테레시아가 찐 고구마를 딱 두 개 꺼내서 로단에게 건넸다.

"음? 테레시아는 벌써 먹은 거야?"

"어?"

말이 막히는 테레시아. 그러자 로단은 두 개 중 한 개를 테레시아에게 돌려준다. 이것은 지난 6개월 동안에 자주 들었던 대화였다.

"그러면 못써. 잘 먹어야 젖도 나오지. 마을 세금은 내년까지 줄여준다니까 그때까지 아이를 잘 키워야 하잖아."

"고마워, 여보."

'이 마을에는 이름이 없다고 했던가.'

이 마을은 영주가 새로 개척을 명한 지역이었다. 연령 분포를 짐작해 봐도 대체로 젊은 사람을 모아 둔 듯 했다. 부모님의 대화에서 이웃집에 또 아이가 태어났다거나, 마을 안 어딘가에 새로 아이가 태어났다는 이야기를 자주 들을 수 있었다.

'두 분의 아이는 아직 나뿐이지만.'

이 집에는 아버지 로단, 어머니 테레시아, 자신 밖에 없다.

개척촌은 세금을 줄여주는 우대가 있기 때문에 로단도 테레시아도 부모에게서 독립한 뒤 이 마을에 온 듯했다.

고구마를 입에 쑥 넣어서 씹고, 나무 컵으로 물독의 물을 마신 뒤 다시 나가려는 모양새다. 나가기 전에는 약속한 것처럼 언제나 테레시아의 뺨에 키스를 한다. 아직도 무척 러브러브하다. 조만간 남동생이나 여동생이 태어날 것 같았다.

'농노 생활이 편하지는 않아도 제법 괜찮은 인생이겠어.'

알렌은 본래 세계에서 스스로 농노를 선택했던지라 지금 상황에 딱히 불만을 가지지는 않았다. 아름다운 어머니와 가족을 아끼는 아버지다. 한 가지 불만을 말해보자면.

'스테이터스 오픈.'

허공에 손을 뻗어서 강하게 생각한다.

하지만 아무것도 나타나지 않았다. 뻗은 손을 내린다.

'나, 소환사가 되었을 텐데? 너무 어려서 소환은 아직 못 하는 건가. 스테이터스도 확인을 못 하잖아. 조금 심하게 헬 모드인걸. 할 일이 없단 말이다.'

알렌은 생후 6개월의 젖먹이다. 그 이상도 그 이하도 아니었다. 소환사가 되어 이 세상에 태어났을 텐데도 어울리는 능력은 딱히 아무것도 없었다.

'이런 이야기의 정석은 분명 갓난아이로 전생한 주인공이 몸속에서 흐르는 마력을 깨닫고 젖먹이 때 벌써 방대한 마력을 손에 넣지 않나? 몸속에선 아무런 낌새가 안 느껴지는데.'

답이 나오지 않는 와중에 졸음이 들이닥쳤다. 몸은 완전히 젖먹이인지라 배가 고프면 울음이 터져 나오고, 대소변을 가리지도 못한다. 또한 졸리면 깊은 잠에 빠지기 마련이었다.

*　*　*

그로부터 6개월 후, 전생한 지 1년이 지났다.

계절은 가을에 들어선 무렵인지라 자신은 가을 출생이구나 생각을 했다.

평소보다 호화로운 요리가 쭉 놓인다. 알렌은 이유식을 먹기 시작했기 때문에, 보통은 콩을 삶거나 고구마를 쪄서 부드럽게 익힌 뒤 막자로 으깬 음식을 먹고 있다.

"당신이 그레이트 보어를 잡아준 덕에 오늘은 요리가 호화롭네."

"응, 오늘은 알렌을 위해 힘 좀 썼지!"

"고마워, 아빠, 엄마."

알렌의 가족은 신분이 농노인 만큼 기본적으로 농업에 종사하고 있다. 집 근처에 밭이 있어서 고구마, 밀 등등 작물을 기르는 듯하다. 아직은 테레시아에게 안겨 앞마당에 나가본 것이 전부인지라 어디까지나 부부의 대화로 예상한 내용이다.

다만 아마도 가을에 농작물 수확이 끝나면 마을 남자들이 모여서 근처의 숲으로 사냥을 나가는 것 같다. 근육이 불끈불끈한 아버지는 사냥이 즐거운 듯하다.

농노로 태어나지 않았다면 사냥꾼이 되고 싶었다며 아버지가 몇 번인가 꺼냈던 말을 기억하고 있다. 사냥한 짐승의 고기는 참가자가 일부 받을 수 있는 규칙이니, 기합을 넣어 사냥에 임하고 있다.

'거의 재료의 맛이지만.'

소금의 맛이 거의 안 느껴지고 소재 본연의 맛이 나는 요리이지만, 애써 차려준 부모님을 위하여 맛있다는 듯이 먹는 알렌. 하지만 과일도 나눠 주는지 대강 으깨서 올린 사과와 비슷한 나무 열매는 맛있었다.

식사가 끝나 침대에 눕혀주는 어머니의 품 안에서 알렌은 생각했다.

'이것도 나쁘진 않아. 조만간 소환사도 될 수 있겠지.'

그런 생각을 떠올리며 천천히 한쪽 손을 하늘로 치켜든다. 수십 번이나 중얼거렸던 말을 또 중얼거렸다.

'스테이터스 오픈.'

부웅.

그러자 불쑥 알렌의 눈앞에 새카만 책이 나타났다. 불쑥 나타나 허공에 떠오른 책에 무심코 놀라고 말았다.

"으, 으아아아앙!!!"

"알렌?!"

'아차, 나도 모르게 울음이 나와 버렸어. 지, 진정하자. 소수를 세는 거야.'

한 살이라는 나이 때문일까, 감정 억제가 잘 이루어지지 않아서 큰 목소리로 울음을 터뜨리고 말았다.

방 안쪽에 누워 있던 알렌의 큰 울음소리에 반응해서 테레시아가 달려온다.

'안 돼, 이 책을 들킨다고. 사, 사라져줘.'

"알렌? 괜찮니?"

알렌이 원하자 커다란 책은 쓱 사라졌다.

"녜에, 녜에."

'후유, 아기 말 써서 대답하는 것도 고생이군. 뭐, 입이 아직은 덜 발달돼서 제대로 말이 안 나오지만.'

테레시아에게 웃는 얼굴을 지어주며 아무것도 아니라고 어필하는 알렌. 어휴, 깜짝 놀랐잖니, 라고 말하는 듯이 어깨를 톡톡 두드린 뒤 테레시아가 흙마루로 돌아간다.

'안 들켰나? 아니, 타이밍은 완전히 늦었을 텐데. 설마 다른 사람한테는 이 책이 안 보이나?'

테레시아의 시선 방향이나 타이밍을 감안하면 허공에 떠올라 있는 책은 분명히 보였을 텐데, 전혀 시선이 책으로 향하지 않았다.

꺼내도 문제없다고 한다면, 다시 한 번 책이 나타나도록 마음속으로 생각한다.

부웅.

'평범하게 책이 나타났잖아. 새카맣고 두꺼운 책이야. 소환사니까, 책을 소환한 건가?'

눈앞의 책이 무엇인지 구석구석 관찰한다. 새카만 하드커버에, 두께도 꽤나 두껍다. 마치 국립국회도서관에서 소장하는 사전 같았다. 책등에도 표지에도 아무것도 쓰여 있지 않았다.

'흠흠, 돌아라.'

알렌이 책에 회전하도록 머릿속으로 생각하자 빙글빙글 돌기 시작한다. 같은 요령으로 가까이 불러와서 만져봤더니 평범하게 책의 감촉이 느껴졌다.

'만진 느낌은 평범한 종이 책이군. 어디, 펼쳐볼까.'

책이 허공에 떠올라 있기에, 우선 1페이지가 펼쳐지도록 생각했다.

'오! 이건 스테이터스잖아!!!'

이제까지 느껴보지 못한 큰 환희가 복받친다. 1페이지에는 다름 아닌 알렌의 스테이터스가 표시되어 있었으니까.

【이 름】 알렌
【연 령】 1
【직 업】 소환사
【레 벨】 1
【체 력】 4 (40)
【마 력】 2 (20)
【공격력】 1 (10)
【내구력】 1 (10)
【민첩성】 2 (25)
【지 력】 3 (30)
【행 운】 2 (25)
【스 킬】 소환 〈1〉, 생성 〈1〉, 제거
【경험치】 0/1000

'흐음, 이거는 어떻게 봐야 하려나.'

알렌의 좌우명은 『스테이터스를 지배하는 자는 게임을 지배한다』이다.

스테이터스에서 얼마나 공략의 실마리를 찾아내느냐가 핵심이다.

'체력 옆쪽에 괄호와 스킬의 괄호 모양이 달라. 아마 의미가 달라서 괄호 모양을 달리 표시했겠지. 음? 2페이지에도 뭔가 쓰여 있잖아.'

【소 환】 1
【생 성】 1
· 스킬 경험치
【생 성】 0/1000
· 생성 가능 소환수
【 벌레 】 H
【 짐승 】 H
· 홀더
【 벌레 】 H 0장
【 짐승 】 H 0장

2페이지를 확인한다. 아마도 소환 스킬의 상세 정보가 표시된 것 같았다.

1페이지와 2페이지를 보고 비교했다.

'2페이지의 스킬 레벨이 1페이지의 스킬 괄호 안 숫자와 똑같으니까, 이쪽은 스킬 레벨을 표시한 건가. 체력 4는 괄호 안 숫자 10분의 1이니까 아마도 나이에 따른 능력치 감소를 나타낸 건가?'

알렌의 추측으로 체력이나 마력 등 능력치는 괄호 안 숫자의 대략 10분의 1이다. 어른과 아기의 능력치에 차이가 있는 것은 당연하다. 연령에 따른 능력치의 감소 수치를 표현한 것이 아닐까 추측되었다.

'이 이상은 예상의 범위를 넘어가버리네.'

답이 나오지 않는 분석보다도 우선은 아는 것부터 생각하자.

시선을 2페이지로 옮겼다.

'소환과 생성이 다르구나. 소환에는 없는데 생성에는 스킬 경험치가 따로 있잖아. 지금은 한 번도 스킬을 사용하지 않았으니까 0인가? 분모가 1000이니까 스킬 경험치를 1000까지 쌓으면 스킬 레벨

업이란 건가?'

스킬 경험치가 늘어나는 조건은 표시되어 있지 않아서 잘 모르겠다.

하지만 온갖 게임을 마스터했던 게이머에게 있어, 스킬 경험치는 사용하면 사용할수록 오르는 것이 상식이다.

이 이상 고민해도 알 수가 없는 능력치는 놔두고 2페이지의 소환사 스킬 분석을 진행하기로 마음먹었다.

'언뜻 본 느낌으로 벌레랑 짐승을 소환할 수 있나 본데? H는 무슨 뜻이야? 이세계물이면 모험가에게 랭크를 붙여주던데, S랭크 모험가라든가. 같은 방식이면 SABCDEFGH에서 아홉 번째인가? 아니, 이렇게 낮은 랭크부터 시작하지는 않을 거야. 하다못해 E는 시켜줘야지. H랭크 몬스터 같은 건 아무 데서도 못 봤다고.'

본래 세계에서 살던 시절에, 게임으로 쌓인 피로를 달랠 때나 출퇴근 중 이동하며 이세계물 소설을 일상적으로 읽었던 터라 이세계물의 지식은 제법 있는 편이다.

'지금 파악할 수 있는 것은 이 정도인가. 다음은 소환해보고 판단할 수밖에 없겠어.'

소환에 도전하기 전에 이 책의 다른 페이지를 확인했다. 스테이터스 외에 다른 정보가 있지는 않나 찾아보기 위해서였다.

'페이지가 적군. 이렇게 두꺼운데.'

페이지를 넘기려 하자 책의 알맹이가 뭉텅이로 넘어간다. 겉보기보다 페이지 수가 적었다.

다음에 나온 새하얀 페이지에는 움푹 파인 홈이 있었다. 세로로 긴 모양새의 사각형 홈이었다.

'음? 여기에 뭔가 집어넣는 건가? 홈이 전부 열 개, 으흠.'

아무 설명도 없고 그냥 사각형의 홈이다. 아마도 카드 비슷한 물체를 집어넣을 수 있겠다.

'이게 다야? 응? 마지막 페이지에서 빛이 나잖아.'

딱 한 장, 엷게 빛나는 페이지가 있음을 깨닫고 펼쳐봤다.

'이, 이것은 편지……. 아니, 안내문인가?'

『알렌 님께

항상 신세를 지고 있습니다.

이세계 생활은 즐거우신지요?

이번에 【마도서】의 발송이 지체되었던 건에 대해서, 진심으로 죄송한 마음입니다.

깊은 사과의 말씀 올립니다.

테스트가 끝나지 않은 직업을 선택하셨기에 사무 수속이 완료되지 않은 상태였습니다.

스태프 일동, 서둘러 작업에 임해 제작하였습니다.

또한 본 책에 관한 질문 및 직업의 취소는 일절 접수하지 않겠사오니 아무쪼록 양해해주시기 바랍니다.

창조신 에르메아 드림』

내용을 읽어봤더니 이 책의 발송이 늦어진 이유가 쓰여 있었다.

'아하. 뭐, 테스트가 끝나지 않았다는 주의 메시지를 무시하고 이 직업을 선택한 사람은 나니까. 게다가 1년이나 들여서 설정한 직업

이라면 완성도 있게 잘 만들었겠지.'

알렌은 이세계의 신이 보내준 메시지를 뜻밖에도 긍정적으로 받아들였다. 그리고 새삼 이 세계가 다른 세계라는 것을 확신했다.

마지막까지 다 읽자 문자가 사라져서 백지 페이지로 돌아왔다.

'이게 전부이려나. 달리 놓친 부분이 없다면 직접 소환을 해보자. 어디…… 벌레나 짐승을 소환할 수 있었던가?'

마도서의 2페이지에는 벌레와 짐승을 소환 가능하리라고 짐작되는 표기가 있다.

'여기는 집 안이니까 벌레를 소환해볼까.'

무엇이 소환될지 알 수 없었다. 맨 처음에는 낮은 랭크의 몬스터나 다른 무엇인가가 소환되리라고 예상된다.

하지만 짐승H를 선택해서 큰 늑대나 곰이 소환되기라도 하면 큰일이었다. 소환사는 분명 마왕보다도 상급의 직업이었을 것이다. 신중에 또 신중을 기하는 것이 딱 적당할 테지.

이 세계에 전생하고 한 해가 지났다. 지난 1년이 주마등처럼 머릿속에 흐른다. 스무 살이 채 안 된 미인 어머니의 젖을 빨았던 추억. 미인 어머니가 몸을 닦아주었던 추억. 미인 어머니가 기저귀를 갈아주었던 추억이 머릿속을 빙빙 돌았다.

'안 되지, 안 되지. 잡념이 흘러들었어. 좋아, 소환한다~! 벌레 소환!'

알렌은 손을 하늘에 치켜들고, 책을 움직였을 때의 요령으로 벌레의 소환을 염원했다.

하지만 아무런 일도 일어나지 않는다. 알렌이 있는 아이용 방은 쥐 죽은 듯이 조용하다.

'어라, 아무런 일도 안 일어나네. 바닥에 있는 건가?'

아무 변화가 없는지라 몸을 일으켜서 방 전체를 둘러봤다. 이제는 꽤 어둑어둑한 방을 눈에 힘주어 살펴봐도, 역시 벌레 비슷한 기척은 없다.

'어라? 말을 잘못 골랐나? 서먼 인섹트!'

역시 아무것도 안 나온다. 다른 표현을 이것저것 시험해 봐도 아무 소용이 없었다.

"나와라, 뻴레!"

머릿속으로 생각만 하면 안 되나 싶어서 혀짤배기 아기 말투로 소리를 내서 말해봤다.

하지만 아무것도 안 나온다.

'어라라, 난처한데? 어쩌지.'

다시 한 번 마도서를 샅샅이 훑어보기로 했다. 본래 세계에서 살던 시절에는 공략 사이트에 가면 상세한 게임 공략 방법이 적혀 있었고, 익명 게시판에 가면 해답을 가르쳐주는 질문 게시판이 있었다. 뭔가를 몰라서 난처해지는 경우가 보통은 없었다. 둘 중 하나도 없는 이 세계에서는 자력으로 하나하나 검증과 고찰을 반복할 수밖에 없겠다.

'혹시 생성을 먼저 해야 소환을 할 수 있는 건가?'

마도서에는 소환, 생성, 제거라고 기재되어 있다. 일단은 생성이라도 가능한지 시험해보기로 마음먹었다.

'벌레, 생성!'

"엥?"

마도서가 엷게 빛났다. 빛이 난 위치는 페이지 부분이 아니다. 표지 부분이다. 꽤 어둑어둑한 방에서 은은하게 책의 표지가 빛나서 깜짝 놀랐다.

'오? 뭔가 쓰여 있는데!'

『어느 랭크의 벌레를 생성하겠습니까?』

마도서의 표지에는 은색 글자로 의문문이 표시되어 있다.

'어느 랭크를 묻는 이유는, 역시 H는 랭크가 맞았구나. H랭크 생성!'

그러자 눈앞에 빛나는 카드가 나타났다.

'오오! 카드다!! 벌레 그림이 그려져 있군!! 메뚜기구나.'

『벌레 랭크H를 1장 생성했습니다.』

마도서 표지 4분의 1쯤 되는 크기의 카드가 한 장 생겼다. 깔끔하게 메뚜기 그림이 그려져 있고, 좌측 상단에는『벌레H』라고 적혀 있다. 마력을 소비했는지 2라고 쓰여 있었던 항목이 0으로 바뀌었다.

'메뚜기인가, 전혀 강해 보이진 않아. 애당초 소환수인데 곤충은 뭐야.'

그리스 신화에 등장하는 해룡이라거나 영령 및 사신 소환을 상상하며 1년을 살아왔다. 그런데 현실은 메뚜기가 표시되어 있는 카드 한 장이라니. 게다가 카드 한 장을 생성하는 데 모든 마력이 소모되었다.

'뭐, 후회해도 소용없잖아. 아마도 마도서에 있는 홈은 카드를 보관하는 홀더 같은걸. 이렇게 소환수를 카드로 만들어둔단 거지.'

카드가 만들어짐으로써 소환을 위한 대강의 과정은 알 것 같았다.

'다음은 내일 하자. 벌써 방은 껌껌하고 말이지.'

원래 어둑어둑했던 방이 이제는 새까맣다. 방을 밝혀줄 불도 없기에 소환의 검증은 내일 계속하기로 했다.

*　*　*

“좋은 아침, 알렌.”

방에 강렬한 빛이 들어온다. 방 안의 나무 창문을 테레시아가 활짝 열어서였다.

“조은 아침, 엄마.”

해가 이미 꽤 높이 떠오른 듯했다.

‘아마 이 세계도 24시간 설정 같은데. 지금은 8시쯤 됐나.’

부모님도 알렌처럼 태어났을 때부터 농노였기에 배움이 딱히 깊지는 않아, 뭔가의 단위라거나 기준을 아는 데 고생이 많았다. 겨우 한 살의 나이에 자신이 먼저 질문하기는 빠르고, 부모님의 대화를 가만히 들어봐도 좀처럼 화제에 올라오지를 않는다. 시간은 최근에야 알게 됐는데 돈, 무게, 거리 등등은 아직 알 수 없었다.

이세계물에 자주 등장하는 패턴, 귀족 가문에 있는 서고의 책을 읽어서 어릴 때부터 지식 치트를 갖추는 것은 나에게는 무리다.

농노의 아침은 일찍 시작된다. 얼마나 일찍 시작되냐면, 알렌은 아침에 아버지의 모습을 본 적이 없었다. 아마 6시나 더 일찍 집을 나설 것이다. 또한 테레시아도 로단과 나눈 대화에서 알렌이 많이 자랐기에 슬슬 알렌이 잠든 동안만이라도 밭일을 돕겠다고 말을 꺼냈다.

'아무래도 이 좁은 집에서 어머니가 있을 때 소환은 좀 위험하겠지. 내가 깨어나 있으면 가끔 살펴보러 오기도 하고. 낮잠 시간이 된 다음에 해보자.'

알렌은 자신이 이세계에서 온 전생자라는 이야기도, 소환사라는 이야기도 부모님에게 꺼내지 않았다. 혀짤배기 아기를 연기하고 있다. 앞으로도 굳이 말할 필요는 없다는 생각이다.

여우나 악마가 씌었다고 생각할지도 모르기 때문이다.

마도서를 빙글빙글 돌리며 소환의 기회를 기다렸다.

부지런히 다니며 집안일을 마친 테레시아에게 수유를 받는다. 처음에는 무척 부끄러웠는데 많이 익숙해졌다. 성욕은 없고 현자나 신선이 된 기분이 든다.

"잘 자렴, 알렌."

"자께요, 엄마."

'드디어 왔다! 낮잠 타임이다.'

어머니의 품에 안겨서 아이용 방에 들어갔다. 그렇게 나무 울타리가 있는 침대에 몸을 눕힌다. 나무 창문도 닫아서 어둑어둑한 방에 혼자만 남은 알렌.

'좋아, 좋아. 나갔어. 으흐흐, 그럼 오늘도 계속 검증해볼까.'

마도서를 꺼내 허공에 띄웠다. 안쪽에 있는 카드 홀더에서 벌레H 카드를 꺼냈다.

'일단 목소리를 안 내고 소환 가능한지 확인해볼까. 소환 벌레H!!!'

두 손을 앞에 내밀어서 힘껏 소환사 느낌을 내본다. 그러자 카드에서 빛이 새어 나왔다. 옅게 빛나며 카드가 허물어지듯 사라지고 메꾸기가 모습을 나타낸다.

"오오오! 메뚜기다아!!"

저절로 목소리가 새어 나왔다. 시선이 침대의 나무 울타리 바깥 바닥에 자연 낙하한 메뚜기에게 못 박혔다.

'흠흠, 제법 커다랗군. 15센티미터는 되겠어. 뭐, 조금 큰 정도고 겉모습은 그냥 평범한 메뚜기지만.'

메뚜기의 움직임을 살핀다. 아무렇게나 방향성도 없이 뛰어다니는 메뚜기다. 시선이 마주치지도 않았다.

'명색이 소환수인데 지시를 하면 들으려나? 이리 와, 이리 와.'

메뚜기가 일순간 알렌과 눈을 맞췄다.

'오, 알아준 건가? 괴롭히지 않아, 가까이 오너라아.'

손을 탁탁 움직이며 유도를 시도했다.

그러나 메뚜기를 알렌에게서 시선을 휙 떼더니 또 불규칙적으로 뛰어다녔다.

'앗, 안 돼. 그냥 메뚜기네. 지능도 없고 지시도 못 알아들어. 마도서에도 아무 표시가 없나. 응? 페이지가 늘어났잖아.'

처음으로 소환을 성공했으니 뭔가 정보가 늘어나지는 않았을까 확인해보니, 지금껏 못 봤던 3페이지가 펼쳐지게 되었다.

'아하, 정보가 추가되면 마도서의 페이지가 새로 추가되는 건가. 흠흠, 이게 메뚜기의 스테이터스구나.'

마도서의 3페이지에서는 메뚜기의 스테이터스를 확인할 수 있었다.

【종　류】 벌레
【랭　크】 H
【이　름】 없음 (설정해주십시오)
【체　력】 3
【마　력】 0
【공격력】 2
【내구력】 5
【민첩성】 5
【지　력】 1
【행　운】 2
【가　호】 내구력 1, 민첩성 1
【특　기】 뛰어오르기

'오, 오호, 많이 약하지만 아기인 나와 비교하면 제법 세. 공격력은 나보다 높잖아. 응? 가호는 뭐야? 혹시 내가 가호를 받을 수 있나? 앗?! 내 능력치가 늘어났다!!'

"갱장해!!"

알렌의 능력치가 어제 본 숫자보다 내구력이 1, 민첩성이 1만큼 늘어났다.

소환했더니 능력치가 늘어났다는 깜짝 선물 덕분에 저절로 주먹을 불끈 쥐고 우렁차게 소리를 낸다.

"어휴, 알렌, 잘 때는 코 자야지."

마당에 나가 있었던 테레시아가 알렌의 목소리에 반응하여 돌아온다.

'헉?! 큰일 났다! 지금 방에 들어오면 메뚜기가…….'

"미안, 엄마."

"후후, 괜찮아, 앗?"

메뚜기와 테레시아가 눈을 마주친다.

“꺄아아아아아, 벌레에에에!!!!”

테레시아의 다리가 메뚜기를 덮쳤다.

‘엑, 나의 소환수가 밟혔다!! 사, 사라져 간다…….’

메뚜기는 빛나는 거품이 되어 사라졌다. 메뚜기를 놓쳤다는 착각에 행방을 쫓는 테레시아. 그 상황을 보고 경악했지만, 표정으로 드러낼 수는 없는 노릇이었다. 평정을 가장하며 잠에 든다. 이렇게 알렌의 소환사 활동도 시작을 맞이했다.

제2화 첫 번째 소환수

처음 소환을 성공한 이후 10일이 지났다.

지금은 오후, 점심 식사 후 낮잠을 자고 일어나는 시간대였다. 마도서의 표지를 들여다보며 이후 계획을 구상했다. 표지에는 알렌의 스테이터스가 표시되어 있다.

10일 동안 테레시아의 눈을 피해서 소환을 계속했던 덕에 마도서와 소환에 대하여 꽤 파악할 수 있었다.

우선은 마도서에 대하여.

· 마도서라고 마음속으로 읊으면 마도서가 나타난다

· 스테이터스라고 읊으면 스테이터스가 새까만 표지에 은색 글자로 표시된다

· 생성이라고 읊으면 무엇을 생성하겠냐고 표지에 은색 글자로 표시된다

마도서의 기능은 대략 이러한 느낌이다. 그날 이후로 이세계 신의 안내문이 또 오지는 않았다.

그리고 생성한 카드에 대하여.

· 소환수는 카드로 합계 10장까지 보관할 수 있다

· 동시에 합계 10개체까지 소환할 수 있다

· 카드를 소지한 만큼 가호를 받을 수 있다

· 카드를 소환하고, 그 후 카드로 되돌리는 것은 자유롭게 몇 번이든 가능하다

아마도 마도서의 저장 공간에는 한계가 있는지 열 장을 넘어가면 소환도, 카드화를 활용한 보관도 불가능했다. 열한 번째 카드를 생성하고자 시도하면 지금 소지한 카드를 제거해달라는 문장이 마도서의 표지에 나타난다. 소환해서 꺼내 놓아도 마찬가지다.

짐승H도 지난 10일 동안에 시험해봤다.

【종　류】 짐승
【랭　크】 H
【이　름】 쵸로스케
【체　력】 5
【마　력】 0
【공격력】 5
【내구력】 2
【민첩성】 3
【지　력】 1
【행　운】 2
【가　호】 체력 1, 공격력 1
【특　기】 뛰어다니기

짐승H의 검증 결과

· 짐승H의 형태는 쥐(제법 큼직함)

· 메뚜기와 비슷하게 거의 지시를 안 따른다

·특기를 말소리로 내거나 혹은 머릿속으로 읊으면 특기를 사용해준다

스테이터스 항목 중【이름】에『쵸로스케』라고 쓰여 있듯이 소환수에게는 이름 설정이 가능하며 애칭으로도 생성 및 소환이 가능하다. 하기야 약칭도 있다면 검증이나 분석을 하는 데 편리하겠지만, 역시 이름은 중요하니까 지어주고 싶다.

또한 목소리를 낼 필요도 없이 머릿속에서 읊기만 하면 된다.

참고로 벌레H 메뚜기의 이름은『덴카』다.

지금은 아직 지능이 모자라서인지 지시를 전혀 들어주지 않는다. 특훈을 시키면 어떻게든 되려나 기대했다만, 딱히 변화의 조짐은 보이지 않았다.

다만 유일하게 가능한 지시는 있다.

아무래도 각각의 소환수에게는 특기가 할당되어 있는 듯했다. 짐승H의 경우「뛰어다니기」혹은「특기」라고 말을 하거나 생각만 하면 곧장 행동으로 옮긴다. 마력을 소비하지 않는지 몇 번이든 해준다.

어떻게든 특기 이외에도 지시에 따르게 할 방법은 없을까 싶어 머릿속으로 거듭 주문을 읊어봤지만, 지금까지는 반응하는 낌새가 없었다.

참고로 메뚜기는 테레시아에게 밟혀서 지난 열흘 동안에 세 번쯤 빛이 되었다. 이 집은 움막에 털이 자라난 모양새의 가옥이다. 단열

과 방음 기능은 거의 없었다. 틈새도 많아서 벌레가 집 안에 들어오는 경우가 제법 있었는데, 아무래도 소환수는 일반적인 메뚜기보다 한층 커다란 까닭에 많이 징그러운 듯하다.

졸음과 공복을 견디는 한편, 테레시아의 인기척도 부지런히 살피며 검증을 하는 열흘이었다.

'쵸로스케, 너는 똑똑한 아이야. 난 알아. 이리 오렴.'

알렌은 방구석에 있는 짐승H에게 두 손으로 이리 오라는 동작을 해 보였다. 마음이 전달되었을까, 일순간 짐승H와 눈이 마주쳤다.

"오!"

드디어 소환수의 사역에 성공했을까 기대감이 든다. 하지만 짐승H는 시선을 휙 돌리더니 불규칙적으로 쫄쫄 돌아다니기만 했다.

'아, 망했네. 이게 어디가 마왕을 뛰어넘는 직업이냐.'

다만 사역에 성공하지는 못했을지언정, 소환수에는 다른 용도도 있다.

'전투에서는 별로 쓸모가 없겠지만, 열 장의 쥐 카드를 마도서에 보관만 하고 있어도 공격력이 10이나 올라가잖아. 한 살인데 집에 있는 목재가 휙 들려 올라가서 깜짝 놀랐다고.'

소환사의 능력을 깨달은 덕에 평범한 한 살 아이보다는 힘이 꽤 세다.

또한 생성과 소환을 반복하면서, 소환사인 자신의 육성 방법도 나름 가늠할 수 있었다.

'그나저나 역시 헬 모드야. 레벨 올리기가 엄청 힘들어.'

헬 모드는 레벨 올리기가 노말 모드의 백 배 어렵다는 설정이다.

극에 다다르면 하나의 진리를 발견하리라는 말이 있던 만큼 육성에는 예사롭지 않은, 아울러 부단한 노력이 요구되었다.

'스킬 경험치가 이제야 24구나. 소비 마력이 그래도 경험치에 반영되는구나. 뭐, 아직 가설이지만. 소비 마력 2가 아닌 스킬은 안 갖고 있고.'

마력과 스킬 경험치의 습득 조건에 대한 검증 결과다.

· 소환수 H랭크의 카드 생성에 필요한 소비 마력은 2
· 소비 마력이 스킬 경험치로 추가된다
· 카드에서 소환수를 불러낼 때 마력은 필요하지 않다
· 소환수를 카드로 보관할 때도 마력은 필요하지 않다
· 마력은 한나절쯤 자고 일어나면 전부 회복된다

생성 레벨을 올리려면 마구 생성하는 것이 좋다는 사실을 알았다.

'그래 봤자 소비 마력이 2고 최대 마력도 2니까 하루에 한 번 카드를 생성하면 생성 레벨을 2로 올리는 데 500일은 걸린다는 계산이야. 아무래도 여섯 시간 정도면 마력이 꽉 차는 것 같으니까 하루에 두 번을 목표로 카드를 생성해야겠네. 그래도 250일이나 돼?'

헬 모드에 따른 레벨 업의 막막함을 느낀다.

마력은 한나절쯤 자고 일어나면 다 회복되니까 대략 여섯 시간이면 가득 차오른다고 가정하고 있다.

하루에 열두 시간에서 열다섯 시간의 수면을 필요로 하는 젖먹이다. 시계도 없는지라 비록 하루에 최대 네 번은 마력 회복이 가능하더라도 정확하게 시간을 맞춰 깨어나기는 어려웠다.

하루에 세 번을 깨어나는 때도 있었고 고작 한 번을 간신히 깨어나는 때도 있었지만, 이제 하루에 두 번은 꼭 카드를 생성하자고 다짐했다.

'고찰을 기록하는 메모 기능이 필요한데. 이렇게 두꺼운 책을 줬으면 메모할 공간도 있을 거 아냐.'

10일간 했던 고찰을, 가능하면 메모로 남기고 싶다.

게이머에게 표 계산 프로그램을 활용해서 레벨과 스테이터스를 분석하는 것은 아주 당연한 기법이었다. 저런 프로그램까지 달라는 것은 욕심이겠지만, 하다못해 검증 결과를 기록하고 싶었다.

이세계의 신에게 아직 사용하지 않은 여백의 페이지를 쓰게 해달라고 강하게 기원했다.

마도서에 불만을 제기하던 중에 흙마루 쪽에서 로단의 목소리가 들렸다.

"테레시아, 나 왔어~!!"

'오! 아버지가 왔구나. 수확이 꽤 큰 느낌이야!'

로단의 목소리에서 기쁨이 전해졌다.

"어머, 일찍 왔네. 앗, 괜찮아?!"

테레시아는 로단의 모습을 보고 놀랐다. 어디에서 나자빠졌는지 몸 곳곳에 흙이 묻어 있었으니까.

"그래, 괜찮아. 다친 덴 없어. 그레이트 보어가 난동 부려서 몇 번 넘어졌거든. 알렌은 깨어 있어?"

가을 한창때, 10월 중순이다. 수확은 거의 다 끝났다. 이제는 고구마 등 수확할 작물이 조금 남은 것 같다. 로단은 오늘도 마을 남자들과 함께 근처의 숲에 사냥을 다녀왔다. 물론 모두가 농노다.

농노 신분인 만큼 엄연히 농사일을 하는 사람들인데도 어째서인지 가을부터 겨울에 걸쳐 사냥을 다녀온다. 알렌은 아직 그 이유를 알지 못했다.

"뭐, 무사하면 다행이지만. 정말 알렌을 데려갈 거야?"

"그래, 해체 현장을 보여주겠다고 약속했으니까. 이미 시작했을 테니 빨리 데려가줘야지."

성큼성큼, 로단이 아이용 방에 들어왔다.

"알렌, 일어나라~. 그레이트 보어를 잡아 왔단다~. 엄청 커다랗단다~."

"지, 진짜야? 아빠, 그레트뽀아, 보고 시퍼!!"

지금 막 일어난 느낌으로 전력을 다해 연기하는 겉모습 한 살, 알맹이는 서른다섯 살.

"바로 데려다주마! 엄마 말 잘 들은 약속이니까~."

"와아~ 만세~."

얼마 전 사냥을 나가 그레이트 보어를 잡았다는 이야기를 들었을 때 다음에 또 잡으면 보여달라고 졸랐더니, 「엄마 말 잘 들으면 보여주마」라고 약속해줬다. 그렇다 해도 알렌은 딱히 손이 가는 아이가 아니었다. 아마 로단도 아이가 생기면 한 번쯤 『엄마 말 잘 들어라』라고 말해보고 싶었던 것 같다.

로단의 품에 안긴 채 바깥으로 나왔다. 테레시아는 가지 않는다.

해체 현장은 보고 싶지 않은 듯하다.

아침 일찍 나간 뒤 이제껏 줄곧 숲속을 달려 다녔고 거듭 넘어지면서도 사냥을 마친 로단의 의복은 땀이며 먼지 따위가 묻어 굉장한 상태였지만, 신기하게도 알렌은 전혀 불쾌하지 않았다.

가족을 위해 로단이 얼마나 많이 애쓰는지 잘 알기 때문이었다.

사실 알렌에게 있어 이번이 처음으로 보는 개척촌의 풍경이다. 평소는 나무 창문이나 흙마루에서, 혹은 테레시아에게 안긴 채 앞마당에서 구경하는 것이 전부였다.

'온통 밭만 보이는 시골의 풍경이야. 저쪽 멀리에 주택도 있기는 하네.'

로단은 밭이 쭉 이어지는 풍경을 걸어 나아갔다. 밭의 색깔이 몇몇 나뉘어 있는 까닭은 각각 다른 작물을 키우기 때문일 테지. 이미 10월에 들어선지라 수확은 거의 끝났지만, 고구마 등 아직 거두지 않은 작물도 있는 것 같았다. 그러한 밭의 사이에 드문드문 집이 있다.

호기심을 잔뜩 드러내며 아버지의 가슴 높이에서 마을 풍경을 둘러보는 알렌에게 로단이 말을 건넸다.

"봐라, 알렌! 알바헤론이야!!"

하늘을 가리키는 로단의 시선 저편에 새가 한 마리 날고 있었다. 멀어서 잘은 안 보이는데 상당히 컸다. 몇 미터쯤 되려나. 적어도 본래 세계에서는 본 적이 없을 만큼 커다랗다.

"알바헤론?"

"그래. 지금 시기에 북쪽으로 건너가거든. 저 녀석은 한 마리지만, 자주 무리를 지어 날아다니니까 기억해 두거라. 저 새가 날기 시작하면 가을이 온 것이라고 말들 하거든."

"마수?"

"그래. 마수란다. 뭐, 땅에는 잘 내려오지 않는 마수야. 아빠는 딱 한 번 먹어본 적이 있는데 엄청 맛있더구나."

"와~."

"저 녀석보다 큰 마수가 하늘을 날아다니면 꼭 집에 숨어야 한다!!"

"알았어, 드래곤이 잡아먹으러 오면 안 되니까."

"……."

"아빠? 왜?"

로단은 가만히 알바헤론만 쳐다보고 있다. 침묵을 이상하게 생각한 알렌이 말을 건넸다.

"응? 아니, 아무것도 아니야. 곧 해체 현장에 도착할 거다. 엄청 커다랗더라~."

"와아!!"

나중에 들은 이야기인데, 알렌의 이름은 마수 알바헤론에서 따왔다고 한다. 하늘을 날아 어디에든 갈 수 있는 알바헤론처럼, 자신의 아들은 자유롭게 살아가기를 바라는 아버지의 마음을 담아서 지은 이름이었다.

그런 로단의 마음을 물론 지금 알렌은 알지 못하기에 호기심만 가득한 채 마을을 보고 다녔다.

집에서 한 시간쯤 걷자 밭이 사라지며 주택이 쭉 이어지기 시작했다. 저 멀리 보이는 것은 마을의 입구 같았다. 큰 물체의 너머에 문이 보인다.

'이 주변은 주택지 같군. 내가 살고 있는 곳은 개척촌의 변두리였구나. 보어! 그레이트 보어다, 처음으로 보는 마수다!'

문 앞쪽에는 이미 해체가 꽤 진행된 그레이트 보어가 있다. 해체 중이지만 원형은 제법 유지한 터라 거대한 멧돼지임은 알아볼 수 있었다. 해체 현장에 모여든 오십 명 가까운 인파가 분담해서 고깃덩어리를 떼어 낸다.

'커다랗다. 3미터는 훌쩍 넘겠어. 멧돼지 크기가 아니잖아.'

그레이트 보어의 무시무시한 존재감에 압도당한다. 본래 세계의 경험을 예로 들자면 하마만 한 크기였다. 송곳니가 자라난 저 얼굴을 뚫어져라 쳐다보게 된다.

로단에게 이 세계에는 마수가 있다는 말을 들어서 알았지만, 이렇게 가까운 곳에 와 보는 것은 처음이다.

로단이 알렌을 안아 든 채로 거침없이 걸어 다가갔다. 사람들의 시선을 느낀다.

'하기야, 눈에 띄겠지.'

알렌은 주위 사람들의 주목을 모은 이유를 대강 짐작할 수 있었다. 아마도…….

"오! 왔구나, 왔어, 로단. 이봐들~ 공로자가 왔다네!!"

해체 작업에 힘쓰는 인원 중 한 명이 로단이 왔음을 소리쳐서 알렸다.

"이 친구야, 큰 목소리 내지 마, 부끄럽잖아."

"빨리 좀 다녀라, 공로자! 다른 녀석들이 고기 다 가져가겠다."

로단의 눈앞에 로단과 막상막하의 불끈불끈 근육 남자가 다가왔다. 턱에도 가슴에도 털이 자라났고, 얼굴 생김새도 외모도 고릴라 처럼 우락부락한 남자였다.

가슴에 여자아이를 안아 들고 있다. 알렌과 비슷한 나이의 아이다.

“그만하라니까. 그냥 우연히 목에 급소를 찔렀을 뿐이잖아.”

아무래도 로단이 그레이트 보어에게 마무리 일격을 가한 듯했다. 모여 있는 다른 사람들도 끊이지 않고 칭찬의 말을 꺼내는지라 부끄러워하는 것 같았다.

“오?! 오늘은 알렌을 데리고 왔군? 뭔가 오랜만에 본다만, 정말로 까만 눈 까만 머리네.”

테레시아도 로단도 머리카락은 갈색이다. 그런데 알렉의 눈과 머리카락은 전생하기 이전과 마찬가지로 검은색이었다. 까만 색깔이 상당히 드문 듯 지금도 많은 시선을 느낀다.

또한 알렌의 얼굴 생김새는 야성적인 로단이 아닌 어머니 테레시아를 더 많이 닮았다.

“그래, 겔다. 착한 아이야. 알렌, 인사해. 옆집에 사는 겔다란다.”

“처음 뵈께씁니다, 알렌임니다.”

‘으, 뭔가 정중하게 인사를 해버렸군. 한 살 아이의 인사는 어떻게 하는 거야. 뭐가 정답이지.’

“이 친구야, 정말 한 살 맞나? 우리 집 애도 한 살인데 엄청 다르군. 보고 배워주면 좋겠어.”

“그러게. 나와 다르게 영리하더라.”

“이 녀석은 정말 아들 바보군. 자, 클레나. 너도 인사해라.”

“클레나…….”

'아하, 이게 정답이었어.'

분홍 머리카락에 파란색 눈동자의 클레나.

많은 사람들의 시선이 부끄러운지 클레나는 아버지 겔다의 가슴에 얼굴을 숨겼다.

이것이 알렌과 클레나가 만난 순간이었다.

"얼씨구, 평소의 말괄량이 클레나는 어디에 갔나?"

겔다가 껄껄 웃어도 클레나는 얼굴을 숙인 채 이따금 힐끔힐끔 알렌을 쳐다본다. 그때마다 알렌과 눈이 마주쳤다.

옆집 이웃과 안부 이야기는 적당히 마친 뒤 로단이 해체 현장에 다가갔다. 약속했던 대로 그레이트 보어를 가까이에서 보여주려나 보다.

'오오, 마수구나. 아마 마수를 쓰러뜨리면 레벨이 올라가겠지. 빨리 사냥할 수 있게 강해지고 싶어.'

"이 마수는 얼마나 강해?"

"음, 글쎄다. 이 녀석은 C랭크의 마수야. 이 녀석보다 강한 마수는 보면 곧바로 도망쳐야 한단다."

'흠흠, 분명히 스무 명 정도 모여서 사냥한다고 했지. C랭크의 마수를 스무 명으로 잡는 건가.'

아버지의 품에 안겨서 그레이트 보어의 해체 현장을 뚫어져라 살펴보던 중, 누군가가 로단에게 말을 건넸다. 준비가 다 끝났다고 한다. 해체한 고기를 놓아두는 곳으로 갔다. 끈으로 묶은 고기를 건네받았다.

'커다란 고깃덩어리야. 10킬로그램은 되겠어. 그레이트 보어 사냥의 보수는 고기구나. 가끔 먹었던 게 이걸 말린 고기였겠군.'

잘 받았어, 라고 말하며 한 손에 알렌을 안아 든 채 다른 한 손으로 고기를 받아 드는 로단. 사냥의 참가자일까, 이미 고깃덩어리를 건네받은 사람이 다수 있었다.

"이제 실컷 봤겠지? 테레시아가 기다리니까 고기를 갖고 돌아가자꾸나."

"응."

그렇게 말을 주고받은 뒤 고기 선물을 가지고 처음 왔었던 밭머릿길을 따라 로단과 알렌은 귀가했다.

* * *

알렌이 이세계에 전생한 지 1년 10개월이 흘렀다. 이제 2개월이면 두 살이다.

좋은 부모의 슬하에 태어나는 복도 받아서 무럭무럭 자라고 있다. 최근에는 젖을 떼었다. 가난한 살림살이에도 정성껏 길러주는 가정환경도 하나의 행복이라는 생각이 드는 요즘이다.

농노 생활도 마냥 나쁘지는 않다. 본래 세계에서 살던 무렵의 지식에 의하면 농노라는 제도는『직업 선택의 자유가 없다』,『토지를 소유할 수 없다』라는 두 가지 조건이 큰 난점이었다. 19세기 무렵까지는 무척 큰 비중을 차지했던 제도다. 이 세계의 농노에게도 아마 비슷한 제약이 있을 것이다. 지금도 거의 똑같은 제도를 유지하는 나라가 있다.

이 세계의 달력은 아마도 1년 12개월에 1개월이 30일, 1주일 6이라는 것을 지난 10개월 동안에 알게 되었다.

또한 사계절이 있어 봄 여름 가을 겨울로 환경이 변화한다. 겨울에는 꽤 눈이 내리고, 집의 형태가 움막과 상당히 가까운지라 두 번째 겨울은 몹시 추웠다.

주마등처럼 지난 10개월가량의 사건과 추억이 머릿속을 흘러간다.

그 이유는 지금 마도서의 표지에 기재되어 있는 메시지 기능에서 비롯되었다. 마도서의 표지는 새까맣지만, 알렌이 소환을 하거나 스테이터스의 변화가 있을 경우에는 게임의 로그처럼 메시지가 출력되고는 한다.

평소에는 은색을 띤 로그가 나타나는데 이번에는 노란색 글자였다. 노란색 글자는 분명 앞으로 알렌에게 행복한 색이 되어줄 것이다.

『생성 스킬의 경험치가 1000/1000을 달성했습니다. 생성의 레벨이 2로 올랐습니다. 소환의 레벨이 2로 올랐습니다. 추가로 합성 스킬 레벨 1을 획득했습니다. 확장 스킬 레벨 1을 획득했습니다. 마도서의 메모 기능이 추가되었습니다.』

"우오오오오오오오!!!"

게이머가 노력을 보답받는 가장 반가운 순간이었다. 식사나 추위 따위 머릿속에서 싹 날아간다. 한여름이라는 이유도 있어 테레시아는 지금 로단과 함께 밭일을 하는 중이었다. 덕분에 기분 좋게 고함을 지를 수 있었다.

'어, 어쩌지. 이것저것 다 궁금한데 일단 스테이터스가 어떻게 달

라졌나 보자.'

마도서의 표지에 표시된 로그도 신경 쓰이는 내용이 아주 가득했지만, 우선은 스테이터스를 먼저 확인했다.

【이 름】 알렌
【연 령】 1
【직 업】 소환사
【레 벨】 1
【체 력】 4 (40) +8
【마 력】 0 (20)
【공격력】 1 (10) +8
【내구력】 1 (10) +2
【민첩성】 2 (25) +2
【지 력】 3 (30)
【행 운】 2 (25)
【스 킬】 소환 〈2〉, 생성 〈2〉, 합성 〈1〉, 확장 〈1〉, 제거
【경험치】 0/1000
· 스킬 레벨
【소 환】 2
【생 성】 2
【합 성】 1
· 스킬 경험치
【생 성】 0/10000
【합 성】 0/1000
· 획득 가능 소환수
【 벌레 】 GH
【 짐승 】 GH
【 ― 】 G
· 홀더
【 벌레 】 H 2장
【 짐승 】 H 8장
【 ― 】

'어, 어라……. 뭔가 『—』라는 표시가 늘어났는데? 이게 뭐지?'

신경 쓰이는 것이 너무 많아서 사고가 정지됐다. 허공에 띄운 마도서를 작은 손으로 꽉 쥐고 15분이 경과했다.

'지, 진정하자. 아마 생성 레벨이 올라서 소환 레벨도 올랐고, G랭크의 소환수 생성이 해금됐다는 뜻이겠지? 혹시 랭크가 올라가면 소환수의 종류가 불어나는 방식인 건가?'

소환 레벨 혹은 생성 레벨이 올라가면 새로운 소환사가 추가되는 것이라 추측해본다.

'우선 추가된 소환수를 생성해보고 싶은데 마력이 부족하니까 다른 부분부터 검증해야겠군.'

스테이터스의 합성이라는 글자를 본다. 아마도 소환수의 합성 기능이 해금되었다고 추측해본다. 소환수는 카드 형식으로 보관 가능하니까 카드끼리 합성할 수 있게 되었을 것이다.

G랭크의 생성과 합성은 아마 마력이 필요할 테니까 다른 부분부터 검증을 진행하자. 지금 막 마력을 소비해서 레벨을 올린 참이기에 마력이 없기 때문이었다.

'그나저나 1만이라니. 왜 생성의 다음 레벨에 필요한 스킬 경험치가 열 배로 불어나는 거야.'

이런 추세면 하루 세 번을 생성해도 4년 반이나 걸리겠다. 이래서는 시간이 너무나 많이 걸린다. 일단 알렌의 레벨부터가 1인지라 어떻게든 최대 마력을 올리는 방향으로 수단을 찾아야겠다.

'다음은 마도서의 확장 기능인데, 오! 홀더의 홈이 곱절로 늘어났잖아! 그럼 스무 마리까지 소환수를 보관할 수 있고, 가호도 더 많

이 받을 수 있겠구나!!'

홀더가 열 개에서 스무 개로 늘어나면 카드를 만들어 보관 가능한 소환수가 곱절로 불어난다. 소환수를 카드로 만들었을 때 받는 가호는 1장당 추가되기 때문에 벌써 가호가 두 배로 강해졌다고 말할 수 있겠다.

'으음, 마지막으로 메모가 어쩌고저쩌고했는데? 오? 메모라고 쓰인 페이지가 있구나!! 게다가 머리로 생각만 해도 기록이 되잖아!! 으햐~!!'

메시지의 마지막에 나온 메모 기능은 그 이름에서 알 수 있듯 마도서의 여백 페이지를 메모지로 활용할 수 있었다. 더욱이 사고를 읽어 들여서 자동필기를 해주는 편리한 기능까지 딸렸다. 운영진 혹은 신에게 보낸 기도가 접수된 것일까.

'자, 지금 마력은 0이니까 일단 잤다가 밤에 검증을 못한 부분을 또 시험해볼까.'

레벨 업에 따른 신기능이 무척 큰 도움이 됨을 깨닫고 기쁨 속에서 알렌은 다시 낮잠을 잘 수 있었다.

로단과 테레시아가 집에 돌아왔다. 흙마루에 농기구를 놓아두고 물독으로 손발에 묻은 진흙을 닦은 뒤, 얼굴을 씻고 목을 축인다. 물독의 물은 매일 아침마다 로단이 우물터에 가서 길어 온다. 이 물로 요리도 한다.

"알렌, 얌전히 잘 있었나요? 금방 저녁밥 만들어줄게요."

"네, 엄마."

테레시아의 아기를 대하는 특유의 말투는 꽤 줄었다. 수유기도 끝났고, 아마 아이의 성장을 위해서인 모양이다. 로단 일가는 조미료도 적게 쓰고, 기본적으로 끓이거나 굽는 것이 전부이기에 요리는 금방 나온다. 알렌을 위해 채소며 콩이며 이것저것 넣어 으깨는 것은 로단의 역할이었다.

잘 먹겠습니다란 인사말도 없이 식사가 시작된다. 폐쇄적인 개척촌의 생활인지라 대화의 내용이 많이 달라지지는 않았다.

"듣자 하니까 이웃집 클레나가 무척 말괄량이라 난처하다더군. 놀이 상대가 되어달라며 겔다가 하소연하더라고."

"엥?"

'맞아, 이웃이 있었지. 그레이트 보어 해체 현장에서 보고 못 만났지만.'

이웃집 겔다에게 안긴 채 다가왔던 분홍 머리카락의 아이를 떠올렸다.

이 개척촌은 마을 안에 수많은 밭이 있어서 꽤 컸다. 이웃집이어도 미처 두 살이 안 된 알렌에게는 제법 먼 거리다. 게다가 아직 집에서 혼자 나가면 안 된다는 테레시아의 당부를 지켜 집 안에서 지내는지라 이웃집이어도 만날 기회가 없었다.

"그러게, 장래에 색시가 될지도 모르니까 친하게 지내주렴."

테레시아가 기뻐하며 대화에 끼어들었다. 알렌과 클레나의 부모는 서로 사이가 좋고 나이도 똑같다. 폐쇄적인 농노의 세계에서는 이런 인연으로 결혼하는 경우가 많았다.

"엥? 집에서 나가도 돼?"

“으음~ 세 살이 되면 허락해줄게.”

결국 이웃집이어도 세 살이 될 때까지 외출 금지는 이어지려나 보다.

가족의 화목한 시간도 끝나고 아이용 방에 돌아왔다.

‘후후후, 마력도 회복되었군. 이렇게 되면 당장 할 수밖에 없잖아. G생성을 해볼까, 합성을 해볼까. 일단 새로운 스킬인 합성부터 해볼까?’

마도서가 나타난다. 합성이라고 주문을 읊은 까닭일까, 페이지가 훌훌 넘어갔다.

맨 처음 페이지에는 홈이 둘 있고, 다음 페이지에는 홈이 하나뿐이었다.

‘그렇다면 소환수 두 장을 한 장으로 만든다는 뜻이군? 합성의 조건도 파악이 안 됐으니까 일단 짐승H 두 마리를 합성해볼까.’

홈에 짐승H 두 장을 끼워 넣었다.

‘좋아, 합성한다!’

그러나 두 장의 카드는 처음 상태에서 아무런 변화도 일으키지 않았다.

‘엥? 방법이 잘못된 건가.’

마도서 표지의 로그를 확인했다. 로그는 고찰할 때 도움이 많이 되기에 알렌은 자주 확인하고 있다. 그곳에 메시지가 출력되었다.

『합성 레벨 1에 필요한 마력이 부족합니다.』

“아앗! 부족하다니!!”

알렌은 무의식중에 큰 목소리로 외쳤다가 허둥지둥 입을 막았다. 아마도 최대 마력 2로는 마력이 부족한가 보다.

'어? 혹시 나 망했나? 최대 마력이 너무 낮아서 합성을 아예 못 하는 건가. 그럼 G랭크 생성은 어떻게 되는 거지?'

합성을 못 한다면 이번엔 G랭크의 생성에 도전하기로 했다. 『—』가 무엇인지는 모르는 터라 짐승으로 시도해봤다.

'짐승G 생성!'

하지만 아무 변화도 일어나지 않는다. 혹시나 싶어 이번에도 마도서의 표지를 확인했다.

『짐승G 생성에 필요한 마력이 부족합니다.』

'이, 이럴 수가. 짐승G 생성도 합성도 지금의 마력으로는 불가능하다고? 최대 마력이 너무 낮아서?'

망연자실했다. 기껏 레벨 업을 했는데도 아직은 못 하는 것이 무척이나 많다.

제3화 클레나와「기사놀이」

알렌은 세 살 생일을 맞이해서 테레시아에게 집 주변이라면 외출해도 된다는 허락을 받았다. 알렌의 생일은 이 세계의 달력으로 10월 1일이다. 이날은 개척촌의 수확제 날이기도 했기에 생일상이 호화로웠다. 알렌은 크리스마스와 생일을 같이 축하받는 기분이 들었다. 또한 수확제라는 건 딱히 마을의 중심에서 사람들이 모여 춤을 추는 행사는 아니다. 교회라고 불리는 종교 시설이 이 개척촌에도 있어, 풍년의 신에게 수확한 작물을 촌장이 봉납하는 의식이 이뤄진다고 한다.

농노는 저러한 의식에 참가하지 않는다. 그러고 보니 알렌의 한 살 생일에 로단은 사냥을 나가 부재중이었다는 기억이 떠올랐다.

농노에 관한 지식도 지난 3년 동안에 꽤 많이 익혔다. 수확한 작물의 6할을 영주의 대리인인 촌장에게 세곡으로 바쳐야 한다. 개척 당초의 감면 조치는 이미 끝났기에 세금을 잔뜩 거두어 갔다. 수확한 작물의 6할로 산정되기에, 거둔 작물이 많을수록 손에 남는 작물이 많아지는 구조다.

아울러 수확량이 너무 적어지거나 세곡을 속이면 농노보다 더욱 대우가 열악한 노예로 추락하는 경우도 있다는 이야기를 테레시아가 들려주었다.

그렇다고 나머지 4할의 작물 및 사냥으로 얻은 고기의 전부를 식량으로 쓸 수 있는가 하면 꼭 그렇지도 않았다. 살아가는 데 필수인 소금이나, 알렌이 쓸 낡은 천으로 만든 기저귀로 교환하는데 쓰였다.

그리고 이 세계에도 사계절이 있었다. 눈이 많이 내리는 지역은 아닌 듯하나, 겨울에는 제법 근사한 은빛 세계에 뒤덮인다. 추위로부터 몸을 지키기 위해서도 장작이 필요했다.

사냥의 보수로 한 번에 10킬로그램 가까이 받는 고기도 절반은 장작값이 되어 사라진다.

개척촌의 생활방식은 농노라는 이유도 있어 주로 물물교환이었다. 물론, 조금이긴 하지만 농노도 돈은 가지고 있다. 알렌은 올해 2월 무렵에 고열이 났었다. 아이용 방의 마루 널빤지를 떼어 내, 돈을 주워서 꺼내다가 나갔던 로단을 알렌은 기억하고 있다. 돌아왔을 때는 아마도 해열제로 짐작되는 약을 어서 마시라며 입에 넣어 주었다.

거의 모든 금액을 가져갔었는지 지금은 마루 널빤지를 떼어 내도 동화(銅貨)와 철화가 몇 닢 있을 뿐이다. 그리고 자갈 비슷한 물체가 다섯 개 정도 있다. 이것은 뿔이 난 토끼의 마석이라고 했다. 알렌이 이 세계의 돈과 마석을 보는 것은 이때가 처음이었다.

알렌은 지금 앞마당에 자라난 나무를 등받이 삼아 기대어 있다. 거목은 아니지만 제법 큰 나무였다. 마당에는 담장이 있기는 하나, 아무나 쉽게 들여다볼 수 있는 높이인지라 나무를 벽 삼아 소환의 검증을 하는 중이다.

'자, 이제 합성 레벨 1과 생성 레벨 2는 파악이 대충 끝났군.'

세 살이 되어 마력이 올라 드디어 검증할 수 있었다. 그리고 합성 레벨을 2로 올림으로써 G랭크 소환수의 분석을 무사히 마쳤다.

우선은 각각의 검증 결과다.

· 생성 레벨 2의 소비 마력은 5

· 합성 레벨 1의 소비 마력도 5

· 벌레G와 짐승G를 합성하면 새G가 된다

검증 결과를 마도서에 딸린 메모 기능으로 기록하며 대강 이해를 마쳤다.

어깨에 새G를 소환해서 태우고 스테이터스를 확인한다.

【이　름】 알렌
【연　령】 3
【직　업】 소환사
【레　벨】 1
【체　력】 12 (40) +26
【마　력】 1 (20)
【공격력】 3 (10) +26
【내구력】 3 (10) +6
【민첩성】 7 (25) +10
【지　력】 9 (30) +4
【행　운】 7 (25)
【스　킬】 소환 〈2〉, 생성 〈2〉, 합성 〈1〉, 확장 〈1〉, 제거
【경험치】 0/1000
· 스킬 레벨
【소　환】 2
【생　성】 2
【합　성】 1
· 스킬 경험치
【생　성】 4701/10000
【합　성】 20/1000
· 획득 가능 소환수
【 벌레 】 GH
【 짐승 】 GH
【　새　】 G
· 홀더
【 벌레 】 G 2장, H 2장
【 짐승 】 G 12장, H 2장
【　새　】 G 2장

'다음은 뭘 할까. 스킬 경험치와 소비 마력과 똑같은 것은 확정이고.'

남은 마력을 확인했다.

'스킬 경험치가 소비 마력과 같다면 소비 마력이 남는 생성 레벨 2와 합성 레벨 1보다, 생성 레벨 1로 생성 레벨 3을 찍는 게 효율적이지. 마력이 남으면 아깝잖아.'

알렌의 최대 마력은 6, 생성 레벨 1은 소비 마력 2, 생성 레벨 2와 합성 레벨 1은 소비 마력 5다. 효율 좋게 소비 마력을 스킬 경험치로 교환하겠다면 선택지는 생성 레벨 1뿐이었다.

'스킬 올리기 방식은 이걸로 됐겠지. 다음은.'

"이봐, 알렌."

어깨에 태운 새G에게 말을 건네는 알렌. 머릿속으로 「특기」라고 읊는다.

"응, 난 알렌."

새G가 알렌의 목소리에 대답을 했다.

'괜찮네, G랭크가 되면서 소환수가 꽤 쓸모 있어졌어.'

새로이 소환 가능하게 된 소환수 셋의 스테이터스는 아래와 같다.

· 벌레G(개구리)의 스테이터스
【종 류】 벌레
【랭 크】 G
【이 름】 뽕타
【체 력】 7
【마 력】 0
【공격력】 6
【내구력】 10
【민첩성】 10
【지 력】 7
【행 운】 8
【가 호】 내구력 2, 민첩성 2
【특 기】 도발

· 짐승G(두더지)의 스테이터스
【종 류】 짐승
【랭 크】 G
【이 름】 두덕스케
【체 력】 10
【마 력】 0
【공격력】 10
【내구력】 6
【민첩성】 5
【지 력】 7
【행 운】 6
【가 호】 체력 2, 공격력 2
【특 기】 구덩이 파기

· 새G(잉꼬)의 스테이터스
【종 류】 새
【랭 크】 G
【이 름】 챠삐
【체 력】 7
【마 력】 0
【공격력】 5
【내구력】 6
【민첩성】 10
【지 력】 10
【행 운】 8
【가 호】 민첩성 2, 지력 2
【특 기】 성대모사

변함없이 능력치는 상당히 낮고, H랭크와 마찬가지로 지시를 거의 따라주지 않는다. 하지만 알렌이 주목한 것은 특기였다.

새G 소환수는 알렌의 목소리를 재현할 수 있다. 실제 잉꼬와 앵

무새는 사람 목소리를 외울 수 있지만, 정확도에서 비교가 되지 않았다. 완전히 본인의 목소리다. 그러나 많이 긴 말이나 음색까지는 다채롭게 재현하지는 못했다.

다음은 눈앞의 구덩이에서 얼굴을 내밀고 있는 짐승G 소환수. 작은 강아지 비슷한 크기의 두더지는 너비 30센티미터, 깊이 1미터 정도의 구덩이를 간단하게 파낸다.

'이걸로 함정을 간단하게 만들 수 있지 않을까?'

마력을 필요로 하지 않으며 무한하게 특기 사용을 지시할 수 있는 소환수. 세세한 지시는 따라주지 않아도 특기를 발동시키면 의도한 곳에 구멍을 파준다.

마지막으로, 벌레G 소환수가 알렌의 곁에 있다. 황소개구리와 비슷한 크기인지라 무척 커다랗다.

'도발해.'

"개골개골개골."

특기 사용을 지시받은 개구리는 녹색을 띤 몸의 색깔을 붉은색과 노란색으로 변화시키더니 불규칙적으로 점프하며 울기 시작했다.

G랭크의 소환수를 바라보며 생각했다. 아마도 소환사는 강한 소환수를 소환하는 것 하나만을 목표로 하는 직업은 아닌 듯하다.

가령 벌레G 개구리는 도발로 마수의 표적을 자신에게서 개구리로 바꿀 수 있지 않을까. 짐승G 두더지는 힘을 좀 쓰면 거대한 구덩이를 파서 함정을 만들 수 있지 않을까.

소환수의 특성을 속속들이 파악하는 것이 소환사라는 직업을 잘 활용하기 위한 열쇠임을 알렌은 실감했다.

데엥~.

데엥~.

데엥~.

'음? 슬슬 오려나.'

멀리서 종이 울린다. 개척촌에서 3시를 알리는 종이다.

알렌은 지면에 놓아두었던 목검을 꽉 쥐었다.

* * *

이 개척촌은 일군 지 8년이 되었다고 한다. 개척촌의 중심은 한차례 로단에게 안겨서 갔던 문 부근이다. 그곳 주변은 가게 및 숙소 따위가 잔뜩 있는 상업 시설인데, 촌장도 그 인구 밀집 지역에서 지낸다. 농노는 거의 없으며 평민이 생활하고 있다.

알렌이 사는 밭이 많은 지역은 마을의 교외에 해당한다.

따라서 종소리는 마을 중심에 있는 인구 밀집 지역의 문 부근에서 울린다.

데엥~.

데엥~.

데엥~.

알렌의 심장 소리가 높아졌다. 피할 수 없는 대결을 떠올리며 고양감을 느낀다.

종소리가 멎고 10분쯤 지났을 무렵, 친구이자 라이벌이기도 한 소녀가 나타났다.

"알~렌, 놀러 왔어~."

초라한 마당에 세워 놓은 문을 슥 지나, 분홍색 머리카락을 어깨까지 기른 여자아이가 푸른 눈동자를 빛내며 알렌을 불렀다. 복장은 알렌과 마찬가지로 농노가 잘 입는 마직물 옷이었다.

그리고 손에는 어째서인지 어린 여자아이에게는 잘 어울리지 않는 물건을, 나무를 조잡하게 깎아서 만든 목검을 쥐고 있다.

클레나는 알렌의 생일 이후로 놀러 오게 되었다. 아마 이웃집 겔다는 알렌이 세 살이 되면 테레시아가 외출 허락을 내려준다고 했었던 말을 알고 있었는지, 날짜를 맞춰 클레나를 데려왔다.

겔다와 함께 온 클레나의 손에는 무슨 이유인지 목검이 두 자루 들려 있었기에 알렌은 불길한 예감을 느꼈다.

듣자 하니 겔다는 말괄량이 클레나에게 시달리다가 한계에 부딪혔는지, 제발 클레나와 놀아달라며 엎드려 절할 기세로 로단에게 부탁을 했다.

그날 이후로 매일같이 클레나는 종소리와 함께 알렌의 집에 찾아온다. 도착 시간으로 짐작하건대 아마 종이 울리기 시작하는 순간에 곧장 달려왔을 것이다.

'그 불끈불끈 고릴라 마초 겔다 아저씨가 감당을 못한다는 게 어떻게 된 일이냐고 황당해했던 시기가 제게도 있었습니다.'

클레나의 아버지 겔다는 알렌의 아버지 로단보다 훨씬 체격이 좋았다. 빵빵하게 부푼 팔뚝엔 혈관이 잔뜩 도드라졌다. 로단과 겔다 때문에 농노엔 불끈불끈 근육남이 많구나 착각까지 할 정도였다.

"안녕, 클레나. 오늘도 기운 넘치네. 오늘은 뭐 하고 놀래?"

손에 꼭 쥔 물건을 보면 짐작할 수 있지만 혹시나 싶어 확인해봤다.

"어휴~ 기사놀이지!"

왜 뻔한 질문을 하냐는 듯 뺨을 씰룩거리는 클레나.

"기사놀이구나, 여기는 나무가 걸리적거리니까 다른 데 가자."

"응!!"

클레나는 얼굴에 웃음이 가득했다. 좁은 장소는 안 된다. 토지 및 환경도 전황에 작용한다는 것을 알렌은 잘 알고 있었다.

앞마당의 넓은 자리에 멈춰 선 두 아이. 서로가 조잡하게 깎은 목검을 들어 겨눈다. 칼날 길이는 30센티미터 정도일까. 알렌의 키와 비교하면 3분의 1쯤 되겠다.

"자, 시작한다~! 내 이름은 기사 클레나! 알렌, 간다!!"

"와라!"

"와라, 대답만 하지 말고! 알렌도 이름 대야지!!"

클레나가 뚱하게 소리 높인다. 자기소개부터 제대로 하지 않으면 기사놀이는 시작되지 않는다. 목검을 붕붕 휘두르며 제대로 하라고 재촉한다.

'제길, 부끄럽잖아. 겔다 아저씨, 뭘 가르치는 거야!! 왜 나잇살 먹고 진지하게 놀이에 집중해야 되냐. 뭐, 아직 세 살이지만.'

"내 이름은 기사 알렌! 자, 정정당당히 겨루자!!"

목검을 두 손에 쥐어 허리 높이로 들어 올린다. 정신 연령은 서른여덟 살이지만 큰 목소리로 자기 이름을 외친다.

알렌의 자기소개에 만족한 듯 클레나가 단박에 거리를 좁혀 달려왔다. 목검으로 방어한 알렌에게 충격이 치달린다. 이번에는 이쪽

이 두 손으로 혼신의 힘을 담아서 목검을 내리 휘두르지만, 클레나는 아주 손쉽게 쳐서 막았다.

공방이 쭉 이어진다. 목검이 수없이 교차했다. 탕, 타앙, 소리가 앞마당에 울려 퍼졌다.

'이, 이상해, 너무 이상한데.'

처음부터 줄곧 수세에 몰린 상태다. 알렌은 이런 상황은 절대로 말이 안 된다고 생각했다. 왜냐하면 알렌은 소환 카드의 가호를 최대한으로 활용하고 있기 때문이다.

이제껏 클레나에게 줄곧 흠씬 두들겨 맞기만 했다. 그래서 오늘은 잔뜩 벼르고 카드를 조정했었다. 소지하는 랭크를 H에서 G로 바꾸고 검증에 필요한 각 카드를 두 장씩 만든 뒤, 나머지는 공격력의 가호가 있는 짐승G로 설정했다.

힘은 열 살 아이를 넘어섰다. 알렌이 가늠하기에 성인과 비슷하겠다는 생각까지 들 정도다. 스킬도 사용하고 가호를 최대한 활용하는데도, 세 살짜리 아이 상대로 나잇값도 못하고 전력을 쏟아붓고 있는 자신이 있다.

'전혀 맞지를 않잖아. 새G로 민첩성을 올려볼까. 아니, 여기서 힘을 더 떨어뜨리면 막아낼 수 없어. 모든 능력치가 부족해.'

아마 민첩성도 공격력도 클레나가 우위를 점하는 것 같았다. 마당의 구석으로 몰리지 않도록 천진난만한 악마에 맞서 아득바득 위치를 조정했다.

"역시 알렌이랑 노는 게 아빠보다 재밌어!"

클레나가 흥분해서 빈손을 휙휙 흔들며 말을 건넨다. 아마 체격이 똑같고, 카드를 써서 온 힘을 끌어내는 알렌은 기사놀이의 상대로 딱 적당한 모양이다.

"고마워."

쓴웃음과 함께 답했다. 하지만 이제 막 시작되었을 뿐이다. 잠시 휴식을 한 뒤, 놀이는 한 시간가량 이어졌다.

농노의 밤은 일찍 찾아온다. 밝힐 불빛이 기껏해야 흙바닥의 화로뿐이기 때문이었다. 16시를 지나면 밭일을 끝낸 로단과 테레시아가 돌아온다.

"어머, 어머나. 클레나, 오늘도 놀러 왔니?"

"응! 알렌이랑 기사놀이 했어!"

흙투성이가 되어 마당에 서 있는 알렌과 클레나를 보고 테레시아가 흐뭇하게 웃는다. 이제 놀이는 끝났구나, 쭉 방어만 하며 버텼던 알렌은 마음을 놓았다.

"그래, 재밌게 놀았겠구나. 클레나, 이제 곧 어두워지니까 슬슬 돌아가야지."

"응, 알았어. 내일 또 보자! 알렌!!"

목검을 꽉 쥔 소녀는 기운이 넘쳐나는지 쌩 달려갔다.

"애썼구나, 역시 내 아들이야."

겔다에게 사정을 대강 들어서 아는 로단이 어깨를 톡 두드려줬다.

분주하게 저녁 식사 준비를 한다. 식사 자리의 풍경에서 바뀐 것이 하나 있다.

"여기, 아빠 거."

"그래."

알렌이 볶은 콩을 로단에게 담아서 줬다.

"알렌은 착한 아이구나."

테레시아가 머리를 쓰다듬어준다. 세 살이 되어 알렌은 집안일을 돕기 시작했다. 여기에는 한 가지 이유가 있었다.

느릿느릿 신중히 커다랗게 부푼 배를 안고 자리에 앉는 테레시아. 어머니는 드디어 두 번째 아이를 임신했다. 기다리고 기다린 둘째 아이였다. 예정일은 아마도 새해 전후가 되리라고 들었다. 테레시아의 몸을 염려해서 알렌은 집안일을 적극 거들기로 결심했다.

식사하는 중 알렌이 로단에게 말을 건넸다.

"아빠, 엄마 배가 크니까 고구마 수확 도울게."

요 며칠, 이따금 움직이지 못하는 테레시아를 가만히 지켜보기가 힘들었다. 알렌은 힘이 어른과 비슷하기에 세 살 아이일지언정 고구마 수확쯤이야 거뜬하다. 또한 소환술이나 소환수는 그렇다 치더라도, 힘이 꽤 세다는 사실 정도는 부모에게 알려져도 괜찮다는 생각을 하고 있었다.

"……."

로단은 말을 못 이었다. 아마도 꽤 충격을 받은 모양이다. 할 말을 찾지 못하고 굳어버렸다.

"알렌, 알렌은 아직 어리니까 클레나와 놀면 된단다."

참지 못했는지 테레시아가 대화에 끼어들었다.

"그래, 알렌. 그냥 집안일을 조금씩 거들어주는 것도 충분히 큰 도움이야. 밭일은 나중에 때가 되면 하게 될 테니까 그때까지는 마음 편하게 놀렴."

알렌으로 전생하기 전 아이였던 시절에 켄이치는 목욕탕 청소 담당이었다. 그 시절의 기억을 떠올리며 가볍게 밭일을 돕겠다는 말을 꺼냈다.

다만 로단에게 있어 밭일은 곧 노역이다. 농노의 책무이다. 즐거운 일이 아닌지라 도저히 세 살 아이에게 시킬 수 없었다. 또한 농노를 좋은 신분이라고 생각하지도 않는다.

알렌과 로단의 사이에는 큰 가치관의 차이가 가로놓여 있었다. 전생한 지 3년이 흘렀을지언정 알렌은 이미 켄이치로 35년을 살아왔다. 그 가치관과 상식이 고작 3년 남짓의 시간으로 바뀔 리 없었다.

'흠, 역시 안 되는구나. 하기야 겨우 세 살이니까. 뭐, 그러면 내 일부터 일과를 늘려야겠네.'

알렌도 거절당한 것은 어쩔 수 없다고 생각했다.

아직 더 하고 싶은 일이 많지만, 먼저 가능하다면 집안일을 돕고 싶었다.

"그러고 보니까 오늘 클레나가 말이야."

"어머, 클레나가 왜?"

밭일을 돕겠다는 말 때문에 살짝 무거워졌던 가족의 화목한 분위기를 다시 되찾기 위하여, 알렌은 오늘 클레나와 있었던 이야기를 웃는 얼굴로 들려주었다.

*　*　*

10월 하순, 알바헤론이 북쪽을 향해 날아간다. 알렌이란 이름의 유래가 된 새다.

'슬슬 수확이 끝나면 완전히 사냥의 계절이려나.'

최근 알렌의 아버지 로단은 이래저래 바쁜 모습이었다. 사냥의 계절이 왔기 때문이다. 10월이 되면 남자들은 일정을 조정하며 사냥에 나선다. 올해도 이미 고구마를 수확하는 짬짬이 두 번쯤 사냥을 다녀왔다. 로단은 신장 180센티미터를 넘는 커다란 몸에, 살집도 잘 붙었다. 사냥꾼이 되고 싶었다는 로단은 사냥의 계절을 고대하고 있다. 두 번째 아이를 위해 테레시아에게도 영양이 필요하다.

그 덕분에 알렌과 클레나도 쑥쑥 자라고 있다. 사냥에 성공하면 참가자에게 고깃덩이가 보수로 주어진다. 보통 콩으로 단백질을 섭취하는 농노에게는 귀중한 동물성 단백질이었다. 10월부터 12월에 걸쳐서 대략 열 번 정도 사냥을 성공하니까 실력이 꽤 괜찮을지도 모른다.

또한 1월부터 3월까지는 화이트 디어라는 엘크 비슷한 C랭크의 마수를 사냥하러 간다고 했다. 주위가 눈에 뒤덮이고 목표도 새하얀지라 발견이 어려운 탓에, 가을철 그레이트 보어처럼 많이 잡지는 못한다고 한다.

'흠, 검증 결과는 어떻게 되었을까. 나가보자.'

어제 아침에 짐승G 두더지를 시켜서 팠던 구덩이에 넣은 벌레H 메뚜기를 확인한다.

"오! 덴카! 살아 있구나! 좋아, 하루 통째로 소환해 놔도 문제없다는 사실이 증명됐어."

마당 구석에 팠던 구덩이 안에 메뚜기를 넣어서, 카드로 소환한 소환수가 언제까지 소환을 유지할 수 있는지 검증해보았다.

이 세계에는 공략 사이트도 없을뿐더러 인터넷 게시판도 없다. 소환수의 자세한 성능은 직접 시행착오를 겪어 가면서 검증해야 한다. 앞마당을 자유롭게 드나들 수 있게 되었기에 알렌은 이것저것 검증해보자는 생각을 하고 있다.

또한 덴카는 벌레H의 애칭(이름)이다.

소환수에게는 따로 이름을 지어주는 기능이 있다. 벌레H가 아닌 애칭으로도 생성, 소환, 합성이 가능했다. 목소리를 낼 필요도 없고 머릿속으로 생각만 하면 된다. 소환수의 이름 목록은 다음과 같다.

· 벌레H 덴카(메뚜기)
· 벌레G 뽕타(개구리)
· 짐승H 쵸로스케(쥐)
· 짐승G 두덕스케(두더지)
· 새G 챠뻬(잉꼬)

소환수가 아닌 애완동물에게 붙여줄 만한 이름이구나, 알렌 스스로도 생각은 한다. 변경은 몇 번이든 자유롭다. 마도서의 이름 항목만 변경하면 그만이니까.

'자, 다음은.'

알렌은 벌레H를 그대로 둔 채 마당에 자란 나무 근처로 갔다. 발밑에는 알렌이 주워놓은 돌멩이가 열 개 있다. 그 돌을 주워서 나무를 표적으로 하나씩 던지기 시작한다.

'분명 헬 모드의 설명에서, 직업으로 선택한 스킬만 초기에 입수 가능하다고 쓰여 있었지. 내 경우는 소환술이야. 다만 다른 스킬을 획득할 수 없다는 의미는 절대 아닐 거야.'

나무에 돌멩이를 열 개 던지면 돌을 주워 모은 뒤, 바닥에 『바를 정(正)』으로 횟수를 메모한 뒤 또 던진다.

'일단은 백 개. 매일 백 개를 던져서 스킬 습득 조건의 법칙이 있는지 찾아봐야겠어.'

알렌은 돌을 주워서 이른바 『돌팔매』 같은 스킬을 획득할 수는 없을까 검증하는 중이다.

소환 계열 이외의 스킬 획득은 가능한가, 스킬 습득에는 어떤 조건이 있는가. 그러한 것들을 가능한 한 빨리 알고 싶었다. 이왕 이 세계에 0살로 전생했으니, 빨리 안다고 손해는 안 보겠지.

지금은 합성 스킬의 경험치를 올리고 있지만, 기본적으로 마력을 소비하는 것이 전부이니 하루에 몇 분씩 3세트를 하면 금방 끝나버린다. 파고들기 좋아하는 알렌에게는 너무나 짧은 시간이었다. 따라서 남는 시간은 이렇게 스킬 획득을 검증하는 데 쓰기로 했다. 이제부터는 돌 던지기가 오전의 일과다.

"내일도 또 놀자~! 알렌!"

"응."

오늘의 기사놀이가 끝나고, 알렌은 지쳐서 헉헉댔다. 한편 클레나는 기운이 가득 넘친다. 테레시아에게 재촉 받은 클레나는 집으로 달려갔다. 불빛이 적은 개척촌, 특히 변두리에 위치한 곳은 밤이면 어두컴컴해져 많이 위험하기에 해가 떨어지기 전 집에 돌려보내고 있다.

'만약 클레나가 매일 온다면 검술 관련의 스킬을 먼저 획득할 것 같아.'

오늘도 테레시아가 요리한 저녁 식사가 쭉 놓이고 부모 자식 세 사람이 화로에 둘러앉는다. 농노가 비록 검소하고 가난해도 먹는 양이 적은가 묻는다면 그렇지는 않았다. 로단 한 명만 봐도 신장 180센티미터를 넘는 다부진 체격의 남자가 아침 6시부터 오후 4시까지 육체노동을 하고 있잖은가. 소비 칼로리는 현대인의 평균을 상회했다.

기름 등 조미료가 적고 고기도 거의 마련하지 못하는 상황에서 저 많은 칼로리를 섭취할 필요가 있기 때문에 필연적으로 양이 많아진다. 고구마와 밀을 반죽해서 구운 간소한 빵, 콩이 넉넉하게 놓였다. 묽은 수프의 안쪽에는 여름에 따서 말린 채소가 들어가 있다.

"오늘 봤는데 말이야, 나무에 돌을 던지더구나."

"응."

아들내미가 영문을 모를 행동을 하고 있다면 당연히 테레시아도 신경이 쓰일 터.

로단도 반응한다. 테레시아는 알렌이 묵묵히 나무를 향해 쭉 돌을 던졌다는 것을 말해주었다.

"왜 갑자기 돌을 던졌던 거야?"

"응, 아빠가 집 바깥에는 마수가 나타날지도 모른다고 말했으니까. 나타나면 돌팔매로 잡아서 엄마를 지켜줄 거야!"

미리 생각해 둔 이유를 아이답게 웃는 얼굴로 대답했다. 알렌은 테레시아와 로단에게서 집을 나가면 안 되는 이유로 마수가 언제 바깥에 나타날지 모른다는 이야기를 쭉 들어왔었다.

이 개척촌에는 울타리를 둘러놓은 데다 울타리 바깥에도 낮은 랭크의 마수만 가끔 나타난다고 들었다. 다만, 이따금 낮은 랭크의 마수가 울타리 틈을 지나서 들어오는 경우는 있다고 한다. 발견하면 곧장 파수꾼이나 마을의 어른들이 나서서 퇴치하지만, 그럼에도 아이에게 적잖은 위험임은 달라지지 않는다.

'뿔이 난 토끼 비슷한 마수가 나타난댔지. 맛있었는데.'

과거에 로단이 두 번쯤 잡아줘서 식탁에 나온 고기의 맛을 알렌은 기억하고 있다. 중형의 개만 한 크기의 뿔 달린 토끼였다. 그런 마수는 사냥한 사람의 소유라는 불문율이 있어서 발견하면 앞다투어 잡으러 간다고 한다.

"어휴, 알렌도 참."

테레시아는 알렌의 말에 감동하며 꽉 껴안아줬다.

"오, 그랬구나! 이 녀석!"

아마 아들이 용감하게 자라줘서 로단도 기쁜 듯하다. 아이의 대답으로는 만점에 가까웠다. 알렌의 머리를 거칠게 쓰다듬어줬다.

"물론 클레나도 지켜줄 거지?"

"응!"

클레나가 고작해야 뿔토끼 따위한테 지지는 않으리라고 로단도 겔다에게 들어서 알고 있었다. 그렇기 때문에 클레나가 알렌의 집에 놀러 오고 있으니까.

“그래, 기사놀이도 재미있게 하고 있으니까 다섯 살이 되었을 때 감정 의식이 기대되는구나. 좋은 재능이 있으면 좋겠어!”

“그러게.”

‘오? 뭐야? 처음으로 들은 말인데.’

“감정 의식이 뭐야?”

“다섯 살이 되면 말이야, 신님께서 재능이 있는지 알려주신단다.”

테레시아가 가르쳐줬다. 이곳 이세계에서는 농노도 포함하여 모든 인간을 대상으로 재능을 조사하는 의식이 있다고 한다. 재능 없음이라는 감정 결과를 받는 사람도 무척 많기에 너무 기대하면 안 된다고 부모님이 당부했지만, 정작 부모님이 먼저 기대하고 있음을 알렌은 느꼈다. 아마도 재능이 있다고 감정을 받는 것은 농노의 신분에서 탈출 가능한 몇 안 되는 기회 같았다.

이후 알렌은 오전에는 돌 던지기, 오후에는 기사놀이, 빈 시간마다 소환의 검증 및 정기적인 마력 소비를 통한 스킬의 경험치 획득, 테레시아의 심부름 등 바쁜 나날을 보냈다.

* * *

세월이 흘러 알렌은 네 살이 되었다. 계절은 초봄의 3월. 눈이 조금씩 녹고, 밭에도 녹색의 싹이 트는 계절이다. 알렌은 혼자 앞마당의 나무 앞쪽에 있었다.

세 살이 되고 시작했던 돌 던지기도 이제 1년 반이 지났다. 마도서의 표지에는 레벨 업을 알리는 로그가 노란색으로 표시되어 있다.

『투척의 레벨이 3으로 올랐습니다.』

'드디어 투척 레벨 3을 찍었구나.'

알렌은 무사히 투척이라 불리는 스킬을 획득했으며, 또한 스킬 레벨을 3까지 올리는 데 성공했다.

마도서의 메모를 들여다보며 던진 돌의 숫자를 확인한다.

지난 1년 반 동안 쭉 던지고 던진 돌멩이의 수 (누계)

· 10000개, 투척 레벨 1

· 20000개, 투척 레벨 2

· 120000개, 투척 레벨 3

'역시나 스킬 습득에는 일정 규칙이 있었어. 딱 1만인가. 투척 스킬에만 적용되는 게 아니라면 스킬 습득과 레벨 업에는 일정의 조건이 있단 말이네.'

고찰의 결과를 메모 공간에 추가로 적었다.

· 스킬을 습득하려면 일정 횟수의 시행을 거듭해야 한다

· 스킬 레벨을 2로 올리려면 스킬 레벨 1을 획득한 횟수와 같은 횟수의 시행이 필요

· 스킬 레벨 3은 스킬 레벨 1의 열 배의 시행이 필요

십이만 번이나 반복해서 돌을 던졌던 나무 표면은 돌에 맞은 부분

이 원을 그리며 벗겨져버렸다. 처음 시작할 때는 하루에 백 번으로 횟수를 정했었지만, 레벨 2가 되어 시행 횟수가 관계되어 있음을 안 이후부터는 삼백 번으로 횟수를 늘려서 현재에 이르렀다.

'이게 헬 모드가 아니라 노말 모드였다면 백 번으로 충분했던 건가.'

헬 모드는 레벨 업, 스킬 성장이 노말 모드의 백 배에 달하는 노력을 필요로 한다. 이때 경험치든 스킬의 성장을 위한 시행 횟수든 전부 백 배를 요구한다고 추측할 수 있겠다.

'음, 투척 레벨 4는 어떻게 할까. 만약 레벨 4로 올리는 데 필요한 횟수가 백만 번이라면 하루에 삼백 번을 던져도 9년 이상은 걸리는 셈이잖아. 그렇다고 다른 할 일도 없지만. 뭔가 다른 할 일이 생길 때까지는 계속 던질까? 십만 번, 이십만 번을 더 던져서 스킬이 안 오르면 백만 번이라고 확정할 수도 있고.'

스테이터스를 확인하며 이후의 예정을 생각했다.

【이　름】 알렌
【연　령】 4
【직　업】 소환사
【레　벨】 1
【체　력】 16 (40) +26
【마　력】 1 (20)
【공격력】 4 (10) +26
【내구력】 4 (10) +6
【민첩성】 10 (25) +10
【지　력】 12 (30) +4
【행　운】 10 (25)
【스　킬】 소환 〈2〉, 생성 〈3〉, 합성 〈2〉, 확장 〈1〉, 검술 〈2〉, 투척 〈3〉, 제거
【경험치】 0/1000

· 스킬 레벨
【소　환】 2
【생　성】 3
【합　성】 2
· 스킬 경험치
【생　성】 1846/100000
【합　성】 1325/10000
· 획득 가능 소환수
【 벌레 】 GH
【 짐승 】 GH
【　새　】 G
· 홀더
【 벌레 】 G 2장, H 2장
【 짐승 】 G 13장
【　새　】 G 2장

1년과 10개월 만에 소환 레벨 2를 달성했지만, 4살에 5개월이 지날 때까지 아직껏 소환 레벨은 2.

생성 레벨 2와 합성 레벨 1은 세 살이 된 이후 올리기 시작하여 각각 3과 2까지 올렸다.

'생성 레벨 3은 달성했는데 소환 레벨 3을 못 찍은 건 왜지?'

마도서로 자기 스테이터스를 확인하면 언제나 이런 생각이 머리를 스치고 간다. 소환 레벨이 3이 아니어서인지 소환수의 숫자는 달라지지 않았다. 소환 레벨이 2로 올랐을 때 G랭크의 새가 해금되었던 것을 생각하면, 더 높은 랭크를 소환하기 위해서는 소환 레벨을 올릴 필요가 있을 것이다.

'어떻게 해야 소환 레벨이 올라가는지 알 수는 없지만.'

인터넷 게시판도 공략본도 없는 이세계 전생. 스스로 시행착오를 거듭할 수밖에 없다. 어떻게 해야 소환 레벨을 3으로 올릴 수 있을까 고민한 끝에 합성 레벨을 3으로 올려보자고 결정했다. 일단 관련 스킬의 레벨이 전부 올라가면 소환도 같이 따라서 올라가는 것이 아닐까 생각했기 때문이었다.

또한 합성 스킬은 스킬 레벨이 올라도 소비 마력은 여전히 5였다. 아마 생성과 달리, 합성은 앞으로도 소비 마력이 고정될 가능성이 있다.

한편 검술은 거의 매일같이 클레나가 기사놀이를 하러 오는지라 자연스럽게 올라서, 1년 반 만에 스킬 레벨 2를 달성했다.

투척도 마찬가지인데, 스킬의 유무와 레벨에 따라 위력이며 정확도 등 모든 측면에서 차이가 발생했다. 투척이든 검술이든 몸의 움직임에서 보정을 받았다. 더욱 자연스럽게, 더욱 정확한 자세를 취할 수 있게 되었다. 그리고 돌멩이의 위력도, 검격의 위력도 올라갔다는 느낌을 받았다.

알렌은 스킬 레벨의 검증 결과를 마도서에 메모했다.

· 몸을 움직일 때 보정을 받는다

· 스킬 레벨이 오르면 오를수록 위력이 상승한다

이곳은 검과 마법의 판타지풍 세계이지만, 게임이 아니라 엄연히 다른 세계이다. 딱히 대미지 표기가 눈에 보이지는 않아서 어느 정도인지는 알 수 없으나 위력의 상승이 느껴지는 것은 분명했다.

"알렌, 점심 차리는 것 좀 도와줘~."

곧 점심시간인가 보다. 테레시아가 앞마당에 있는 알렌에게 말을 건넸다. 어머니의 일을 돕기 위해서 일단 집 안에 돌아가기로 했다.

"네, 엄마."

등에 아이를 업은 테레시아의 옆쪽에 서서 점심 식사 만들기를 도왔다.

테레시아는 무사히 두 번째 자식, 남자아이를 출산했다. 재작년 12월 무렵 출산했으니 등에 업힌 아이는 한 살 반이다. 이미 깨어났는지 다리를 바둥바둥 움직이고 있다.

등을 흔들며 그녀는 알렌에게 찐 고구마와 막자를 건네준다.

"마쉬, 금방 밥 차려줄게요."

"녜~에."

침을 흘리며 말꼬리가 늘어지는 대답을 하는 마쉬. 알렌의 남동생은 마쉬라는 이름을 받았다. 갈색 머리카락에 녹색 눈동자, 얼굴 생김새는 굳이 따지자면 아버지를 더 많이 닮았다.

이름은 물론 이 세계에 있는 마수에서 따와 로단이 붙였다. 로단의 이야기에 따르면, 마더 가르쉬라는 늑대를 닮은 마수라고 한다. 세상을 자기 마음대로 떠돌아다니는 강인한 늑대라고 설명해줬다. 자유롭게 살아달라는 아버지의 강한 마음이 느껴진다.

알바헤론에서 이름을 따온 알렌과 마찬가지로, 이름의 원형은 거의 다 사라졌지만.

마더 가르쉬의 랭크를 물어봤더니 B랭크의 마수라고 했다. D랭크인 알바헤론보다 두 개나 랭크가 높다. 형보다 뛰어난 동생은 없다고 알렌은 혼자 중얼거렸다.

'많이 먹고 쑥쑥 자라라. 나의 동생아.'

이미 이유식을 시작한 동생이 고구마를 먹다가 목이 메지 않도록 꼼꼼하게 으깼다. 아직 밭일을 돕지는 않는다만, 거드는 집안일은 많이 늘었다.

"나 왔어~."

마당 너머에 있는 밭에서 로단이 돌아와, 다 같이 화로를 두고 둘러앉은 채 점심 식사를 먹는다.

"듣자 하니까 내년에 이 마을은 데보디 마을이 된다더군. 영주님 사절이 와서 알려줬다더라."

로단이 아침에 공동 우물터에서 같은 농노 이웃에게 들은 이야기를 전해주었다.

"드디어 마을에 이름이 생기네."

'개척이 많이 진행돼서 개척촌이 아니게 됐단 뜻인가.'

지금은 마을을 개척한 지 9년이었다. 개척도 생산도 안정기에 들어섰기에 10년째가 되면 마을에 이름을 붙여준다고 한다.

"그래, 뭐, 촌장의 이름을 따온다는 얘기가 많았지. 정말 그렇게 됐어."

'데보디 촌장인가? 본 적이 없네.'

이전에 로단에게 들은 이야기를 떠올렸다. 개척촌은 개척이 일정 이상 진행되면 마을에서 가장 유명한 사람의 이름을 따서 붙인다고 했다. 기본적으로 초대 촌장의 이름을 쓰는 경우가 많다던가.

그러면 다시 나갔다 오겠다며 로단이 밭에 나갔다. 테레시아도 마쉬가 한 살이 될 때까지는 온종일 붙어 지냈지만, 한 살이 된 다음부터는 낮잠을 자는 시간마다 로단을 도와 밭일을 하고 있다.

'화목한 가족이구나.'

테레시아의 뺨에 키스를 하고 나가는 로단. 부끄러워하면서도 기뻐 보이는 테레시아. 두 사람의 분위기를 보면 어쩐지 또 동생이 생길 것 같다고 생각하며 마쉬를 본다. 나무로 만든 스푼을 꽉 쥐고 입 주변에 묻히며 열심히 식사를 하는 남동생, 마쉬.

문득, 때때로 생각이 든다. 자신은 어째서 전생했을까 하고.

폐급 설정의 게임을 파고들고 싶다고 진심으로 바랐다. 그래서 검과 마법의 판타지 세계에 온 것을 딱히 후회하지 않는다. 서른다섯 살의 나이로 본래 세계를 떠나왔으니 저쪽에 계신 부모님은 조금 슬퍼할지도 모르겠다만, 결혼도 하지 않았고 여자 친구도 없었던 만큼 아주 큰 대미지는 아니라고 생각한다.

그러나 이 세계에 온 당시에 떠올렸던 생각은, 아기부터 전생한 것이 아니라 어른인 채 전이했다면 좋았으리라는 아쉬움이다.

누구에게도 속박되지 않고 소환사로서 자신을 육성하는 데 집중하고 싶었다. 전이한 뒤 근처의 도시에 가서, 이를테면 모험가가 되어 오로지 마수를 사냥하고 레벨과 스킬 올리기에 힘쓰고 싶었다.

게임을 하면 최강의 장비를 찾아다녔고, 레벨도 끝까지 꽉 채워 올렸다. 줄곧 해왔던 게임 즐기기 방법이다. 이세계에서도 똑같은 방법으로 즐기고 싶었다.

'화목한 것도 괜찮네. 적어도 가족을 농노 신분에서 풀어주긴 해야지. 어떻게 해야 풀어줄 수 있는진 잘 모르겠지만.'

동생이 생겨 가족의 안부를 생각하는 시간이 늘어났다. 알렌에겐 레벨 올리기 이외에 또 목표가 생겼다.

제4화 감정 의식

알렌이 이세계에 오고 5년 반이 지났다. 지금은 봄이 와서 4월 중순이다.

오늘은 아침부터 테레시아와 로단이 들썩들썩했다.

"신관님에게 실례되는 말을 하면 안 된다?"

"응, 엄마."

어제부터 열 번 이상 반복했던 대답을 한 번 더 했다. 어머니가 옷의 먼지를 탁탁 털어준다.

"테레시아, 알렌은 영리한 아이야. 괜한 실수는 하지 않아. 다녀올게."

로단을 따라 개척촌의 중심으로 출발했다. 테레시아는 마쉬를 돌봐야 하는지라 외출하는 사람은 로단과 알렌뿐이다.

오늘은 알렌이 감정 의식을 치르는 날이었다.

'부모님, 기대감에 꽤 부푸신 것 같은데.'

지난 며칠간 들었던 말을 떠올린다.

감정 의식이란 본인의 안에 잠재된 재능을 감정하는 행사라고 한다. 대상은 왕족부터 농노 계급까지 모든 사람이며, 다섯 살이 되면 반드시 받는 것이 의무이다. 왕국에서 법으로 규정하고 있는 절차이기도 했다. 만약 감정에서 재능이 발견되면 임관하는 것도 꿈이 아니라는 설명이었다.

'농노가 농노 신분을 탈출할 수 있는 몇 안 되는 방법이지.'

아버지를 따라서 두렁길을 걷던 때 귀에 익은 목소리가 들렸다.

"알렌~!!"

클레나가 분홍 머리카락을 살랑거리며 힘껏 손을 흔들고 있다. 목검을 손에 들지 않은 클레나는 오랜만에 본다고 알렌은 생각했다.

"안녕, 클레나. 클레나도 감정 의식에 가는구나."

"응, 난 감정에서 검사로 나올 거야! 그리고 기사가 될 거야!!"

클레나는 생글생글 웃으며 답했다. 옆에는 근육 불끈불끈한 겔다도 있다. 겔다와 클레나에게 있어서도 감정 의식을 받는 날인 모양이다. 듣자 하니 감정 의식은 매년 한 차례, 4월에 한꺼번에 다 같이 치른다고 했다. 굳이 농노가 다섯 살이 될 때마다 행사를 열기는 번거로울 테지.

어제도 그저께도 들었던 클레나의 꿈 이야기를 오늘도 들으며 밭을 지나 여러 집들이 이어져 있는 장소로 왔다. 이 개척촌은 알렌이 태어난 이후에도 주민이 꾸준히 늘었기에 제법 단단한 기반을 갖춘 마을이 되어 가는 중이었다. 한 살 때 마수 해체 현장을 본 뒤로 주택지에 온 횟수는 손에 꼽을 정도지만, 그 변화는 분명하게 알 수 있었다.

아침 9시 전. 정각 전인데도 교회로 짐작되는 건물에는 무척 많은 사람들이 모였다.

'와아, 역시 평민과 농노는 많이 다르구나. 그나저나 평민도 같이 감정을 받는 건가.'

백 명 가까운 인파가 모여 있었다. 그 안에서 알렌이 눈치 챈 것은 옷에 묻은 얼룩이다. 같은 마직물 옷을 입고 있는데도 농노는 갈색의 지저분한 자국이 눈에 띄었다. 밭에서 부지런히 흙을 만져야 하고, 비누와 같은 물건이 없어서 대부분 물빨래만 하기 때문이었다. 뜨문뜨문 갈색의 얼룩이 묻은 농노와 겉은 깔끔한 평민. 밭일을 하는 평민도 분명히 있을 텐데 이렇게 차이가 나는 까닭은 비누나 세제를 쓰기 때문인지도 모르겠다.

아침 9시를 알리는 종이 울리자, 문이 열리고 건물 안에서 신관으로 짐작되는 인물들이 줄줄이 나왔다. 평민과는 전혀 다른 복장이었다. 위아래에 이음매가 없이 통일된 옷을 잘 차려입었다.

'교회 안에 들어가는 건 처음이구나.'

신관들의 안내를 받아 로단과 함께 교회 안쪽에 들어갔다. 바깥에서 본 높이는 2층 건물이라는 인상이었는데, 실제는 천장이 높아 1층만 있는 구조였다. 넓은 공간의 안쪽에는 그리스 신화를 떠올리게 하는 새하얀 조각이 보였다. 아마도 신을 본떴을 테지. 남신과 여신의 형상이 다수 늘어서 있다.

'저게 이 세계의 신들인가? 벼를 손에 쥔 쪽은 풍작의 신이겠구나. 무기를 손에 쥔 건 전쟁의 신 같아.'

가장 안쪽의 중앙에 서 있는 조각상이 창조신일까? 외모는 20대 후반쯤 되어 보인다. 등까지 기른 긴 머리카락, 탄탄한 몸과 얼굴. 두 눈은 감겨 있고, 상반신에는 옷을 안 입었다. 날개 비슷한 것은 없었다.

한 살이 되었을 때 이 세계의 창조신에게 마도서를 통해 안내문을 받았던 기억을 떠올린다. 그 이후론 아무 연락도 없었다.

신관들이 뒤쪽에 앉도록 지시하기에 한곳에 모여서 널빤지 바닥에 앉았다. 모두가 앉자 가장 나이 든 신관이 말을 시작했다.

"여러분, 오늘 이렇게 감정 의식을 위해 모여주셔서 감사드립니다."

평민이 머리를 숙이는지라 당연한 예절인가 싶어 농노들도 머리를 수그렸다. 아마도 평민들은 정기적으로 교회에 오는 모양이었다. 알렌도 분위기에 맞춰 머리를 수그린다. 곧이어 나이 든 신관이 또 입을 열었다.

"창조신 에르메아 님은 모든 사람에게 공평하게 기회를 베풀어주십니다. 농노로 태어난 분은 모르실 수 있겠습니다만, 농노 중에서도 왕국의 영웅이 태어났던 사례는 분명 있습니다."

술렁술렁하는 교회. 농노 가운데 영웅이 태어났다는 게 무슨 말이냐며 마을 주민들이 동요한다. 이 공간에는 첫째 아이가 다섯 살을 먹은 뒤, 부모로서 처음 감정 의식에 참여하는 사람도 많았다. 즉 농노에서 영웅이 되는 이야기를 처음으로 듣는 부모 자식도 많은 셈이다.

10년 전 개척촌이 만들어졌다. 첫 2, 3년은 농사가 잘되지 않아 도저히 아이를 낳을 형편이 아니었다. 그러나 4년째, 5년째에 들어서자 느릿하게나마 조금씩 안정적으로 작물이 결실을 맺기 시작했다.

그에 따라서 아이를 낳아 키우는 가정도 점점 늘어났다. 로단과 테레시아도 비슷한 사연을 가진 부부였다. 알렌은 개척촌의 베이비붐에 태어난 셈이다. 이곳에는 베이비 붐 시기에 태어난 서른 명 가까운 아이가 있다.

"성녀 클라시스 님은 평민 출생이시죠. 또한 현재도 왕국을 위해 활약하고 계시는 검성 드베르그 님께서 바로 농노 출신입니다."

웅성거리는 공간에 신관의 목소리가 울려 퍼졌다. 마을 주민들은 방금 듣게 된 말에 더더욱 동요한다.

'아하, 그렇구만.'

그런 와중에 알렌은 혼자 납득했다. 머릿속에 떠오른 건 전생하기 직전의 기억이다. 게임 설정 화면에서 봤던 내용에선 용사 및 검성은 낮은 계급에서 태어난다고 했다. 상급 귀족 및 왕족에게서는 결코 나오지 않는다. 어려운 직업이나, 미래에 강해지는 직업일수록 낮은 계급에서 태어난다. 예컨대 평민이나 농노처럼.

'게임 화면에서 본 설정이 똑같이 반영되어 있는 건가. 그래서 뛰어난 인재가 태어날지도 모르는 농노까지 포함해서, 그늘에 가려진 재능은 없나 감정을 받게 시키는 거야.'

그 이후로는 간단하게 감정 의식에 대한 설명이 시작되었다. 나이 든 신관의 눈앞에는 감정용 수정이 놓여있다. 수정에 손을 가져다 대면 신관의 옆에 우뚝 서 있는 등신대의 새카만 금속판에 감정 결과가 표시된다고 한다.

"여기 수정에 손을 얹으면 그 사람의 재능과 능력이 표시됩니다."

'흠흠, 수정의 색이 변하거나 빛나거나 하는 건 아니고, 감정 결과가 글자로 나오는 건가. 다 공개되는 거네. 뭐, 이렇게 사람이 많은 곳이니까 숨길 방법도 없겠어.'

침착하게 고찰을 하는 알렌과 관계없이 감정 의식은 진행된다.

"우선 데보디의 자식 페롬스여. 수정에 손을 얹도록 해라."

양피지 비슷한 종이를 들여다보며 나이 든 신관이 지시 내렸다.

아마도 서른 명 가까이 있는 아이들의 명단일 테지. 촌장 데보디와 같이 온 페롬스가 널찍한 실내의 안쪽 위치에 있는 수정 앞까지 걸음을 옮겼다.

손을 얹으라는 신관의 지시에 따라 페롬스는 두 손을 수정에 올렸다. 손이 닿은 수정은 엷게 빛나고, 빛은 곧 옆쪽에 있는 새카만 금속판으로 이동한다. 이어서 금속판에 은색 글자가 출력되었다.

'푭?! 내 마도서랑 똑같잖아?! 혹시 감정 의식이랑 똑같은 기능이 마도서에 딸려 있는 건가?!'

"오오! 상인의 재능이 있군요. 축하합니다."

【이 름】 페롬스
【체 력】 C
【마 력】 D
【공격력】 D
【내구력】 C
【민첩성】 D
【지 력】 B
【행 운】 B
【재 능】 상인

감정 결과에 재능을 나타내는 항목이 있다. 상인이라고 표시된 글자를 본 촌장은 환희의 목소리를 지르며 페롬스를 꽉 끌어안았다. 페롬스도 캑캑거리며 기뻐하고 있다.

'오? 뭐든 재능이 있으면 기뻐하는 분위기인가? 능력은 랭크로 표시되고.'

알렌은 마도서를 펼쳐서 페롬스의 감정 결과를 메모하기 시작했다. 다음은 평민 남자아이가 불려 나갔다. 방금 전과 마찬가지로 부모와 함께 수정 앞으로 가더니, 남자아이가 수정에 손을 얹는다.

감정 결과가 새카만 금속판에 표시되었다.

재능 항목에 『없음』이라고 표시된 글자를 보고 부모와 자식이 같이 어깨를 축 늘어뜨렸다. 다만 교회의 감정은 절대적인지, 아무런 말을 못 한 채 다음 감정을 위해 물러났다.

'오호, 재능은 모든 사람한테 있는 건 아닌 모양이네?'

감정은 순조롭게 진행되어 간다. 스테이터스는 페롬스 이후 C부터 E가 많은 듯하였고, 재능은 『없음』이라는 표시가 쭉 이어졌다. 평민부터 먼저 부르기 시작했는지 농노는 아직 불려 나간 아이가 없다. 자신들의 감정이 끝나면 귀가해도 되는 듯하다. 나가는 사람, 남은 아이들의 감정 결과를 구경하는 사람 등 제각각이다.

"마, 만세! 아빠, 도끼잡이야. 도끼잡이라고!!"

일곱 번째로 나온 체격이 좋은 아이가 신관에게 도끼잡이의 재능이 있다는 결과를 받았다. 부모와 자식이 서로 끌어안으며 감정 결과를 기뻐하고 있다.

【이　름】 드골라
【체　력】 B
【마　력】 D
【공격력】 A
【내구력】 B
【민첩성】 C
【지　력】 D
【행　운】 B
【재　능】 도끼잡이

‘오오! 처음으로 능력치에 A가 나왔어. 혹시 재능이 없으면 B도 어려운 건가?’

전부 마도서에 메모하며 도끼잡이의 직업 특성을 분석했다.

이제 평민은 끝났는지 농노라 여겨지는 복장의 아이들이 불려 나가기 시작한다. 농노도 평민과 마찬가지로 재능 없음이라고 판정되는 아이가 많았다.

농노 중 승려의 재능이 있는 아이가 한 명 나왔다. 기뻐하는 아이와 아버지가 나중에 따로 대화를 나누자며 신관에게 설명을 듣고 있다.

‘뭐지, 난 언제 이름을 불러주려나. 뭐, 재능을 분석할 수 있어서 좋지만.’

알렌과 클레나가 마지막까지 남았다.

“그럼 겔다의 아이 클레나, 수정에 손을 얹도록 해라.”

“네!!”

겔다와 같이 클레나가 수정 앞으로 나아간다. 웃는 얼굴로 두 손을 수정에 얹는 클레나. 거의 마지막이라는 이유도 있어 구경하는 사람은 많이 줄었지만, 몇몇 부모와 아이는 아직껏 견학 중이었다.

클레나가 두 손을 얹었을 때 수정이 깜짝 놀라도록 찬란한 빛을 발했다. 수정의 빛이 잠잠해지는 동시에 새카만 금속판에 감정 결과가 표시된다.

“““뭐, 뭐야!!!”””

너무나도 밝은 빛에 경악하는 신관과 구경꾼들. 겔다도 몸 전체로 놀라움을 나타내고 있다.

“아니?! 세, 세상에. 나, 나오고 말았구나.”

나이 든 신관은 너무나 놀란 나머지 후들후들 떨며 말했다.

“아니?! 어? 신관님, 감정 결과는요?!”

겔다는 금속판에 표시된 글자를 읽지 못한다. 농노 중 자신과 가족의 이름 이외에 글자를 읽을 줄 아는 사람은 거의 없었다. 딸 클레나의 이름 이외에 무엇이 쓰여 있는지 알아보지 못한다.

“거, 검성일세. 클레나의 재능은 검성이라네!”

【이 름】 클레나
【체 력】 S
【마 력】 C
【공격력】 S
【내구력】 A
【민첩성】 A
【지 력】 C
【행 운】 B
【재 능】 검성

“거, 검성이라니!!”

“우리 마을에 검성이 태어났다!”

교회 안쪽이 시끌벅적하다. 다들 새카만 금속판과 클레나를 번갈아 쳐다봤다.

“엥? 검사가 아냐?”

고개를 갸웃하며 아쉬워하는 클레나는 상황을 알지 못하는 기색이다.

새카만 금속판에는 먼저 감정을 받았던 서른 명으론 전혀 미치지 못하는 능력치와 검성이라는 글자가 표시되어 있었다.

클레나에게 검성의 재능이 있었다. 그 사실에 겔다도 로단도 믿기지 않는다는 표정으로 굳어버렸다. 오직 알렌만 이런 상황에서 침착하게 클레나의 스테이터스를 마도서의 메모 기능으로 기록하고 있다.

'그럴 것 같았어, 어쩐지. 솔직히 검사의 재능으로 그런 개그 캐릭터처럼 강한 게 말이 안 되지.'

클레나와 기사놀이를 하며 2년 반이 지났다. 하루에 한 시간의 놀이인데도 덕분에 검술 레벨이 3까지 올랐다. 뚝 부러져서 새로 만든 목검은 열 자루를 넘는다. 요즘 들어서는 직접 목검을 만들기도 했다.

서른한 명의 아이가 감정을 끝낸 지금의 현황은 이러하다.

· 검성 1인 (클레나)
· 도끼잡이 2인 (평민)
· 승려 1인 (농노)
· 상인 1인 (촌장의 자식)
· 재능 없음 27인

'뭔가 거의 다 재능 없음이네. 확률로 따지면 열 명 중 한 명 남짓인가.'

"마지막으로 로단의 자식 알렌, 수정에 손을 얹도록 해라."

드디어 알렌의 차례가 왔다. 로단과 같이 수정의 앞에 서서 손을 얻었다.

'이제 부모님에게도 내가 소환사라는 사실이 알려지겠네. 먼저 말해주고 싶어도 뭐라고 설명해야 할지 난감했는데 마침 잘됐어.'

지난 5년 반, 메뚜기가 몇 마리나 테레시아에게 밟혀 빛이 되었지만, 자신이 먼저 소환사라고 부모에게 말한 적은 없었다. 왜 자신이 소환사라고 생각하는지 질문을 받아도 딱히 근거를 설명할 수 없다는 것이 이유 중 하나이다. 게다가 굳이 설명을 필요로 하는 상황도 아니었으니까.

그런 생각을 하던 중 수정이 또 찬란한 빛을 쏟아 냈다.

""""아니?""""

나이 든 신관도 로단도 모두 경악한다. 클레나를 더욱 뛰어넘는 빛이었기에. 직접 태양을 마주한 것 같은 광채인지라 손으로 눈을 가렸다.

빛이 수그러들고 새카만 금속판에 은색으로 글자가 새겨진다.

"이, 이것은, 어찌된……."

경악하는 신관들. 스스로의 눈을 의심하는 듯 자기 눈을 비비며 재차 확인한다.

"저기, 신관님? 감정 결과는 어떻게 나왔습니까?"

글자를 읽지 못하는 로단이 신관에게 물었다.

"어, 아, 아뇨, 재능은 없습니다."

"그렇습니까……."

로단은 검성 클레나와 기사놀이를 하는 알렌을 거듭 봐왔다. 목검을 쓰는 솜씨는 전혀 평범한 아이가 아니라고 생각했었다. 아마 검

사의 재능이 있지 않을까 기대했던 것 같다.

'끙, 아버지가 꽤 실망하고 계시네. 뭐, 재능이 없는 건 그렇다 치고, 이 감정 결과는 도대체 뭐야? 창조신님, 일을 땡땡이쳤나요?'

알렌이 새카만 금속판을 보고 어이없어한다.

【이 름】 알렌
【체 력】 E
【마 력】 E
【공격력】 E
【내구력】 E
【민첩성】 E
【지 력】 E
【행 운】 E
【재 능】 쌰ㅑ 휘어;이

'내 재능쪽에 글자가 다 깨졌잖아!!!'

새카만 금속판에는 모든 능력치가 E랭크이고, 재능은 텍스트가 깨져서 알아볼 수 없는 은색의 글자로 표시되어 있었다. 신관도 깨진 텍스트를 읽지 못하는지라 재능 없음으로 판단한 듯했다.

글자를 읽을 수 있는 평민도 있었는지, 재능이 없는 것은 물론이고 능력이 너무 낮지 않냐며 수군수군하는 목소리가 들려온다. 그 말이 로단의 귀에도 들어간 모양이다. 충격을 받은 얼굴로 로단이 알렌을 바라봤다.

"으흠, 로단, 알렌은 당신의 아이입니다. 정성껏 키우도록 하세요."

신관이 기록을 마쳤는지 금속판에 출력된 글자가 사라졌다. 아마도 아이들의 재능은 모두 기록으로 남기는 것 같다. 알렌의 감정 결과도 기록에 남았을 테지.

어깨를 축 늘어뜨리고 교회를 뒤로하는 로단과 함께 알렌도 귀갓길에 올랐다.

'클레나가 검성인데도 그냥 돌려보내는구나. 아니, 나중에 또 날을 정해서 이야기를 하러 올지도 몰라.'

로단과 알렌을 쫓아 겔다와 클레나도 교회에서 나왔지만, 교회의 관련자들은 딱히 아무런 행동을 하지 않았다. 다른 사람들과 마찬가지로 집에 돌아가면 되는 듯하다. 도중에 잔뜩 실망한 로단을 겔다가 위로해줬다. 다만 로단은 거의 반응이 없었다.

감정이 끝났는데도 아직 점심 전이다. 겔다와 클레나와 헤어진 뒤 각자의 집으로 돌아간다.

"너는 내 아이야. 번듯하게 길러줄 테니 안심하렴. 하지만 엄마가 걱정할 테니 재능이 없었다, 정도로만 설명하자."

둘만 남은 뒤 로단이 말을 건넸다. 아마도 알렌이 실망했을 것이라 생각하는 듯했다.

하지만 알렌은 감정 결과를 분석하기 위해 생각에 잠겨 있었을 뿐이었다.

"어? 응. 아빠."

알렌이 웃는 얼굴로 대답하자 머리를 톡톡 토닥여준다. 두 사람은 다시 귀갓길에 올랐다.

집에 돌아온 후 테레시아에게 결과를 알려주자 다정하게 머리를 쓰다듬어줬다. 테레시아도 아빠, 엄마의 아이라는 말을 해줬다.

낮잠을 자기 위하여 아이용 방에 들어간다. 두 살이 된 동생 마쉬가 새근새근 숨소리를 내며 잠든 옆에서, 알렌도 같이 누웠다. 잠자리는 목제 침대에서 이불로 바뀌었다. 따뜻하게 대해주는 부모님의 태도는 복받치는 감정을 느끼게 했다.

'아니, 이건 신이나 스태프의 실수잖아? 글자가 깨져 나왔다는 건 감정 의식에서 쓰는 금속판에 소환사의 정보가 아직 반영되지 않은 게 원인 같은데.'

잠들기 전, 감정 의식에 대해 한 번 더 분석 결과를 정리한다. 마도서에 정확하게 기록하기 위해서다.

'뭐, 부모님한테 괜히 걱정을 끼쳐 미안하지만, 이제 당분간 내가 소환사라는 말은 할 기회가 없겠구나.'

감정 의식에서 아무것도 나오지 않았기에 앞으로도 부모님과 동생의 눈을 피해서 소환을 분석해야 하는 처지가 됐다. 대강 정리를 끝낸 뒤 과거에 기록했던 다른 페이지로 이동했다.

'그나저나 능력치가 전부 E였지. 덕분에 검증 결과가 한 가지 확정됐어.'

알렌에게는 지난 5년 중 어떻게든 꼭 알아내야 하는 가설이 있었다. 이번 감정 의식을 통해 한 가지 답을 도출했다.

아쉽게도 부모님의 기대에는 어긋난 결과로 끝났지만, 모든 능력치 E는 알렌에게는 마냥 나쁘기만 한 결과는 아니었다.

'나만 헬 모드인지, 다른 사람들도 헬 모드인지 알 수 있었으니까.'

마도서의 메모 페이지에 있는 가설 항목을 살펴보면서, 가설의 결과를 기록했다.

알렌의 가설

가설 1. 헬 모드 설정은 이세계의 모든 사람에게 반영된다.

가설 2. 헬 모드 설정은 오직 알렌에게만 반영된다. 이세계의 사람들은 노말 모드이다.

마도서에 적었던 가설 1을 삭제했다.

'이제 나 혼자만 헬 모드라는 사실이 판명됐어. 그게 아니면 모든 능력치 E는 비정상이니까.'

알렌은 지난 몇 시간 동안 치렀던 감정 의식의 검증을 거의 다 마쳤다. 우선 스테이터스 능력의 랭크는 기대치와 비슷했다. 다들 다섯 살이니까, 사람에 따라 능력치에 큰 차이는 없을 것이다. 레벨도 아마 알렌과 마찬가지로 1이겠지. 스테이터스의 랭크는 레벨이 올랐을 때 상승하는 수치거나, 성장 가능성을 랭크로 표현한 결과라고 판단했다.

그러면 왜 알렌의 능력치는 전부 E였는가. 그 이유는 알렌 혼자만 헬 모드이기 때문이라고 짐작된다. 성장 가능성 및 기대치뿐 아니라 성장 속도까지 고려하면 실제 능력의 100분의 1로 평가받는 식이다.

헬 모드의 성장 속도는 노말 모드와 비교했을 때 100분의 1이다.

켄이치는 쉬운 게임이 주류를 차지하는 시대를 한탄했고, 그러다가 알렌이 되어 이세계에 전생했다. 자신 혼자만 헬 모드로 살아가는 세계로 말이다. 아마 사람들은 지옥 같은 세계라고 말할 것이다. 그렇지만 알렌의 마음속에선 무엇인가가 복받쳐 올라온다. 이를테면, 큰 목표가 자신의 마음속에서 끓어오르는 것을 느낀다.

"그런가, 이건 쉬운 게임과의 싸움이기도 하구나. 인생을 걸고 맥 빠지게 쉬운 게임과 싸워, 파고들기의 가치를 증명하라는 거야."

무심코 소리를 내서 말한 것을 반성한 뒤 낮잠을 잔다.

그날은 결국 3시에 평소처럼 클레나와 기사놀이를 했다. 다만 그 날은 놀이만으로 끝나지 않았다. 저녁때 잠깐 볼일이 있다며 부모님이 어딘가로 외출했는데 테레시아만 먼저 돌아왔다. 그 이후 한 시간은 더 늦게 로단이 돌아왔다.

"어? 어, 어떻게 된 거야, 로단!!!"

테레시아는 놀라서 로단에게 말을 건넸다. 얼굴이며 몸 이곳저곳에 멍이 든 모습이었다. 잔뜩 얻어맞아서 얼굴이 부어올랐다. 로단은 아내의 질문에 아무 대답도 안 하고 단지 아래를 내려다보고 있었다.

로단이 안면에 멍 자국을 잔뜩 만들어서 돌아온 지 3일이 지났다. 왜 멍이 들었는지 테레시아가 물어도 로단은 전혀 대답을 안 하고 뚱한 얼굴로 침묵을 고수했다.

하지만, 멍든 이유는 다음날 클레나에게 들을 수 있었다. 놀랍게도 이웃집 겔다와 대판 싸움을 했다고 한다.

싸운 이유까지는 결국 알 수 없었지만, 감정 의식이 끝난 당일에 일어난 싸움이다. 아마 재능이 없는 데다 모든 능력치가 E랭크인 자신이 원인일 것이라 생각이 들었다.

감정 의식에서 글자가 깨져 나왔을 뿐 아니라 모든 능력치가 E랭크였던 것에 대해, 항의의 뜻을 담아 마도서를 꽉 움켜잡고 매일같이 사정의 설명 및 개선 요구를 염력처럼 보내본다. 하지만 신은 마도서를 통한 안내문을 보내주지 않았다.

하지만 알렌은 켄이치였던 시절, 1년을 쏟아 제작한 장비가 게임 서버 다운이라는 명백한 운영진의 과실 때문에 소실된 경험이 있다. 그때는 거의 매일같이 게임 마스터(운영 스태프)에게 개선 요구를 반복한 끝에 장비를 백업 데이터에서 돌려받았던 실적이 있었다. 신이 답변을 보낼 때까지 매일매일 이의 제기를 반복할 작정이다.

"알렌, 준비는 다 했니?"

"응, 엄마."

딱히 준비할 것은 없다는 생각이 든다. 혹시나 싶어 목검만 가져가기로 했다. 어쩐지 클레나의 영향을 이상하게 받은 것 같기도 하다.

"자, 당신도 가야지. 뭐 해, 방금 전까지 깨어 있었는데 왜 자는 척이야!"

마쉬를 안아 들고, 누워 있는 로단을 잡아당기며 깨우는 테레시아. 무슨 이유인지 또 뚱한 모습이다.

이제부터 가족이 다 같이 클레나의 집에 간다. 저녁 식사를 함께 먹기로 한 터라 식자재를 바구니에 담아 집에서 나왔다.

'클레나의 집에 가는 건 오랜만이네.'

알렌이 이세계에 전생한 지 5년 반이 되었다. 세 살이 되었을 무렵부터 이웃집 클레나와 같이 놀았지만, 거의 대부분 클레나가 놀러 오고는 했다. 그래서 알렌이 클레나의 집에 갈 기회는 적었다. 15분쯤 지나서 이웃집에 도착했다.

"잘 왔어. 기다렸어."

분홍색 머리카락에 푸른 눈동자를 가진 여성이 기운차게 인사를 했다. 곱슬거리는 짧은 머리다.

"미틸다, 며칠 전 우리 로단이 폐를 끼쳤네."

"에이, 뭔 소리야. 우리 집 겔다 녀석도 나잇값 못 해서 창피할 지경이지."

여장부 말투의 이 여성은 클레나의 어머니, 미틸다였다. 그녀의 안내로 집 안에 들어가는 네 사람. 당연히 마쉬도 같이 데려왔다.

오늘은 클레나의 집에 가족이 다같이 묵을 예정이었다.

"알렌, 어서 와!!!"

집에 들어가자 곧바로 클레나가 말을 걸어왔다. 드물게 우리 가족이 다 같이 클레나의 집을 방문한 까닭일까, 평소보다 목소리에 기운이 더욱 가득하다.

흙마루가 있고, 더 안쪽의 바닥에 화로가 있으며 방이 두 개. 알렌의 집과 거의 똑같은 배치였다.

"못살아, 당신은 언제까지 삐칠 셈이야? 방금 전까지는 깨어 있었잖아!!"

침실에서 곰처럼 누워 있는 겔다를 한쪽 손으로 화로가 있는 방까지 끌어낸다. 얼굴은 로단과 마찬가지로 멍투성이였다.

그 후 테레시아와 미틸다의 공동 작업으로 저녁 식사 준비가 이루어졌다.

"저기저기, 알렌. 릴리가 많이 컸어."

클레나가 여동생 릴리를 데려왔다. 클레나와 같은 분홍색 머리카락에 푸른 눈이다. 아버지 겔다의 머리카락은 갈색이니까 눈도 머리카락도 어머니에게 물려받았다. 웃는 얼굴로 꺄~ 꺄~ 소리를 내며 두 손을 내밀기에 손을 뻗어주자 꼭꼭 쥐어준다.

'뭔가 엄청나게 힐링되는 느낌인데요!'

릴리는 아직 한 살 반이다. 직접 만나기는 처음이지만, 클레나에게 릴리의 이야기는 자주 들었다.

이것저것 하는 동안에 저녁 식사 준비가 끝나고 모두 모여 화로를 두고 앉았다. 특별히 비싼 재료를 쓰지는 않았다. 평소와 같이 콩, 고구마, 효모균이 없는 넓적한 빵, 고기 조각을 넣은 야채 전골이다.

'어릴 때 갔던 유치원의 생일 파티 같은 느낌이구나.'

썩 넓지는 않은 가정용 바닥 화로였다. 두 가족이 앉으려니까 꽤 좁지만 불편하지는 않다. 지금 바라보는 광경이 무척 따뜻하게 느껴졌다.

"자, 마셔라."

"엉?!"

아직은 약간 시비를 거는 말투였다. 갈색 사기그릇을 휙 내미는 겔다. 미심쩍어하는 태도로 로단이 빈 나무 잔을 받아 들자, 액체를 쪼록쪼록 따라준다.

"이거, 술인가?"

"그래."

"어디서 났어?"

농노가 술을 마실 기회는 적다. 마지막으로 로단이 술을 마셨던 것은 테레시아와 결혼했을 때였다.

"촌장이 어제 왔거든. 주고 가더라."

"……."

짧은 설명인데도 로단은 대강 이해할 수 있었다. 미간에 주름이 진다.

그때부터 겔다는 잔을 기울이며 지난 3일 동안의 상황을 이야기했다. 촌장을 술을 주고 가면서 곧 영주에게 보고를 하러 간다고 말했다. 또, 어쩌면 클레나를 데리고 영주가 머무르는 도시까지 가게 될 수도 있다는 이야기를 했다고 한다.

영주에게 불려 갈 수 있다는 부분부터 로단의 얼굴에는 더욱 깊숙이 주름이 졌다.

"대강 알아들었지? 우리 애가 검성이니까 촌장이 비위를 맞추려고 술을 가져다준 거다. 자잘한 건 신경 쓰지 마라."

"별로 신경 쓰지는 않았어. 게다가 잘된 일이라는 생각도 하고. 관리는 물론이고 귀족 나리가 되는 것도 이제는 꿈이 아니잖아."

로단도 딱히 클레나가 검성이라는 이유로 질투하는 것 같지는 않았다.

"그럼 왜 절교하자는 말을 꺼냈던 거냐! 지금까지는 푸아악!!!"

술기운 때문인지 겔다가 부르짖었다.

그리고 마지막까지 말을 다 마치기 전에 깔끔한 오른손 스트레이트가 겔다의 오른쪽 뺨을 가격했다. 미틸다의 주먹이었다. 아이들 앞에서 큰소리를 낸 겔다에게 주는 벌이었다.

"……귀족이 농노와 친하게 지내다가 귀한 기회를 잃어버리면 안 되잖아. 그냥 검사도 아니고, 검성이라고."

미틸다의 주먹이 두려웠는지 로단의 목소리는 나지막했다. 로단과 겔다의 얼굴에 난 멍의 절반 이상은, 싸움이나 하는 녀석들은 쌍방 처벌이라며 불쑥 끼어들었던 미틸다에게 맞은 자국이다.

거기까지 말을 듣고서 왜 싸움이 일어났는지 알게 되었다. 이곳 이세계에서 농노의 결혼 상대는 농노뿐이다. 평민은 오직 평민과 맺어진다. 아마 귀족도 마찬가지일 테지.

아마도 알렌에게 재능이 없었던 것이 싸움의 원인은 아닌 듯했다.

검사의 재능이라면 또 모를까, 어쩌면 영웅도 될 수 있다는 검성의 재능이었다. 임관하여 기사가 되는 정도로 끝나지 않을 대단한 재능이 클레나에게 있었다. 촌장도 이틀 후에는 직접 영주에게 보고하러 간다고 했다.

로단은 이제 가족끼리 친하게 지내는 것은 자제하자고 겔다에게 말을 꺼냈었고, 그 말에 돌아온 답은 겔다의 주먹이었음을 짐작할 수 있겠다.

'흠, 알겠군. 서로를 아낀 탓에 엇갈린 거야. 자, 이럴 때는 어린 아이가 중간에 끼어들어주는 게 좋겠지.'

"그러고 보니 넷이서 같이 개척촌에 왔다고 했었지!"

옛날에 로단에게 들었던 이야기를 다들 떠올리도록 꺼낸다. 알렌의 순진무구하게 웃는 얼굴과 목소리가 주목을 끌었다.

"그렇단다, 알렌. 이웃 마을에서 살다가 넷이 같이 왔었지. 알렌이랑 클레나처럼 어릴 때부터 쭉 넷이서 같이 지냈어."

미틸다가 옛날 추억을 이야기한다. 네 사람은 모두 농노 가정에서 태어나 함께 놀며 자랐다. 물론 농노의 삶은 가난했지만 즐거웠다는 이야기를 나눈다.

로단도 겔다도 묵묵히 이야기를 들었다.

10년 전 고향 농촌에서 갑자기 새로 마을을 건설하겠다는 이야기가 전해졌다. 또한 영주의 심부름꾼은 만약 개척촌에 와서 부지런히 개간에 힘쓰며 마을을 건설한다면 밭을 쭉 쓰게 해주겠다고 말했다.

"그때도 넷이 이렇게 상의했었죠."

테레시아도 이야기에 참가했다. 옛날 광경이 되살아나는 모양이었다.

농노는 토지를 소유하지 못하지만, 갑자기 몰수당하는 경우는 거의 없었다. 다만 부모의 뒤를 잇는 사람은 대부분 장남이었다. 네 사람 모두 장남이나 장녀는 아니었다.

수확물의 6할을 세곡으로 바쳐야 하는 농노다. 아이들 수는 관계없다. 밭의 크기가 달라지지 않는다면, 아이가 늘어나고 커서 어른이 될수록 먹는 음식은 더욱 늘어날 따름이었다.

네 사람은 만장일치로 개척촌에 가서 새로운 밭을 개척하기로 결정 내렸다.

"그랬지. 넷이서 아무것도 없는 마을에 와서 다 같이 집을 두 채나 지었어."

겔다도 이야기에 참가했다. 우선은 집을 지어야 했기에 네 사람이 같이 서로의 집을 지어줬다. 그래서 두 집의 구조가 똑같았다. 처음에는 흙마루와 바닥 화로를 깐 공간을 서로 만들고, 아이가 생기면 각각의 집에 방을 두 개씩 늘리기로 상의했다는 이야기를 나눈다.

"그랬었지……."

로단이 눈을 감았다. 옛 기억을 떠올리는 것 같다. 더 말을 보태지는 않았지만 어릴 적, 또한 개척을 막 시작했던 시절의 힘든 기억이 되살아난 모양이다.

어린 시절의 추억과 개척촌에서 한 고생이 화해를 거들어준 것 같다. 화로를 사이에 둔 대화는 밤늦게까지 쭉 이어졌다.

제5화 클레나 vs 부기사단장

감정 의식이 끝나고 세 달이 지나 7월이 되었다. 결국 지난 세 달 사이에 클레나가 영주에게 불려 가는 일은 없었다. 로단과 겔다는 하룻밤 같이 묵으며 술자리를 가진 이후로 예전처럼 사이가 좋아진 것 같다. 테레시아가 옛날부터 둘은 가끔 싸움을 했다고 알려줬다.

개척촌의 여름은 덥다. 기온은 30도를 넘을 것이다. 마쉬가 탈수 증상을 일으키지 않도록 물을 충분히 마시게 해야 한다. 마쉬는 두 살을 맞이하여 걸음마가 제법 능숙해졌기에 어디에 가도 따라왔다. 세 살이 되면 마쉬도 외출 허가를 받을 수 있을지도 모르겠다.

알렌의 훈련 경과를 이야기하자면 레벨도 스킬 레벨도 달라지지 않았다. 다만 머지않아 합성 레벨이 3으로 오를 전망이 보인다. 두 장의 카드를 생성한 다음 합성할 필요가 있기 때문에 생성 레벨과 비교하여 합성 레벨은 올리기가 어려웠다.

검술도 여전히 3에서 변화가 없다. 헬 모드인지라 레벨이 썩 쉽게 올라가주지 않는다.

"알렌, 준비는 다 되었나요?"

"응, 엄마."

오늘은 큰 행사가 있었다. 기사단이 단체로 개척촌을 방문하는 날. 클레나가 영주에게 불려 가지는 않았지만, 반대로 기사단이 영주의 명을 받아서 클레나를 만나러 온다고 했다. 소식을 미리 전하러 왔던 심부름꾼이 며칠 전 촌장에게 기사단의 방문을 알렸고, 다음날에는 촌장이 직접 겔다의 집을 찾아왔다. 듣자 하니 클레나를 데리고 주택가에 오도록 지시했다고 한다.

'기사단인가. 영지를 지배하는 권력자. 농노한테는 하늘 위의 사람이구나. 설마 눈만 마주쳐도 무례하다면서 칼을 휘두르진 않겠지.'

호출 받은 사람은 물론 클레나이며 겔다가 아버지로서 동행한다. 다만 어린 시절부터 절친하게 지낸 로단은 두 사람의 이름을 널리 알리게 될 자리에 몸소 참석할 생각이었다. 겔다 또한 가능하면 와주면 좋겠다는 말까지 해주었다. 절친한 벗이 농노의 신분으로 성공을 쟁취하는 순간을 지켜보는 거다.

"그럼 다녀올게. 테레시아."

오늘도 마쉬를 돌봐야 하는 테레시아는 집에 남는다. 마쉬를 데리고 갔다가 잔뜩 모인 사람들이나 말 때문에 놀라 울음을 터뜨리면 안 된다.

겔다의 집에 향하자, 집 앞에 이미 겔다와 클레나가 나와 있었다. 그 옆쪽에는 릴리를 안아 든 미틸다도 서 있다.

"알렌~!!"

클레나가 알렌을 보고 힘차게 손을 흔들었다.

'엄청 기뻐 보이네. 하긴 기사를 만날 수 있을 테니까.'

기사놀이를 시작하고 곧 3년이었다. 클레나는 매일같이 『기사 클레나!』라며 외치곤 했다. 그런데 오늘 클레나를 만나러 기사가 직접 온다지 않는가. 그 기쁨은 목소리에서도 전해졌다.

"나 오늘부터 기사가 되는구나!!"

"하하하, 기사단이 오고 물어봐야 알 수 있단다."

겔다가 클레나의 머리를 쓰다듬었다. 아마도 쭉 이런 분위기였겠다는 생각이 든다. 클레나의 이야기를 들으며 주택가에 도착했다.

"어디로 가면 되나?"

로단이 물었다.

"광장으로 오면 된다더라."

"광장? 문이나 촌장의 집이 아니라?"

아마도 주택가의 중심에 있는 광장이 목적지인 듯했다. 광장에는 이미 사람이 꽤 많이 모여 있었다. 검성이 왔다며 떠드는 목소리가 여기저기에서 들려온다. 모두들 오늘 기사단이 방문한다는 이야기를 듣고 온 것 같았다.

까만 눈 까만 머리의 알렌보다도 오늘은 역시 클레나에게 시선이 집중되었다.

클레나와 겔다가 왔는데도 누구 한 사람 접근하지 않는다. 이대로 기사단이 올 때까지 기다리면 되는 듯했다.

'으엑, 지금부터 두 시간은 더 기다려야 하나? 할 일도 없는데 잠이나 잘까.'

사람들 시선 따위 개의치 않고 알렌은 꾸벅꾸벅 졸기 시작했다. 신칸센이나 비행기에 타서 이동할 때 잠을 청하는 것과 마찬가지다. 기본적으로 알렌은 할 일이 없으면 잔다. 알렌이 졸기 시작하자 클레나도 알렌에게 몸을 기대서 꾸벅꾸벅 졸았다.

광장 구석에서 새근새근 자던 중 12시를 알리는 종소리가 울렸다. 가까운 곳에서 울리는 큰 종소리에 놀라 알렌과 클레나는 벌떡 일어났다.

"흐엣?!"

"오? 일어났구나? 보렴, 저쪽에서 오고 있단다."

로단에게 잠에 취한 목소리로 대답을 했다. 아마도 정각을 맞춰 기사단이 온 듯하다.

'흠흠, 여기에서는 안 보이지만 이미 도착한 건가.'

술렁술렁 떠드는 마을 주민들. 잠든 동안에 구경꾼이 많이 늘어난 것 같다. 보통은 주택가에 안 오는 농노도 무척 많았다.

그런 생각을 하던 중 뚜걱뚜걱 말 달리는 소리가 들려왔다.

'오오! 정말로 왔어. 굳이 개척촌까지 찾아오는구나. 영주가 사는 도시에서 얼마나 먼지는 잘 모르지만.'

말에 탄 기사단 일행이 다가온다. 기사단이라는 표현을 썼지만, 수십 명 잔뜩 온 것은 아니었다. 고작해야 열 명쯤, 척 보고 헤아릴 수 있는 규모의 기마 부대다. 단순히 클레나와 만나는 것이 목적이니 특별히 많은 인원은 필요하지 않은 듯하다. 촌장도 광장에서 기다리고 있었다. 기마 부대의 지휘관으로 보이는 기사의 근처로 달려간다. 소리가 들리지는 않는데 잘 와주셨다고 환영 인사의 말을 건네는 듯 보였다.

손으로 클레나가 있는 방향을 가리키는 촌장. 그 시선의 저편을 확인하려는 듯 투구를 벗고 지휘관 기사가 클레나를 쳐다본다. 곧이어 다른 기사들도 일제히 투구를 벗고 클레나가 서 있는 방향으로 향했다. 이미 일어나 있던 클레나도 반짝반짝 빛나는 시선으로 마주 바라봤다.

촌장이 손짓을 한다. 아마도 클레나에게 오라고 하는 것 같다. 겔다가 로단의 얼굴을 보고 고개를 끄덕거렸다. 드디어 기사와 대면이다.

겔다와 함께 기사단에게 다가가는 클레나. 로단과 알렌은 가만히 지켜봤다.

'이대로 클레나는 기사단과 함께 마을을 떠나는 걸까. 같이 놀거나 낮잠을 자는 시간도 이제 끝인가.'

잘 지내면 좋겠다는 마음과 어딘가 섭섭함을 느끼는 마음이 뒤섞이는 와중에, 기사단의 근처로 다가가는 클레나를 바라본다. 조금 거리가 멀어졌지만 「클레나예요!」라는 목소리가 들려왔다. 불끈불끈 고릴라 마초 겔다는 무척 저자세였다. 목소리가 너무 크다며 나무라는 겔다의 말이 들리는 것 같았다.

콧수염을 기르고 덩치가 큰 지휘관 남자가 클레나의 아버지 겔다와 대화를 나눈다. 어떤 대화를 나누는지는 거리가 떨어져서 알 수 없었다. 그저 가만히 경과를 지켜볼 수 밖에 없었다.

대화를 나누는 두 인물을 살펴보던 중, 겔다가 불쑥 기겁하며 놀란 모습을 보였다.

"아니?! 뭐라고요! 말도 안 됩니다!!"

아마도 심상치 않은 대화가 오간 듯하다. 로단과 함께 대화가 들리는 곳까지 다가갔다. 광장을 둘러싸고 있는 마을의 주민들도 그의 화들짝하는 반응을 보고 술렁거리기 시작했다. 겔다는 어떻게든 설득을 시도하고 있는 듯하다.

"클레나는 아직 검을 쥐어본 적도 없는 다섯 살입니다. 위, 위험합니다……."

"정녕 못 하겠다? 검성이잖나? 딱히 문제는 없을 터인데. 아니면 우리를, 아니, 감히 영주님을 기만했는가?"

"그, 그런 것은 아닙니다만, 기사님과 싸우라니요……."

끈질기게 대화를 시도하는 겔다. 더 이상의 입씨름은 불필요하다는 듯이 지휘관은 뒤쪽의 말에서 내린 기사 중 한 사람에게 말을 건넸다.

"레이브랜드 부기사단장, 준비하라."

"넷!! 기사단장님."

부하 기사들이 광장 바깥으로 말을 이동시켰다. 촌장도 이것이 무슨 일이냐며 동요했지만, 기사의 지시에 따라 마구간으로 안내를 하러 움직였다.

"아, 안 됩니다. 클레나가 죽습니다. 부디 용서해주십시오."

바닥에 넙죽 엎드리는 겔다.

"흠, 아직껏 알아듣지 못한 듯하니 분명하게 말해 두겠네. 너의 딸아이뿐 아니라, 감정 의식의 결과를 거짓으로 말하는 것은 사형감이다. 딸은 물론 너 또한 마찬가지. 기사와 싸우지 않겠다면 지금 이 자리에서 검성을 사칭한 죄로, 딸과 너를 모두 베어야 할 텐데 어찌하겠나?"

이제 겔다는 말도 못 했다. 얼굴에서도 몸 전체에서도 절망이 배어나고 있다. 기사 한 사람이 클레나에게 칼집에서 뺀 예리한 진검을 건네준다. 클레나의 신장과 거의 비슷한 길이의 양날 검. 서양풍의 롱 소드였다.

'저 인간이 지금 뭐라는 거야! 앗, 설마? 처음부터 클레나를 싸우게 할 작정으로 광장을 지목했던 건가?'

겨우 상황을 파악했다. 어떻게 하지, 어떻게 해야 사태를 타개할 수 있을까. 고심하던 중 클레나가 입을 연다.

"으응? 저 기사 아저씨를 쓰러뜨리면 나도 기사 될 수 있어?"

이 말에는 기사단장도 경악했다.

"그, 그렇단다. 이기면 기사의 길이 열리겠지."

"응, 알았어!!"

이런 상황에 혼자만 웃는 얼굴인 클레나. 반짝반짝 빛나는 눈동자로 처음으로 손에 쥔 진짜 검을 바라보고 있었다.

광장에 모인 마을 주민들을 기사단이 나서서 뒤로 물린다. 클레나와 부단장 기사가 대결하기에 앞서 충분한 공간을 확보하기 위해서였다.

"제발 자비를 베풀어주십시오!!"

겔다가 죽기 살기로 애원했다. 그런 겔다도 기사들이 광장의 바깥쪽으로 끌고 갔다.

"그만 떠들게나. 검성 드베르그 님은 열 살에 적룡을 쓰러뜨리셨다지. 네 딸은 이미 다섯 살이잖나?"

충분히 싸울 수 있다고 기사단장은 말한다. 겔다를 광장의 바깥에 두고 기사가 옆에 섰다. 알렌도 로단도 겔다의 곁에 달려왔다.

'진짜냐, 아주 터무니없는 사태가 벌어졌어.'

알렌도 어떻게 해야 할지 알 수 없었다. 아직 레벨도 소환 스킬도 모자란지라 도저히 기사단 상대로 실력 행사를 할 자신은 없다. 아마도 전혀 감당이 되지 않을 것이다.

클레나와 부기사단장 레이브랜드라고 불린 남자가 광장의 중심에 섰다.

검을 들어서 겨누는 두 사람. 1미터를 조금 넘긴 신장의 클레나와 마주 선 인물은 곱절에 가까운 신장에다가 갑옷을 착용하여 완전 무장한 레이브랜드였다. 클레나는 누더기 비슷한 옷을 걸쳐 입었을 뿐이다. 도저히 맞상대가 되지 않겠지, 광장 바깥으로 내몰린 마을 주민들은 동정하는 눈빛을 띠고 클레나를 보고 있었다.

다만 이 상황에서 오직 클레나만은 태연한 모습이었다. 전혀 부담감 없는 표정으로 검을 겨눈다. 마치 놀이를 하는 것처럼. 또한 평소와 마찬가지로 자기 이름을 외쳤다.

"내 이름은 기사 클레나!! 자, 정정당당히 싸우자!!!"

천 번 이상을 알렌이 들었던 대사다.

"……나의 이름은 기사 레이브랜드. 오너라."

레이브랜드도 똑같이 자기 이름을 말했다.

심판도 없고 개전의 신호도 없다. 대결은 이미 시작되었다. 알렌과 놀이를 할 때처럼 클레나가 먼저 덤벼들었다. 목검보다 훨씬 무거운 검을 아무런 어려움 없이 잡아 쥐고는 레이브랜드에게 달려간다.

충돌하는 양측의 검. 클레나는 처음 잡아본 진검을 망설이지 않고 휘둘렀다.

'아마 내 검술 레벨이 3이니까 클레나의 검술 레벨은 5는 충분히 되었을 거야.'

알렌만 헬 모드라는 것을 감안하면 클레나의 스킬 레벨도 대강이나마 계산할 수 있다. 알렌과 똑같이 기사놀이를 해서 알렌의 백 배만큼 성장했다면 아마도 스킬 레벨 2만큼의 차이가 발생했을 것이다.

그런 알렌의 분석과 관계없이, 베이면 즉각 목숨을 잃어버리게 될 검격이 교차한다. 금속이 맞부딪치는 소리가 광장에 울려 퍼진다.

금방 클레나가 죽어 이 대결이 끝나리라고 생각했을 마을 주민도 많았을 터. 하지만 3년의 기사놀이는 그녀가 기사와 검을 겨루기에 충분한 성장을 이루도록 도와주었다.

기사단장은 아무런 말 없이 복잡한 표정으로 팔짱을 끼고 두 사람의 대결을 바라보고 있다.

몇 분이 지났을까, 수십 번의 검격이 교차했다. 그리고 호각이라고 생각되던 대결에 변화가 일어난다.

"아흑!!!"

완전 무장한 레이브랜드의 다리가 클레나의 복부를 가격했다. 검만을 쓰는 대결이 아니었다. 타이밍을 맞춰 완벽하게 가격한 발차기를 맞고 날아가는 클레나.

"클레나!!!"

알렌이 부르짖었다. 날아간 곳에 있는 건물의 벽에 격돌한 뒤 침묵하는 클레나. 그 충격으로 나무 벽이 커다랗게 균열이 가며 갈라졌다.

급히 도우러 가고자 하는 알렌과 겔다를 기사들이 바닥에 깔아 눕혔다.

'역시 무리였어. 클레나의 레벨은 어차피 1이잖아. 몇 년을 기사로 살았을지 모르겠지만 레벨도 스킬도 잔뜩 올렸을 기사와 정면 대결은 무리였던 거야. 어, 어떻게 하지.'

힘껏 몸부림치며 기사를 뿌리치고자 한다.

"뭐냐?! 얌전히 있어!!"

"놔, 놔라, 이 자식아!!"

그러나 알렌의 몸을 내리누르고 있는 기사는 훨씬 더 힘이 강했다. 이래서는 도저히 빠져나갈 수 없다.

레이브랜드는 더 이상 공격하지 않고 제자리에 서 있다. 광장의 모든 사람들의 시선을 받으며 고개 숙인 채 클레나는 완전히 침묵하고 있다.

갑옷을 걸친 다리로 있는 힘껏 걷어찼다. 설마 죽어버렸나 싶어서 마을 주민들도 웅성거렸다.

기사단장이 눈을 꾹 감더니 거하게 한숨 쉬었다.

"무리였나. 음?"

이제 끝인가 생각했던 순간이었다. 클레나가 고개 숙인 채 천천히 일어섰다. 맞아서 날아가면서도 떼어 놓지 않았던 검을 다시 한 번 들어 겨눈다. 바닥에 깔린 채 알렌도 그 광경을 바라보고 있다.

아무 말 없이 일어선 클레나를 보고 제자리에서 여전히 검을 겨누고 있는 레이브랜드. 끝까지 상대가 먼저 덤벼들기를 기다리려는 듯했다.

얼굴을 들어 천천히 레이브랜드를 바라보는 클레나. 더 싸울 셈이냐고 마을 주민들은 불안하게 지켜본다. 그런 와중에 클레나가 소리 질렀다.

“얏!!!”

소리 지르는 동시에, 충돌로 움푹 파였던 나무 벽이 클레나의 등을 중심으로 무언가 충격을 받아 분쇄되었다.

아지랑이처럼, 빛이 굴절되는 것 같이 클레나의 윤곽이 크게 일렁거린다.

‘어라?’

기백 가득한 목소리와 함께 다시금 레이브랜드에게 달려드는 클레나. 뛰어올라서 회전하며 원심력을 담아 커다랗게 아래로 휘둘러치는 검. 마치 대상을 깨부수려는 듯 격렬한 일격이 레이브랜드의 머리 위쪽에 들이닥친다.

“큭!”

두 손으로 검을 막아 낸 레이브랜드가 충격에 휩싸였다. 너무나 강한 충격에 단단히 다진 광장의 흙에 다리가 틀어박힌다.

“이야압!!!!”

레이브랜드도 기백을 담아 소리치며 검의 교차가 재개되었다. 한낮인데도 사방에 흩날리는 불꽃이 뚜렷하게 보였다.

그러나 방금 전과는 명백하게 다르다. 레이브랜드의 검이 매번 격돌할 때마다 힘을 못 이겨서 밀려난다. 검이 충격을 미처 견디지 못하고, 몸까지 뒤로 밀리고 있다.

충격음이 개척촌의 광장에 울려 퍼졌다. 전혀 대등한 대결로 보이지 않는다. 문외한조차 레이브랜드가 열세임을 분명하게 알 수 있었다. 몸과 비슷한 길이의 검을 마치 막대기처럼 심상치 않은 속도

헬 모드 1권
발매 기념 초판 한정 특전
[NOT FOR SALE]
© 2020 by Hamuo, Mo
EARTH STAR Entertainment Co.,Ltd

로 휘두르는 클레나.

'뭐지? 무슨 일이 벌어진 거야? 혹시 이건…… 이게 엑스트라 스킬인가?'

알렌은 머릿속으로 해답이 될 수 있는 가능성을 찾았다. 현실 세계에서 이곳으로 전생할 때 알렌은 노말 모드의 설명문을 읽었다. 분명히 노말 모드에서는 엑스트라 스킬을 하나 뽑기로 얻을 수 있었다. 그것은 이 세계의 사람들도 마찬가지가 아니었을까?

'검술은 나도 획득한 그냥 노말 스킬이잖아. 분명 클레나는 태어났을 때부터 뭔가 다른 스킬을 갖고 있었던 거야. 검성에게 어울리는 특별한 스킬을.'

고찰할 여유가 생길 만큼 뚜렷한 힘의 차이였다. 이제는 클레나가 질 것 같지가 않다. 그걸 깨달았을 때는 알렌과 겔다를 내리누르던 기사들도 힘을 뺀 상태였다. 기사들도 경악에 찬 눈빛으로 멍하니 둘의 대결을 바라보고 있었다.

"이야앗!!!"

기합 소리와 함께 수평으로 휘둘러지는 클레나의 검.

쨍강!

"이, 이럴 수가!"

레이브랜드의 검이 뚝 하고 부러졌다. 절반으로 짧아진 검을 본 그는 당황하며 소리 질렀다. 부러진 칼날은 허공을 날아 바닥에 푹 박혔다. 그럼에도 전의를 잃지 않고 레이브랜드는 다음 공격에 대비하며 부러진 검을 겨눴다.

"그만!!!"

그 순간 기사단장이 커다랗게 외치며 대결의 끝을 선언했다.

"으엥? 벌써 끝내는 거야?"

어딘가 부족하다는 듯이 클레나는 말했다.

"그렇다, 대결은 여기까지만 하지. 쌍방은 검을 거두도록!"

클레나가 레이브랜드의 앞에 가까이 달려가서 머리 숙였다.

"감사합니다! 아저씨, 강하구나!!"

기사놀이에서도 언제나 마지막에는 「감사합니다」라고 서로 인사를 주고받는다.

"아, 아저씨라고 불릴 나이는 아직 아니다만……."

그렇게 실룩거리는 얼굴로 대답한 뒤 곧장 레이브랜드가 바닥에 무릎 꿇었다.

"이런! 부기사단장을 서둘러 데려가도록!!"

기사단장이 당황하며 지시 내리자 기사들이 레이브랜드를 일으켜서 어딘가로 데려간다. 어깨를 둘러메는 모습을 봐서 자신의 힘으로는 더 이상 서 있기도 어려운 듯했다.

하긴, 기사가 수많은 마을 주민들 앞에서 땅바닥에 털썩 무릎을 꿇는다면 체면에 문제가 생길 테니까. 패한 상대가 다섯 살짜리 소녀라면 더더욱이겠지.

기사단장은 레이브랜드가 옆을 지나갈 때 어깨를 톡톡 두드려줬다. 잘 싸웠다고 위로하는 뜻이리라.

클레나가 검을 들고서 기사단장에게 다가간다. 기사단장은 경계심이 솟았는지 약간 엉거주춤한 자세를 취했다.

"감사합니다!"

"음?!"

클레나가 썼던 검을 받아 든 순간 기사단장의 얼굴이 경악의 감정으로 물들었다. 강철의 칼날은 찌부러졌고 듬성듬성 이가 빠졌다. 그 이상으로 놀라운 것은 칼자루 부분이었다. 칼날과 마찬가지로 분명 강철을 써서 만들었는데도 칼자루가 울퉁불퉁하게 물결치고 있다. 마치 어린아이가 찰흙을 꽉 잡아 쥔 것처럼. 대체 얼마나 강한 힘으로 쥐었기에 이렇게 될 수 있단 말인가. 기사단장의 등에 식은땀이 흘렀다.

더 이상 칼집에 들어가지 않을 정도로 망가진 검을 부하 기사에게 건넨다.

"거, 검성이다."

"정말이었어! 기사를 쓰러뜨렸다고!!"

"검이 전혀 안 보이던데!"

충격적인 광경을 본 마을 주민들은 정말 굉장했다며 야단법석이었다. 어느새 이백 명 가까운 마을 주민들이 모여서 이 대결을 보고 있었다.

아무런 예고도 없이 갑작스레 시작된 대결은 이렇게 클레나의 승리로 끝을 맞이했다.

* * *

기사와의 대결은 끝났다. 겔다가 클레나에게 달려간다.

그는 클레나에게 다친 곳은 없냐며 물어보고 있다. 수십, 수백의 검격을 맞부딪쳤다. 어딘가 베여 상처를 입었을지 걱정이 되겠지. 무엇보다 부기사단장 레이브랜드의 발차기에 제대로 당해서 수십 미터나 날아가기도 했다. 그런데 클레나는 간지럽다며 웃을 뿐, 상처 하나는커녕 멍 자국조차 없었다. 옷이 살짝 지저분해졌을 뿐이다.

'어라, 이렇게 튼튼했던가? 같이 놀면서 목검을 막 휘둘렀을 때도 다친 적은 없었다는 건가.'

알렌은 클레나와 기사놀이를 할 때 손이나 다리에 검을 얻어맞는 상황을 완전히 다 피하진 못했기에 멍 자국이 생기고는 했다. 그런데 새삼 떠올리자니 클레나가 다친 모습을 본 기억은 없었다.

기사단장도 클레나의 상처 하나도 없는 몸을 보고는 재차 식은땀을 흘렸다. 직접 대결한 레이브랜드는 제대로 서 있지도 못하여 광장 바깥으로 실려 나갔는데 말이다.

"검성을 아주 잘 길러주었군. 훌륭한 실력이었다네."

기사단장이 겔다에게 말을 건넸다. 무릎을 꿇은 채 클레나가 무사한지 확인하고 있던 겔다에게 천천히 위쪽에서 손을 내민다.

겔다는 경계했다. 광장에 불려 나와서 느닷없이 기사와 대결을 강요당했다. 승리를 거둬 다행이었을 뿐, 자칫 잘못됐다면 클레나는 이미 죽어서 시체가 됐다.

기사단장은 손을 내민 채 움직이지 않는다. 기사가, 기사단장이 악수를 요청했으니까 용서하라는 것처럼. 본래 겔다는 성질이 무척 급한 성격이었다. 로단과 싸움을 할 때도 보통은 겔다가 먼저 주먹을 휘두른다. 겔다는 분노한 나머지 얼굴이 새빨갛게 달아올랐다.

그러나 겔다는 묵묵히 제 손을 내밀었다. 기사단장과 농노는 하늘과 땅만큼 신분 격차가 크다. 소중한 아이도, 절친한 벗과 친구의 아이도 이곳에 있다. 벌겋게 달아오른 얼굴은 변함없이 분노를 죽기 살기로 눌러 죽이며 공손하게 손을 내밀어서 악수를 한다.

짤랑.

겔다가 퍼뜩 놀라는 표정을 지었다. 손에 무엇인가 쥐어준 것 같다. 손가락의 틈으로 보인 것은 금화가 세 닢 정도. 악수하는 시늉을 하며 주화를 건네준 것이다. 겔다는 놀라면서도 아무 말소리 없이 손을 빼냈다.

“그나저나, 촌장. 이제부터 이야기도 나눠야 하니 조용한 자리를 안내해주겠나?”

“네, 네엣. 저희 집에서 연회 준비를 하는 중입니다.”

아무런 일도 없었다는 것처럼 이후 일정을 촌장과 이야기한다. 아마도 농노와 평민이 잔뜩 있는 자리에서 금화라는 큰돈을 내보이지 않도록 기사단장이 배려해준 것 같았다.

“고마운 말이군. 겔다라고 했던가. 딸아이와 함께 와주겠는가?”

“예? 아? 네.”

얼떨떨하게 대답하면서도 로단이 있는 방향을 힐끔힐끔 쳐다본다.

“음? 뭐, 괜찮겠지. 걱정된다면 친구도 같이 데려오게나.”

겔다의 경계심을 풀어주려는 말이라고 알렌은 생각했다. 로단은 겔다에게 고개를 끄덕였고, 클레나는 알렌도 같이 가자고 말했다. 다 같이 촌장의 집에 가겠구나 생각했는데 연회 준비를 할 시간이 필요하다기에 3시가 지날 때까지 자유 시간을 받았다. 로단은 미틸다와 테레시아에게 사정을 전해주러 갔고, 알렌은 겔다와 클레나와 함께 남기로 했다.

딱히 할 일이 없어 셋이서 같이 산책을 했다. 마을 중심에 온 경험이 거의 없었던 알렌에게는 신선한 풍경이었다.

'꽤 커다랗구나. 아까 본 광장에도 백 명 이상은 모였잖아. 마을 인구가 삼백 명 정도는 되나?'

이곳은 마을의 중심지라는 이유도 있어 상점이 다수 있었다. 상업 지역이라고 짐작되는 방향으로 시선이 간다.

'오, 무기 가게다. 저기는 가게 안쪽에 식물 잎사귀가 보이는군. 채소 가게인가? 아니, 약방 같은데.'

광장에서 멀지 않은 곳에 촌장의 집이 있었다. 처음으로 봤는데 꽤 커다랗다고 알렌은 생각했다. 본래 세계의 말로 비유하면 단독 주택을 두 채는 붙여 놓은 크기일까. 줄곧 움막에 털이 자라난 모양새의 집에 살았다는 이유도 있어 제대로 된 집이라는 느낌을 강하게 받았다.

촌장이 객실까지 안내해줬다. 준비를 마칠 때까지 이곳에서 기다리라는 뜻 같았다.

'12시를 넘겨서 곧 기사단이 왔으니까 연회 개시는 15시나 16시인가? 아차, 생성이랑 합성 빼먹을 뻔했네.'

마력이 다 회복된 것을 마도서로 확인했다. 로단과 클레나도 같이 있는 자리이지만, 카드든 마도서든 알렌 이외에는 안 보이는지라 상관없다. 생성과 합성을 실행해서 스킬 경험치를 올렸다.

한 살이 된 이후 시작된 소환술 스킬 올리기 일과이다. 처음에는 하루에 두 번밖에 못했지만 지금은 안정적으로 하루에 세 번은 생성과 합성을 수행할 수 있다. 강해지고 싶다면 꼬박꼬박 빼먹지 않고 일과를 소화하는 것이 중요하다.

불과 몇 초 사이에 끝난 일과 다음은 방을 둘러봤다.

'역시 농노와 평민, 게다가 촌장의 집은 생활수준이 다르구나.'

또 금방 할 일이 사라져버리자 졸음이 온다. 아무것도 없는 이세계에서 오셀로 게임이 유행하는 이유를 대강 알 것 같다는 뜬금없는 생각을 하던 중 잠기운이 덮쳤다. 알렌이 잠들자 클레나도 옆쪽에 몸을 기대서 잠들었다. 잘 자는 두 아이가 귀여운지 겔다는 푸근한 눈빛으로 바라보고 있다.

"일어나렴, 이제 시작하려나 보다."

"아, 아빠?"

눈을 비비며 주위를 둘러보니 로단이 돌아와 있었다. 두 시간쯤 시간이 지나갔다.

연회장에 갔더니 와글와글 말소리가 들려온다. 이미 상당히 많은 사람이 와 있었다. 기사들과 마을 주민들, 그리고 같이 데려온 아이들도 있다.

'오? 촌장의 아이랑…… 저 애는 뭐였더라? 도끼잡이 재능이 있는 아이구나.'

보아하니 기사와 촌장, 겔다만 참석하는 연회는 아니었다. 마을의 유력자인지 제법 신경을 쓴 복장을 입은 주민도 있었다.

일행은 안내받은 자리에 앉았다. 같은 자리에는 기사단장, 촌장, 촌장의 부인으로 짐작되는 여성과 아이, 그리고 도끼잡이 아이와 아마 저 아이의 부모가 앉아 있다. 탁자를 세 개쯤 놓아두었는데 우리가 가장 상석이었다. 나머지 두 자리에는 다른 기사와 마을 주민들이 자리를 잡았다.

검성이 입장함에 따라 연회가 시작되었다. 촌장 및 기사단장이 시작 인사를 하고 있다.

아마 마을의 개척 상황을 치하하는 말 같은데 알렌의 귀에는 들어오지 않았다.

'오, 모르모 열매다! 두 개, 아니, 세 개는 챙겨서 엄마한테 갖다줘야지.'

알렌도 클레나도 무척 좋아하는 모르모 열매라는 과일이 탁자에 놓여있음을 깨달았다. 빈틈을 잘 노려서 선물로 갖고 귀가해야지.

제각각 식사를 한다. 기사단의 기사들도 먼 길을 와서 배고팠는지 우걱우걱 먹고 있었다. 광장에서 만났을 때의 살기등등했던 태도가 거짓말 같았다.

또한 부기사단장은 이곳에 없었다. 아직 식사를 먹을 상태가 아닌 까닭인지 클레나와 싸워 겸연쩍은 까닭인지는 잘 모르겠다.

'기사단의 분위기가 달라졌어. 검성이라고 증명이 됐기 때문일까? 그래도 클레나가 실제 검성이 아니었다면 진짜 처벌할 작정으로 이곳에 온 사람들이야.'

알렌이 그런 생각을 떠올리던 때 기사단장이 촌장에 말을 건넸다.

"그나저나, 촌장. 마을의 개척 상황이 무척 훌륭하더군. 3년 전에도 왔었는데 많은 발전을 이루었어."

"네, 네엣. 마을 주민들 다 같이 마을의 발전을 위해 노력해왔습니다."

꾸벅꾸벅 머리 숙이는 촌장. 풍채는 좋은데, 아니지, 조금 살이 찐 체형인데 아이는 비실비실하다. 체형은 유전되지 않았구나 하고 알렌은 생각했다.

"그래서 말인데, 10년이나 열심히 마을을 꾸린 촌장에게 이러한 말을 하기는 무척 미안하네만……."

"예? 무슨 말씀이신지요?"

무엇인가 큰 잘못을 저질렀나 싶어 촌장은 불안한 표정을 지었다.

"만약 검성이 진짜라면 이 마을의 이름을 클레나 마을로 지으라고 영주님께서 지시를 내리셨다네."

""""예?""""

마을 이름은 개척의 공로자로서 일반적으로 촌장의 이름으로 짓는다는 말을 들었는데, 아무래도 영주는 클레나의 이름을 쓰겠다고 판단했나 보다. 기사단장은 무척 미안해하며 촌장에게 머리 숙였다.

'뭔가 처음 만났을 때랑 다르게 점잖은데? 원래는 이런 성격인가?'

"그, 그렇군요. 영주님의 결정이시라면 따라야지요."

딱히 반대는 하지 않는다. 반대해 봤자 달라지지 않는다고도 말할 수 있겠다만.

'그렇구나, 이 마을은 검성이 태어난 마을로 이름을 알리게 될 테니까.'

연회는 막 시작된 참이지만, 처음에 꼭 꺼내고 싶은 주제였나 보다. 대화 나누는 동안에도 자꾸자꾸 요리가 나온다. 이 세계에 온 이후 채소와 고기를 굽거나 끓인 음식밖에 먹지 못했던 알렌에게는 오랜만에 맛보는 공들여 만든 요리였다. 우걱우걱 집어 먹으면서 하나, 또 하나 모르모 열매를 발밑에 숨겨 놓았다.

"그리고 말일세, 하나 더 할 말이 있군."

기사단장이 또 말을 꺼낸다.

"이번에 기사와 검성의 아이를 싸우게 했던 조치는 정말 면목이 없네. 영주님을 탓하는 것은 아니네만, 최근에 무척 예민한 문제가 돼서 말이지."

"예?"

아마도 광장에서 이루어졌던 클레나와 부기사단장 레이브랜드의 대결에 대해 경위를 설명해주려는 것 같다. 겔다도 로단도 기사단장의 이야기에 집중했다. 촌장도 잘 들어달라며 다짐을 놓았기에 같이 귀를 기울인다.

"사실은 3년쯤 전 사건이었네만, 어느 백작가의 자제가 검성이 되었다는 소식이 전해졌지."

'검성이 백작가에 태어났다고? 어라, 남작까지가 아니었나? 검성은 제약이 있었을 텐데.'

알렌이 이전에 캐릭터 작성을 위해 살펴봤던 신분과 직업 관련의 설명을 떠올린다. 검성은 농노, 평민, 남작의 집안이 아니면 분명 태어나지 못하는 규칙이었다.

기사단장이 말을 잇는다. 그자는 검성이라는 칭송과 함께 왕실에 발탁되었다고 한다. 분명히 체격도 좋고 검술의 실력도 대단했다. 다만 검성으로서 힘을 발휘해야 할 기회에는 썩 대단한 힘을 보여주지 못했다. 현재 드베르그라는 검성이 또 있는데, 그자와 드베르

그의 역량 차이는 매우 뚜렷하다고 한다.

"네, 네에."

겔다가 무슨 이야기냐는 느낌으로 맞장구를 쳤다.

"그래서 말이지, 다시 감정을 받게 했더니 검성이 아닌 검사의 재능이었던 걸세. 놀라서 다른 귀족들도 조사한 결과, 재능이 없는데 있는 척 조작하거나 검성이라는 둥 대마도사라는 둥 날조를 한 검사나 마법사도 발각되었지. 왕국이 무척 소란스러웠다네."

'아하, 왕국 내부에 귀족 중 재능을 속인 사람이 잔뜩 있었구나.'

분노한 국왕이 무척 무거운 처분을 내렸다는 이야기였다. 검성이라고 속인 백작의 영지는 아예 몰수되었다고 한다.

"이번에 검성이라는 소식이 올라오자 철저히 확인하라더군. 교회도 조사해서 보고에 정말 아무런 거짓이 없었는지를 말이지."

검성이라면 왕가에도 보고를 올려야 한다. 하지만 최근 재능을 속인 사건으로 인하여 막 귀족 사회에서 무거운 처벌이 떨어졌던 참이다. 교회를 조사했지만 정말로 검성이었다. 다만 영주는 염려를 끝내 거두지 못했다. 따라서 시간을 들여 교회를 조사한 뒤, 3개월이 지난 지금 기사단이 정말 검성인지를 조사하기 위해 파견되었던 것이다.

이 말은 불쑥 강압적인 분위기로 시험을 하여 미안했다는 뜻을 담아서 겔다와 클레나에게 들려주는 설명이었다.

클레나를 본다.

처음으로 본 요리에 흥분했는지 정신없이 우걱우걱 먹기만 한다. 거의 이야기를 안 듣는 눈치였다.

“그, 그런 사정이 있었군요.”

“음, 따라서 내년 이후의 감정 의식 결과도 절대 거짓이 없게 보고해주게. 이같이 좋은 마을을 만든 촌장을 처벌하고 싶진 않다네.”

당연하지만 안 좋은 보고도 빠뜨리지 말고 숨김없이 올려달라는 뜻이라네, 오해를 하지 않도록 기사단장이 말을 전했다.

“이제 클레나는 어떻게 하면 되는 겁니까?”

이야기가 일단락되었기에 겔다가 물었다. 검성의 증명은 끝났어도 무엇을 시켜야 하는가, 뭘 해야 하는가 알지 못했다.

“흠, 글쎄. 당분간은 이대로 쭉 건강하게 길러주게나.”

노도와 같은 기세로 요리를 먹는 클레나를 바라보면서 기사단장이 대답했다.

“네, 네에.”

“또한 이후의 예정 말이네만, 열두 살이 되면 학원을 다녀야 하네. 교양도 착실하게 익혀야 하는 입장이니까. 졸업 후에는 아마 왕가에 발탁될 테지.”

‘오! 학원도 있었구나!!’

“““‘왕가.’”””

알렌은 학원이라는 말에 반응했지만, 같은 자리에 있는 촌장도 포함해서 모두 왕가라는 말에 반응했다. 왕가에 발탁된다는 말은 곧 국왕 직속의 부하가 된다는 뜻이었다.

“학원이라고요?”

“그렇다네, 학원 도시이지. 그곳에서 유능한 자는 교양을 익히고 훈련을 쌓지.”

기사단장이 간단하게 학원에 대해 설명해준다. 그곳은 감정 의식에서 재능을 인정받은 인물이 다니는 학원이라고 한다. 입학 및 학생 생활에는 비용이 소모되지만, 검성은 영주가 직접 부담해준다고 한다.

"학원에 가면 기사가 될 수 있어?!"

"이, 이 녀석, 드골라."

대화 중 끼어든 녀석은『도끼잡이』의 재능이 있다고 판정받은 드골라였다. 커다란 체격에 감자 같은 얼굴, 눈은 반짝반짝 빛나고 있다.

"응? 저 아이는 누군가?"

"죄송합니다. 제 아이, 드골라입니다. 도끼잡이의 재능이 있고 기사가 되고 싶다며 언제나 말이 많은 녀석입니다."

죄송하다고 말하면서 자기 아이를 쭉쭉 앞으로 내보낸다. 물론 기사단장이 있는 이 자리에 앉아 있는 이유는 잘 보이기 위험이었다.

"도끼잡이인가. 흠흠. 기사단에 가장 필요한 것은 창잡이이네만, 도끼잡이도 물론 귀중한 인재이지. 만약 학원에 들어갈 때 입학시험에서 좋은 성적을 거둔다면 수업료를 보조해주겠네."

'호오, 도끼보다는 창인가. 그나저나 수업료를 보조해주는구나.'

장학금 같은 제도가 이 세계에도 있다는 것이 놀라웠다. 그 대신 졸업하면 영지 내에서 일하며 갚으라는 시스템이 아닐까 알렌은 상상했다.

"알았어!!"

드골라는 긍정적인 대답을 듣고 기뻐하는 눈치다.

"뭐, 잘됐군. 클레나가 입학시험에서 떨어지지 않도록, 조금 더 나중의 이야기가 될 터이나 교사를 보내주겠네. 열심히 면학에 힘써주게나. 드골라, 너도 기사를 목표로 하겠다면 같이 공부하거라."

"알았어!!"

아마 재능만 갖고 있다고 학원에 들어가지는 못하는 모양이다. 검성인 클레나의 교육이 가장 중요하지만, 클레나의 공부에 방해가 되지 않는다면 다른 아이가 교사에게 수업을 받아도 무방하다며 말을 보탠다.

이런 때는 존댓말을 써야 한다며 부모가 드골라의 머리를 꽉꽉 누르고 있다. 그러나 그런 행동과는 달리 얼굴은 기쁜 내색이 가득했다. 드골라가 임관하기 위해 준비할 내용을 기사단장과 이야기하고 있다.

"알렌도 공부하는 거야?"

'음?'

"뭐래냐?! 까만 머리는 재능 없잖아. 뭐 하러 공부를 하냐. 약한 녀석은 기사가 될 수 없다고."

"알렌은 강해! 언제나 나랑 기사놀이를 한단 말이야!"

"헹~ 거짓말 치네. 재능도 없고 능력치도 엄청 낮잖아?"

"그렇지 않아! 알렌은 엄청 세거든. 뭐든지 다 알고!!"

'이 녀석, 클레나. 왜 불에 기름을 부어.'

드골라가 알렌에 대해 안 좋게 말하자 클레나가 뺨을 볼록거리며 화낸다. 클레나의 큰 목소리 때문에 주위 어른들의 시선이 모였다.

그리고 공기처럼 기척을 지운 채 식사를 먹고 있었던 알렌에게 시선이 쏠린다.

"그러고 보니 저 검은 머리 아이는 누군가?"

기사단장이 묻는다. 드물게 보이는 검은 머리카락과 검은 눈이라는 인상은 받았겠지만, 검성과 비교하면 중요하지 않다는 생각에 딱히 언급은 하지 않았던 것 같다.

"제 아이입니다. 기사단장님."

로단이 머리 숙였다. 연회가 시작되고 시간이 제법 지났지만, 로단은 기사단장과의 대화에 참가하지 않았다. 기사단장이 이름을 물었다.

"이 녀석은 제 친구인 로단이라고 합니다."

궁금해하는 기사단장에게 겔다가 로단을 소개했다. 그러자 기사단장은 로단의 이름을 듣고 무엇인가 마음에 걸리는지 고개를 갸웃거리다가 막 떠올랐다는 듯이 입을 열었다.

"로단? 자네가 보어 사냥꾼 로단인가?"

'엥? 이름을 알아? 게다가 칭호 비슷한 단어가 들렸는데.'

기사단장의 의식이 흑발의 소년 알렌에게서 아이의 부모 로단으로 향한다.

"예, 맞습니다. 로단입니다."

"오오! 내가 실례를 했군. 왜 이름을 알려주지 않았나. 마을의 영웅을 알아보지 못한 채 돌아갈 뻔했군!"

불쑥 태도가 바뀌는 기사단장.

"예? 저를 알고 계셨습니까?"

"당연하지. 영주님께서도 극구 칭찬하셨네. 우리 영지는 식량 생산을 어떻게 늘리느냐를 가장 중요하게 생각하고 있지. 마을을 건설하고 밭을 늘렸더니 어째서인지 매년 겨울 보어의 고기를 얻게 되었다며 영주님께서도 무척 기뻐하셨네."

겨울이 오면 가공된 고기가 개척촌에서 매년 보내졌다. 이제 영주가 거주하는 도시 안에는 개척촌에서 보낸 고기가 겨울을 알려준다는 말까지 있다며 기사단장은 기쁜 표정을 띠고 말을 꺼낸다.

식용 가능한 부위가 한 마리당 1톤을 넘는 그레이트 보어이지만, 마을에선 그 절반도 채 소비되지 않는다. 대부분은 영주가 있는 도시까지 보내지기 때문이었다. 매해 열 마리 가까이 사냥하는 그레이트 보어. 수 톤의 보어 고기는 겨울철의 귀중한 식량이다.

"조사한 결과 로단과 겔다라는 자가 농노를 이끌고 사냥한다는 것을 알게 되었지. 훌륭하네!! 이것은 내가 한 말이 아닐세. 영주님의 말로 받아들여주게나."

딱히 무엇인가 보수를 주지는 않았다만, 기사단장에게 직접 칭찬을 받은 상황이다. 연회장에 울려 퍼지는 큰 목소리로 로단을 칭찬해줬다. 마을 주민들도 모두 대화를 듣고 있었다.

"가, 감사합니다."

보어를 쭉 사냥했던 보답을 받은 기분인지, 로단은 감격한 표정을 짓는다. 또한 알렌도 로단이 칭찬받은 것을 마치 자기 일처럼 기쁘게 느꼈다.

그 후 머지않아 연회가 끝나고 알렌은 귀갓길에 올랐다. 옷 안에 모르모 열매를 네 개나 숨겨서 갖고 나오는 데 성공했다. 테레시아에게 로단이 칭찬받은 이야기를 하고 싶어서 올 때보다 다리가 조금 가벼웠다.

제6화 사건

기사단이 돌아간 뒤 2개월쯤 지났을 무렵, 테레시아가 세 번째 아이를 임신했다. 막 임신을 진단받은 참이라 해가 바뀐 뒤 출산하게 될 것이라고 얼마 전 방문했던 마을 조산사가 말을 해줬다.

그런 이유로 테레시아의 안정을 위해 지금은 로단이 혼자 밭을 일구고 있다.

테레시아는 세 번째 아이는 꼭 자신이 이름을 지어주고 싶다는 말을 했다. 알렌도 마쉬도 로단이 이름을 지어줬다. 남자아이가 태어나면 로단이, 여자아이가 태어나면 테레시아가 이름을 지어주기로 약속했다던가. 로단도 여자아이를 낳으면 지어주라고 대답했다. 아마도 남자아이가 태어나면 또 마수의 이름을 따올 생각이 가득한 듯하다.

거듭해서 돌에 얻어맞아 둥글게 껍질이 뜯겨 나간 나무를 등받이 삼아 알렌은 마도서를 들여다봤다.

마도서에는 노란색을 띤 글자로 이렇게 쓰여 있었다.

『합성 스킬의 경험치가 10000/10000을 달성했습니다. 합성의 레벨이 3으로 올랐습니다. 소환의 레벨이 3으로 올랐습니다. 마도서의 확장 기능이 2로 올랐습니다. 강화 스킬을 획득했습니다. 한 건의 안내문이 수신되었습니다.』

"해냈어……. 해냈다고! 드디어 올랐다! 길었어. 아무튼 정보가 굉장히 많네. 뭐부터 확인해볼까."

합성 스킬의 경험치가 10000에 도달한 순간 로그가 쭉 쏟아졌다.

'상당히 오래 걸렸지. 합성 스킬의 레벨을 올리기 시작한 이후 1년 11개월인가.'

매일 마력을 텅 비우면서 생성과 합성 스킬을 꾸준하게 쓴 결과다. 여섯 시간에 마력이 전부 회복되니까 하루에 최소한 세 번, 가끔 시간이 맞아떨어지면 스킬을 네 번 사용하기를 반복한 끝에 드디어 스킬 레벨을 올릴 수 있었다.

로그에는 흥미를 끄는 문장이 잔뜩 있다. 무엇부터 살펴볼까 묻는다면 우선은 스테이터스다. 마도서의 페이지를 펼쳐서 1페이지와 2페이지의 표시를 확인했다.

【이 름】 알렌
【연 령】 5
【직 업】 소환사
【레 벨】 1
【체 력】 20 (40) +26
【마 력】 0 (20)
【공격력】 5 (10) +26
【내구력】 5 (10) +6
【민첩성】 12 (25) +10
【지 력】 15 (30) +4
【행 운】 12 (25)
【스 킬】 소환 〈3〉, 생성 〈3〉, 합성 〈3〉, 강화 〈1〉, 확장 〈2〉, 제거, 검술 〈3〉, 투척 〈3〉
【경험치】 0/1000
· 스킬 레벨
【소 환】 3
【생 성】 3
【합 성】 3
【강 화】 1
· 스킬 경험치
【생 성】 8786/100000
【합 성】 0/100000
【강 화】 0/1000
· 획득 가능 소환수
【 벌레 】 FGH
【 짐승 】 FGH
【 새 】 FG
【 — 】 F
· 홀더
【 벌레 】 G 2장, H 2장
【 짐승 】 G 13장
【 새 】 G 2장
【 — 】

'오오오! 강화 스킬이 추가됐구나!! 그리고 예상한 대로 F랭크의 소환수가 해금됐어. 아마 새H 때처럼, 합성해서 손에 넣을 때까지 【—】로 표기되나 본데. 이번에는 뭘까! 용이면 좋겠는데. 용이 좋아. 신룡 소환!'

스킬 레벨이 올라서 약간 과하게 흥분했던 알렌이 일단 마음을 가라앉히고 다음으로 확인할 것을 생각한다.

'흠, F랭크의 생성과 합성은…… 지금 마력이 딱 바닥났잖아. 저녁 식사 다음으로 미뤄야겠네. 다른 부분은…….'

마도서를 훌훌 넘긴다.

'하핫, 카드를 넣는 홀더가 서른 개로 늘었어!'

확장 기능이 레벨 2로 올랐다는 문장은 보관 가능한 소환수 카드 숫자를 스무 장에서 서른 장으로 확장했다는 뜻이었다. 받을 수 있는 가호가 상당히 늘어난 셈이었다.

'자, 지금 확인 가능한 건 이게 전부구나. 다음은 오랜만에 신이 보내준 안내문이군.'

마도서의 뒤쪽 페이지에 빛나는 부분이 하나 있었다. 아마도 매일 마음속으로 읊었던 클레임이 드디어 접수되었나 보다.

'흠, 드디어 사죄할 마음이 든 건가. 어디 보자.'

『알렌 님께 올리는 편지

평소부터 각별한 애정을 보내주신 점, 깊은 감사의 말씀 올립니다.

각설하고, 금일은 감정 의식 때 알렌 님의 직업이 부정확하게 표시된 건과 관련하여 진심으로 사죄의 말씀 올립니다.

또한, 회신이 지체되어 대단히 죄송합니다.

먼저 개선된 사항을 알려드리겠습니다.

이후 감정 의식이 이루어지는 경우, 재능의 항목에는 『소환사』라고 제대로 표시될 것입니다. 아울러 대교황에게도 새로운 직업이 추가되었다는 취지를 신탁으로 전달 완료하였습니다. 직업의 내용은 다른 직업과 마찬가지로 상세하게 통지하지 않았사오니, 양해 부탁드립니다.

다음은 모든 능력치가 E랭크로 표시되는 문제에 대한 회답입니다.

잘 아시는 대로, 현재의 능력치는 스테이터스의 상승치와 레벨 업 속도 양쪽을 감안한 결과입니다. 레벨 업, 이 세계에서는 신의 시련이라고 표현하고 있습니다만, 시련의 도달 정도는 사람들에게 공개되지 않습니다. 그 때문에 시련의 난이도, 즉 모드 또한 공개되지 않습니다.

그 결과, 스테이터스 상승치와 레벨 업 속도 양쪽을 감안하고 있는 구조인지라 전 능력치 E랭크에서 표기의 변경은 없습니다. 아무쪼록 헤아려주시면 감사드립니다.

다만, 알렌 님 한 분만 스테이터스의 상승치를 파악할 수 없는 것은 불공평하다고 판단하였습니다.

스테이터스의 상승치만 반영하여 감정했을 때를 가정하여 알렌 님의 능력치를 보내드리겠습니다. 또한 이 내용은 메모란에 첨부했사오니 편지의 본문이 사라진 이후에도 확인 가능하십니다. 아울러 감정 결과는 소환수의 가호를 감안하지 않습니다.

【이　름】알렌

【체　력】A

【마　력】S
【공격력】C
【내구력】C
【민첩성】A
【지　력】S
【행　운】A
【재　능】소환사

앞으로도 신계의 스태프 일동은 서비스의 향상을 위하여 힘쓸 각오이오니 변함없는 애정 보내주시기를 아무쪼록 부탁드리겠습니다.
또한 본 대응에 의하여 충분한 사죄와 성의를 표시하였다고 생각하는 바입니다.
이후 같은 종류의 이의 제기는 사양하겠사오니 아무쪼록 잘 부탁드립니다.

창조신 에르메아 드림』

마지막까지 읽자 편지의 내용이 사라졌다. 첨언한 대로 마도서의 메모란에는 알렌의 능력치와 재능이 잘 표시되어 있다.
'흠, 5개월 동안 수시로 개선을 요구했던 보람이 있네. 결국 앞으로도 감정 결과는 전부 다 E로 나오는 건가. 그나저나 신탁을 완료했다는 표현은 처음으로 봤어.'
감정 결과는 모든 능력치 E에서 변경 없음. 그러나 소환사라는 직업에 대해 대교황에게 신탁을 전달했다는 조치 내용이 정중하게 쓰여 있었다.

켄이치였던 시절에 게임 속 장비 데이터가 사라졌을 때도 비슷하게 정중한 통지를 게임 서비스 회사가 보내줬던 것을 떠올린다.

안내문이 장문에 정중한 표현이라는 이유로, 거드름을 피우며 불만 제기를 계속하는 행동은 안 좋다고 생각한다. 상대는 신. 내 존재 자체를 말소할 수도 있는 존재가 아니겠는가.

'흠흠, 능력치는 대강 클레나의 검성을 후위 직업으로 설정한 느낌이네. SABC의 숫자는 검성과 똑같나. 나쁘지 않아.'

마도서에 메모해 놓은 클레나의 능력치와 자신의 능력치를 비교해봤다. 현실 세계에서 확인했던 검성의 능력은 별 세 개였다. 가호 없이도 별 세 개짜리 직업 수준의 능력은 갖고 있다는 뜻이다.

'레벨 업은 신의 시련을 극복했다는 증거라지.'

예전에 그레이트 보어를 쭉 사냥해왔던 로단에게 레벨 업 체험에 대해 물어본 적이 있다. 신의 시련을 극복하면 힘이 세진다는 표현을 들은 기억이 난다.

스테이터스의 검증은 충분히 마쳤기에 남은 것은 강화와 합성, 새로운 소환수의 생성이다. 마력이 회복되는 저녁 식사 후 이어서 진행하기로 했다.

저녁 식사 후 몸이 무거운 테레시아를 대신하여 뒷정리 및 설거지를 마치고.

"형아, 놀자."

다음은 마쉬의 놀이 상대다. 30분쯤 놀아주자 마쉬는 푹 잠들었다. 이불을 덮어준 뒤 겨우 자신의 시간을 가질 수 있었다.

우선은 해가 저물기 전 강화를 써보기로 알렌은 결정했다.

'강화!'

우선은 주문을 읊어본다. 그러자 마도서의 표지에 은색 글자가 표시되었다.

『어느 카드를 강화하겠습니까?』

'오? 마력이 부족하다는 말은 안 나왔어. 저번처럼 못 쓰면 어쩌나 싶었는데.'

합성 스킬을 입수했을 때 마력이 부족한 탓에 세 살까지 기다려야 했던 기억을 떠올린다.

'그러면, 으음, 벌레H 강화!'

그러자 홀더에 넣어 두었던 벌레H 카드가 한 장 알렌의 눈앞에 떠오르더니, 금색 빛을 발했다.

'오오!!!'

감동해서 무심코 소리를 낼 뻔했지만, 입을 꽉 누르며 견뎠다. 빛이 가라앉자 카드의 색이 바뀌어 있었다.

'어디 보자, 오오!! 카드의 그림 여백 부분이 금빤짝이로 바뀌었잖아!!!'

메뚜기의 그림 여백 부분이 하얀색에서 금색으로 변했다. 그리고 여백 부분에 글자가 쓰여 있다.

『내구력 +10, 민첩성 +10』

'과연, 소환수의 능력치를 강화해주는 거네. 랭크가 높은 소환수만 써먹는 것이 소환사가 아니라는 거구나.'

강화된 메뚜기의 카드를 살펴봤는데 딱히 겉모양은 달라지지 않은 듯했다.

'그렇다면 혹시 덴카의 덩치가 달라진다거나? 시험 삼아서 소환해볼까! 소환!'

강화한 벌레H를 소환하자 엷게 빛을 발하는 메뚜기가 나타났다.

"아하, 사이즈는 안 달라졌어도 빛이 나니까 강화됐다고 알 수 있구나!"

"어휴. 알렌, 마쉬. 자야 할 시간…… 앗."

"흐앗!"

아마도 알렌의 목소리가 들린 듯하다. 테레시아가 자꾸 잠들지 않는 아이에게 주의를 주러 방 안에 들어왔다.

메뚜기와 눈이 마주치는 테레시아.

"꺄아아아아! 벌레야아아아아!! 으으, 왜 아이들 방에 벌레가 있어!!!"

강화했는데도 못 버티고 밟혀 뭉개진 벌레H 소환수는 빛나는 거품이 되어 허망하게 사라져 갔다.

"으음, 안녕히 주무세요……."

알렌은 아무런 일도 없었다는 것처럼 애써 태연하게 얼굴까지 이불 속으로 쏙 집어넣었다.

* * *

10월을 맞이하여 알렌은 드디어 여섯 살이 되었다. 켄이치였던 시절의 기억은 비록 마도서에 메모를 남겨 두었지만, 요즘은 자신이 알렌인지 켄이치인지 헷갈릴 때가 있다.

여섯 살이 되어 능력치도 상승한 덕에 마력이 10에서 12로 늘어났다. 스킬 경험치의 상승 속도는 최대 마력량에 크게 의존하기 때문에 커다란 진전이었다.

F랭크 소환수의 능력은 이제 막 분석을 시작한 참이라서 아직 고찰이 완전하게 이루어지지 않았고, 또한【—】으로 표시된 소환수의 정체도 파악하지 못했다.

처음에는 다음 날 당장 F랭크의 생성 및 소환을 하고 싶었지만, 강화가 무척 유용했기에 성능을 꼼꼼하게 조사한 다음으로 미룰 생각이었다.

강화 스킬에 대해 기록한 메모를 다시 살펴본다.

· 소비 마력은 10
· 효과는 능력치 두 개를 +10만큼 올려준다
· 올라가는 것은 가호로 설정되어 있는 능력치
· 소환수의 랭크가 달라도 효과는 동일하다
· 소환과 카드화를 반복해도 강화 효과는 사라지지 않는다
· 합성하면 강화 효과는 사라진다
· 강화해도 가호의 수치는 동일하다

'홀더에 모아 둔 소환수는 여유가 생기는 대로 최대한 강화를 실행하는 게 좋겠구나.'

만약 소환수로 싸워야 할 상황이 벌어지면 잘 강화된 소환수를 사

용하는 것이 당연히 좋다.

지금은 오전이다. 알렌은 나무통 안에 있었다. 가족이 입는 낡은 옷가지를 통 안에 넣고 맨발로 밟아서 빨래를 한다. 이것도 꽤 고단한 육체노동이었다. 다만 아무것도 생각하지 않고 해치울 수 있기 때문에 소환 스킬의 검증 등 고찰을 하기에는 딱 좋았다.

알렌의 집은 가까운 공용 우물터에서 로단이 매일 아침마다 물을 길어 온다. 오래된 물을 비울 때에는 집 옆쪽에 있는 좁은 용수로를 쓴다. 알렌은 다 사용한 통 안의 물을 버린 뒤 마당에 빨래한 옷을 널었다.

'오오~ 알바헤론이 날아다니는구나. 이제 가을이야. 슬슬 아버지가 사냥을 하러 갈 시기겠어.'

알렌의 신장보다 조금 높은 길이의 빨래 건조대로 쓰는 막대기에 젖은 옷가지를 널고 있을 때, 새의 그림자가 시야 한쪽에 비쳤다. 세탁물 너머로 알바헤론이 유유히 날아가는 모습이 보인다.

가을에는 그 밖에도 크기가 알바헤론의 절반쯤 되는 두루미 비슷한 새가 날아다니곤 한다. 계절성의 철새일 테지. 계절의 변화를 느끼게 된다.

'자, 마력도 회복됐겠다, F랭크의 검증을 진행해볼까.'

강화 검증은 거의 다 끝났다. F랭크를 위한 생성 레벨 3과 합성 레벨 3의 검증에 들어간다. 지금 단계에서 알아낸 것을 마도서에 메모했다.

· 생성 레벨 3의 소비 마력은 10

· 합성 레벨 3의 소비 마력은 5 (레벨 1에서 변경 없음)
· 벌레F 1장과 짐승F 1장을 합성하면 새F

"이제 【―】의 조합만 찾아내면 되는 건가."

아직 합성 패턴을 발견하지 못했다. 생성과 합성을 반복하면서 【―】를 찾고 있지만, 이미 며칠이 훌쩍 지나갔다.

'생성 가능한 건 벌레와 짐승뿐이고 새는 반드시 합성으로 만들어야 하는 수수께끼 규칙이잖아. 벌레F와 짐승F, 짐승F와 새F의 패턴은 해봤으니까 이번에는 벌레F와 새F의 패턴 차례군. 이걸로 딱 나와주길. 아니면 랭크가 다른 조합을 일일이 맞춰봐야 된단 말이야.'

벌레F와 짐승F, 짐승F와 새F를 합성했을 때는 홈의 좌측에 둔 카드의 소환수가 합성되었다. 명백하게 실패다. 이번에야말로 꼭 성공하라는 마음을 담아 두근두근하며 마도서의 합성 페이지를 펼쳤다.

벌레F와 새F 카드를 카드가 쏙 들어가는 홈에 넣었다.

'합성, 벌레F 새F!'

소리치듯 주문을 외자 마도서의 표지가 빛난다. 아무래도 합성에 성공했다는 메시지가 표시되는 것 같았다. 하지만 표지를 안 봐도 합성 페이지를 보면 결과는 알 수 있었다.

"오오오! 새로운 카드가 만들어졌다!!"

무심코 소리를 내고 말았다. 입을 다물고 막 만들어진 카드를 손에 든다.

'이게 뭐야……. 풀이라니?'

새롭게 생성된 카드에는 풀F라고 쓰여 있었다.

'소환수인데 풀이야……? 뭐, 벌레도 있는데 새삼 투덜거릴 건 아니지.'

사과 비슷한 생김새지만 얼굴이 있고 가느다란 가지로 팔다리가 달렸다. 머리에는 꼭지가 뻗어 나왔고 거기에 이파리가 한 장 자라나 있다.

'요컨대 식물계라는 말이군. 일단 이름을 정해주자. 이제 짐승, 벌레, 새, 풀까지 네 종류의 F랭크 소환수 생성과 합성을 전부 마쳤구나.'

· 벌레F(거머리)의 스테이터스
【종 류】 벌레
【랭 크】 F
【이 름】 츄우
【체 력】 15
【마 력】 0
【공격력】 13
【내구력】 20
【민첩성】 20
【지 력】 13
【행 운】 11
【가 호】 내구력 5, 민첩성 5
【특 기】 빨아먹기

· 짐승F(개)의 스테이터스
【종 류】 짐승
【랭 크】 F
【이 름】 포치
【체 력】 20
【마 력】 0
【공격력】 20
【내구력】 10
【민첩성】 15
【지 력】 18
【행 운】 11
【가 호】 체력 5, 공격력 5
【특 기】 깨물기

· 새F(비둘기)의 스테이터스
【종 류】 새
【랭 크】 F
【이 름】 폿포
【체 력】 11
【마 력】 0
【공격력】 13
【내구력】 12
【민첩성】 20
【지 력】 20
【행 운】 14
【가 호】 민첩성 5, 지력 5
【특 기】 전달

· 풀F(사과)의 스테이터스
【종 류】 풀
【랭 크】 F
【이 름】 애포
【체 력】 14
【마 력】 20
【공격력】 12
【내구력】 15
【민첩성】 10
【지 력】 13
【행 운】 20
【가 호】 마력 5, 행운 5
【특 기】 아로마

'짐승F 포치의 특기 『깨물기』는 처음으로 나온 공격계 스킬이야. 처음에 상상했던 소환수다운 특기가 이제야 겨우 나왔구나. 그것도 그렇고, 이 모든 게 다 아무래도 좋은 소환수가 있는 것 같은데!'

네 마리의 소환수를 새롭게 소환할 수 있게 되었다. 어떤 소환수도 신경 쓰이는 부분이 많다. 검증은 이제부터 열심히 해야 할 테지. 다만 무엇보다도 알렌이 기다리고 기다렸던 가호를 가진 소환수가 나타난 것에 감격한다.

꾹 참아도 자꾸 떨리는 손으로 풀F 소환수를 붙잡았다.

'해, 해냈다! F랭크에서 드디어 마력 증가의 가호를 가진 소환수가 떴다!!!'

사과에 팔다리가 달린 모양새의 상당히 우스운 소환수였다. 알렌은 신계의 회의실에서 탁자에 디자인 시안을 잔뜩 늘어놓고 회의하는 장면을 상상해봤다. 창조신이 이 사과를 고르는 광경은 무척 기묘했다.

다만, 이 가호로 인해 최대 마력이 5나 늘어나는 효과를 생각하면 외형 따위 아무래도 좋았다. 지금 가장 필요한 능력이라고 말할 수 있겠다.

지금 예상하고 있는 걱정거리 중 큰 녀석이 하나 있다. 그것은 아마도 소환 레벨을 4로 올리려면 앞으로 약 30만의 스킬 경험치가 필요하리라는 계산의 결과다.

소환 레벨을 2로 올리는 데 생성 스킬의 경험치가 1000만큼 필요했다.

소환 레벨을 3으로 올리는 데는 생성 스킬의 경험치 10000과 합성 스킬의 경험치 11000가 필요했다.

즉, 아마 소환 관련의 모든 스킬을 올리면 소환의 레벨이 같이 올라간다고 가정해도 무방한 상황이었다.

왜냐하면 생성 레벨을 3까지 올린 뒤 이어서 합성 레벨이 3을 달성했던 순간에 소환 레벨이 3으로 올랐으니까.

여기에서 알 수 있는 사실은 소환 레벨을 4로 올리려면 30만의 스킬 경험치가 필요하다는 것이다.

머릿속으로 계산하며 마도서에 메모를 했다.

· 생성 스킬의 경험치를 10만쯤 모은다

· 합성 스킬의 경험치를 10만 모은다

· 강화 스킬의 경험치를 11만 1천 모은다

여섯 살의 최대 마력 12로 하루에 세 번은 확실하게 마력을 소비하며 스킬 경험치를 쌓는 경우는 30만을 다 모으려면 20년 이상 걸린다. 당연히 나이를 먹으면 최대 마력은 늘어나겠지만, 그럼에도 10년 이상은 걸린다는 계산이었다.

그 10년, 20년의 기간을 풀F 카드가 단축시켜주는 것이다.

'이제 풀F 카드를 몇 장 만드냐가 문제군.'

최대 서른 장의 카드를 홀더에 넣을 수 있다. 힘은 아마도 어지간한 마을 주민보다 좋을 것이다. 빨래를 할 때도 힘이 모자라서 고생한 적은 없었다.

'일단 짐승F는 열 장쯤 가지고 있어야겠어. 무슨 일 생겼을 때 힘은 중요하니까. 기사에게 제압당했을 때는 난감했잖아. 다른 카드는 엄선해두고, 남은 자리는 풀F를 최대한 많이 갖고 다녀야겠네.'

레벨 올리기와 현재 생활에 지장이 없는 균형점을 잘 궁리할 필요가 있다.

'풀F 카드의 성능도 봐 둘까. 애포 소환.'

풀F 카드가 빛나는 거품이 되어 사라져 간다. 곧이어 풀F 소환수가 나타났다. 얼굴이 있는 사과가 나뭇가지처럼 생긴 팔다리로 재주도 좋게 서 있다.

'흠, 사과네. 팔다리가 달려 있어도 잘 움직이지는 않고. 뭐, 사과니까. 특기는『아로마』인가. 특기도 봐 두자. 애포, 특기 써줘.'

풀F 소환수에게 특기 사용을 지시한다. 그러자 애포가 쑥쑥 땅에 묻히기 시작했다. 마치 빨려 들어가는 것처럼 지면에 파묻히고 있다.

'응? 뭐야! 뭐야? 땅에 묻혀서 뭘 하려고……. 앗, 엥? 갑자기 나

무가 자라났잖아?!'

풀F 소환수가 완전히 땅에 파묻히자마자 그곳에서 나무가 쑥쑥 자라기 시작했다. 1미터쯤 되는 묘목 정도의 나무다. 냄새를 맡아보니 에센셜 오일처럼 좋은 향이 코를 간질였다. 왠지 기분이 차분해진다.

'어? 이게 다야? 분명히 좋은 냄새이긴 한데. 이런 걸 열 장을 넘게 가지고 다녀야 하나?'

풀F는 가호 이외에는 쓸모가 없나 싶어 알렌은 조금 당황했다.

그날 저녁. 클레나와 『기사놀이』도 끝났고 알렌은 집 안에서 저녁 식사 준비를 하며, 카드를 어떻게 구성할까 궁리하는 중이다.

"로단이 좀 늦네."

평소였다면 이미 밭에서 돌아왔을 시간인데 아직껏 귀가하지 않았다.

다시 한 시간이 경과했다.

마쉬가 있는지라 먼저 저녁 식사를 먹기로 했다. 그런데 아직도 돌아오지 않는다. 18시를 알리는 종이 울렸다. 마쉬와 놀아준다. 마쉬도 피곤해서 슬슬 잠에 들 무렵이었다.

"다녀왔어."

"어머, 오늘은 좀 늦었네."

"그러게."

로단이 이제야 돌아왔다. 무슨 이유인지 복잡한 표정을 짓고 있었다.

"무슨 일 있었어? 많이 늦었는데."

느지막이 저녁 식사를 먹는 로단에게, 테레시아가 늦은 이유를 묻는다. 알렌은 아이용 방에 있었지만, 무슨 일이 있었나 궁금해서 귀를 기울였다.

"잠깐 촌장의 집에 불려갔었어."

"그랬구나."

"이번에 보어 사냥을 나갈 때 평민을 몇 사람 끼워달라더라."

"그랬어?"

테레시아는 저 말에 어떠한 문제가 있는지 잘 모르겠다는 표정을 짓고 있었다.

"음, 별문제는 없어. 이제껏 같이 사냥을 다닌 녀석들이 딱히 줄어드는 것도 아니니까. 젊은이들 중 네댓 명 정도 참가하고 싶은 녀석이 있다는데 끼워달라는 부탁을 받았거든."

딱히 문제는 없다며 안심시키려 하는 말투다. 그렇게 이야기가 끝나고, 평소와 같은 부부의 대화로 돌아온 것을 확인한 뒤 알렌은 잠에 들었다.

* * *

첨벙.

물독에 물을 채우는 소리로 깨어났다.

"좋은 아침이야, 아빠."

"오, 일어났구나."

이 세계에 온 이후부터 일찍 일어나기가 무척 어려웠지만, 요즘 들어서 겨우 자명종도 없이 6시에 일어나는 버릇을 들일 수 있었다.

"자, 여보."

"고마워."

테레시아도 깨어나 있다. 로단에게 마대 주머니를 건넨다. 말린 고기와 말랭이, 그리고 물이 든 가죽 자루가 안에 들어 있다. 로단은 마대를 어깨에 둘러 반대쪽 허리로 빼내서 멨다.

바닥 화로가 있는 거실에는 평소에 못 보던 2미터쯤 길이의 막대가 있다. 끝부분에는 커다랗고 두꺼운 칼날을 달아 놓았다. 보어를 사냥하기 위해 제작한 창이다. 어젯밤 문제가 없나 꼼꼼하게 확인했었다. 사냥 전날에 무기 가게에서 빌려 온 무기다.

로단이 창을 손에 들었다.

"그럼 다녀올게."

"늦게 와?"

"오늘은 신입도 같이 가잖아. 가까운 사냥터에 갈 예정이야. 많이 늦지는 않을걸."

그렇게 말한 뒤 이제는 많이 추워진 바깥으로 걸음을 옮겨 나갔다.

'보어 사냥인가. 언젠가 가보고 싶네. 레벨도 올려야 하고.'

전생한 지 6년이 지났으나 알렌은 여전히 레벨 1이다. 마수가 있는 마을의 바깥에는 나가지 못하기 때문이었다. 농노가 마을 바깥에 나가려면 촌장에게 허락을 받아야 한다. 다만 무작정 요청해도 보통은 허가가 안 떨어진다는 말을 들었다. 이번 보어 사냥처럼 마을의 활동에 필요한 일 이외에는 웬만하면 허가가 떨어지지 않는다. 농노는 이동에도 제약이 있다.

로단을 배웅한 뒤 일과로 정한 돌 던지기를 했다.

'돌 던지기는 다음 레벨까지 백만 번 돌을 던져야 된다는 게 거의 확정이네. 이미 저번이 오른 이후로 이십만 번은 던졌는데 안 오르잖아.'

던지고 또 던져서 둥글어진 돌을, 그럼에도 계속 던진다. 비 내리는 날도 바람이 부는 날도 계속 던지고 있다. 로단도 테레시아도 설마 그가 매일같이 돌을 던지리라는 생각은 못 했다. 로단이 겔다에게 상담했더니 내 딸은 집에서도 매일 기사놀이를 한다는 힘찬 대답이 돌아왔기에 그냥 그러려니 하기로 했다.

'이러면 통상 스킬은 나한테 안 맞겠어. 시간 대비 효과가 너무 약하잖아.'

검술도 투척도 스킬 레벨은 3이다. 아예 맨땅에서 올리기 시작한 경우는 스킬 레벨 0부터 1을 만드는 데 일만 번, 1에서 2까지 똑같이 일만 번, 2에서 3은 십만 번, 그다음은 아마도 열 배씩 늘어난다.

이런 추세면 인생을 다 바쳐서 집중해 봤자 5까지 올리는 것도 버겁다는 느낌이었다. 아마도 4가 한계일 테지. 스킬 레벨이 올라가면 곱절에 곱절만큼 위력이 올라가는 등 절대적인 효과를 기대할 수 있다면 스킬을 올릴 가치가 있겠지만, 극적인 위력 상승을 기대하기는 어렵지 않을까.

'그야 위력은 스킬이 없던 시절보다 올라가기는 했지. 체감이지만 스킬 레벨 3에서 두 배는 된 것 같고.'

물론 대미지를 정확히 표시해주는 것은 아니니까 어디까지나 체감상 느낌이지만, 아예 스킬이 없던 시절보다 두 배쯤 위력이 강해졌다는 생각이 든다.

'역시 난 소환 스킬을 갈고닦는 게 좋겠어. 검이나 돌은 급할 때 쓰는 호신용으로 적당히 익히고 말자. 풀F도 그냥 냄새만 좋은 향기가 아니었잖아.'

눈앞에 자라나 있는 대략 1미터 높이의 나무를 봤다. 에센셜 오일처럼 향긋한 냄새가 난다. 어떠한 불순물도 없어 마음이 차분해지는 향이었다. 이대로 쭉 향을 즐기고 싶어진다.

마도서의 메모 기능을 펼쳤다.

'흠, 역시나 마력 회복 간격이 여섯 시간에서 다섯 시간으로 단축됐구나.'

풀F로 마당에 나무를 길러 놓았더니 소환 스킬의 소비에 따른 경험치 획득 횟수가 세 번에서 네 번으로 늘어났다.

지난 5년간 쭉 여섯 시간 간격으로 스킬 경험치를 획득해왔다. 여섯 시간 간격이기에 심야에 한 번, 이른 아침에 한 번, 점심 지나서 한 번, 밤중에 한 번, 하루 동안에 네 번의 스킬 경험치 획득은 일단 가능하다. 하지만 이 방법이면 이틀째는 반드시 세 번 이하가 된다.

그런데 풀F의 특기 아로마를 써서 나무를 자라게 하자 하루 네 번이 3일 연속으로 가능해졌다.

'다섯 번은 좀 어려운가. 네 시간을 바라면 욕심이지.'

얼마나 단축되었나 검증해봤는데 네 시간이 아닌 다섯 시간으로 확정이었다. 아무튼 스킬 경험치 획득에 더욱 가속이 붙을 것이다.

'이제 애포의 효과는 다 확인했구나.'

마도서의 메모를 살펴보며 풀F의 검증 결과를 정리했다.

· 좋은 향기가 나서 푹 잠들 수 있다
· 마력 회복 시간이 다섯 시간으로 단축
· 한 번 스킬을 사용하면 카드도 소환수도 소멸한다 (나무가 된다)

다른 소화수와 차이는 특기의 사용 횟수가 한 번뿐이라는 것. 한 번 사용하면 다시 소환수로 되돌리지도, 카드로 회수하지도 못한다. 완전히 나무가 된다. 물론 다른 사람에게도 잘 보인다. 만질 수 있다. 자라기도 한다.

"알렌~ 슬슬 밥 먹자~."

"응, 엄마!"

F랭크가 해금되었어도 모든 능력을 다 검증하기는 어려웠다. 예를 들어서 짐승F의 『깨물기』는 다른 사람을 깨물게 지시할 수는 없을뿐더러 자신이 직접 깨물려볼 수도 없는지라 위력 검증이 난감했다.

"형아, 이제 들어와~."

"마쉬, 알았어, 알았어."

두 시간 이상 혼자서 바깥에 있었던 터라 집에 들어오자마자 푹 달라붙어서 안기는 마쉬. 마쉬도 이제 2개월 남짓 지나면 세 살이다. 너무 혼자서 마당에 나가 있으면 칭얼거린다.

'돌 던지기는 매일 한 시간 이상 던져도 별 보람이 없겠지. 또 레벨을 올리려면 5년 이상은 걸리잖아. 마쉬도 곧 바깥에 나올 테니까 슬슬 그만둬야겠네.'

마쉬를 데리고도 할 만한 훈련은 없을까 고민하면서 찐 고구마를 먹었다.

"알렌, 오늘도 재밌었어! 뭔가 강해졌네?"
"응, 조금."
'여전히 전혀 못 당하지만. 검성 왜 이렇게 강해. 큭, 분하다!'
오후의 기사놀이도 끝났다. 클레나는 3년간 변함없이 달음박질치며 자기 집으로 돌아간다. 가끔 자고 와도 된다는 허락을 받았을 때만 알렌의 집에서 같이 묵으며 놀다가 간다.
알렌은 서른 장까지 홀더에 카드를 보관할 수 있게 된 이후, 서른 장을 꽉 채울 때까지 카드를 늘려 나갔다. 검증 및 마력 증가를 시도하면서도 힘 또한 꽤 많이 올렸다.
현재 카드의 편성은 다음과 같다.

· 짐승F 11장
· 벌레F 2장
· 새F 2장
· 풀F 15장

덕분에 가호를 받은 올라간 공격력이 55까지 높아졌다. 3년간 매일 함께 기사놀이를 한 클레나는 알렌의 변화를 알아차린 듯했다.
아울러 F랭크의 검증을 끝낸 뒤 스킬 경험치 획득을 위한 자원은 주로 강화에 사용하고 있다.
소지하고 있는 카드를 강화하면서 스킬 레벨을 하루라도 빨리 올리기 위해서였다.

'강화 스킬 레벨 2가 얼마 안 남았구나. 내일 중엔 오를 것 같아.'

풀F 덕분에 엄청난 기세로 스킬 경험치가 들어오는지라 기쁨을 느낀다.

"어라, 로단이 늦네."

알렌도 도우며 저녁 식사를 준비하던 중 옆에서 테레시아가 중얼거렸다. 듣고 보니까 귀가가 늦다. 평소였다면 사냥을 마치고 슬슬 돌아올 시간이었다. 게다가 로단은 가까운 곳에서 사냥을 할 예정이라고 말하지 않았던가.

"응, 아빠가 늦네."

사냥으로 잡은 수확물을 축하하며 소소하게나마 호화로운 식사를 하려고 했는데 여태껏 귀가하지 않았다. 마쉬는 오래 기다리지 못하는지라 오늘은 먼저 저녁 식사를 마쳐야 했다.

데엥~.

데엥~.

데엥~.

다시 한 시간이 경과했다. 오후 6시를 알리는 종이 울렸다.

"올 때가 지났는데."

어머니의 목소리에서 짙은 불안감이 묻어났다. 마쉬가 잠들었기에 테레시아가 있는 거실로 갔다.

"알렌, 너는 안 기다려도 괜찮아. 아빠가 사냥 마치고 돌아오는 게 늦어진 날은 전에도 있었잖니."

"그치만 오늘은 빨리 돌아온다고 말했잖아."

“그러게. 알렌은 아빠를 걱정해주는 착한 아이구나.”

어머니가 머리를 쓰다듬어준다.

또다시 두 시간이 경과했다. 바깥은 완전히 암흑이었다.

“어머, 돌아온 걸까?”

집 바깥에서 목소리가 들린다. 흙마루에서 바깥을 살펴보는 테레시아. 알렌도 같이 바깥을 내다봤다.

새카만 세계에 불빛이 번뜩 나타났다. 횃불 같다. 목소리가 들려온다만 거리가 먼 듯 불빛은 무척 작았다.

‘아버지, 너무 늦었잖아. 아무튼 무사히 돌아와서 다행이야.’

불빛이 가까워졌다.

불빛이 둘로 늘어난다.

‘어? 한 명이 아니야?’

불빛이 셋으로 늘어난다. 넷으로 늘어난다. 자꾸자꾸 가까워지는 와중에 처음은 하나라고 생각했던 불빛이 넷에서 다섯이 됐고 결국은 열을 넘겼다.

고함 소리가 들려온다. 묘하게 가슴이 두근거린다. 옆을 봤더니 테레시아도 똑같았다.

거리가 가까워지자 겔다의 목소리가 잘 들렸다.

“로단! 집이다!! 집에 왔다고!!!”

겔다의 절규 비슷한 목소리에 반응하여 테레시아가 정신없이 불빛 가까이 달려갔다. 알렌도 마찬가지다.

테레시아의 다리가 멈췄다. 그곳에는 믿기지 않는 광경이 펼쳐져 있었다. 몸이 떨렸다.

"어? 아빠?"

그곳에는 다수의 남자들이 손에 쥔 들것에 실려서 온 로단이 있었다. 횃불의 흔들거리는 빛이 로단을 비춘다. 낡은 마직물 옷감에는 이미 까맣게 굳은 피가 잔뜩 묻어 있었다.

제7화 알렌의 결의

“여, 여보? 이럴 리 없어! 로, 로단. 아, 안 돼에에에에!!!”

막대에 천을 둘러서 만든 간이 들것에 실린 로단이 피투성이 모습으로 집에 돌아왔다. 급히 달려가는 테레시아. 로단은 눈을 감은 채 움직이지 않는다. 테레시아는 눈을 뜨라고, 어서 일어나라며 울부짖었다. 하지만 로단은 깨어나지 않았다.

“괜찮다, 테레시아. 약초를 썼으니까.”

“뭐? 거짓말, 이, 이렇게나…….”

겔다를 쳐다보면서 대체 왜 아무도 못 믿을 말을 하냐는 표정을 짓는 테레시아. 새까맣게 물든 옷은 도저히 살아날 수 있는 상처로 보이지가 않았다.

“진짜야. 뭐라제의 꽃을 썼어.”

“아? 어? 그, 그런 걸 어떻게 샀다고…….”

농노는 도저히 못 사는 약인가 보다. 겔다는 정말이라며 테레시아를 달래며, 깨어나지 못하는 로단을 집 안으로 천천히 들여놓았다. 테레시아와 둘이서 쓰는 침실에 누운 로단. 후송에 참여한 남자들은 대략 스무 명이었다. 아마 사냥에 참가했던 농노 전원이 나선 듯했다.

“거기, 베스랑 보드로는 미안한데 물을 길어 와 줘.”

““예.””

정신을 못 차리고 있는 테레시아를 대신해서 겔다가 지시를 내렸다. 아마 온수를 준비하려는 듯하다. 알렌은 거실에 가서 불을 지피기 시작했다.

'어째서, 이렇게 된 거야.'

전혀 상황을 알 수 없지만 해야 할 일을 한다.

"너희들, 뒷일은 내가 맡을 테니까 고기들 받으러 가라. 잔뜩 모여서 뭘 하겠냐."

""""뭐?!""""

그게 웬 섭섭한 말이냐는 남자들의 목소리가 울려 퍼졌다. 소동 때문에 깨어난 마쉬가 놀라 울음을 터뜨린다. 모르는 남자가 잔뜩 밀려들어 온 상태다. 테레시아가 꽉 안아서 달래주고 있다.

"봐, 애가 울잖냐. 잔뜩 들이닥쳐서 오히려 민폐라고. 뒷일은 내가 맡을 테니까 집에 돌아가라."

""""알았어.""""

"하나 더, 잘 알겠지만 섣부른 짓 하지 마라."

"뭐라고?! 평민 놈 때문에 이렇게 된 거 아니야! 겔다 씨도 뻔히 알면서!! 다 같이 끝장을 보고 말겠어!!!"

물을 길어 온 베스가 믿기지 않는다는 듯이 큰 목소리로 외친다. 모두가 맞다며 동의하고, 콧숨이 거칠어졌다. 벽에 세워 둔 남자들의 창이 바깥의 횃불에 비춰져 섬뜩하게 빛난다. 마쉬가 또 놀라서 큰 목소리로 울음을 터뜨렸다.

"야, 베스. 이 문제는 내가 책임진다. 그러니까 고기를 받고 집에 돌아가. 당장 대답해, 알아들었냐?"

"아, 알겠다니까……."

낮게 힘주어 못 박는 말이었다. 베스와는 다른 의미의 노여움이 느껴진다. 겔다도 딱히 침착한 것은 아니었다. 베스와 동료 농노들은 거센 기세에 압도당하여 고분고분 대답을 했다. 실례했다며 왔었던 길을 돌아가는 남자들. 최종적으로 겔다 이외에는 모두 돌아갔다.

테레시아와 겔다가 피에 젖은 옷가지를 벗긴다.

"앗?!"

로단의 복부에 난 상처 자국을 보고 테레시아가 화들짝 놀랐다. 큰 부상을 당했다가 찢어진 배를 억지로 접합한 듯한 자국이었다.

"아까 말했잖아, 뮈라제의 꽃은 효과가 정말 있더라고. 약방에서 마침 들여놓았던 게 정말로 운이 좋았어."

그런 말을 하면서 겔다도 같이 로단의 몸을 데운 물에 적셔서 짠 낡은 천으로 깔끔하게 닦았다. 테레시아도 조금 마음이 진정됐는지 로단의 가슴이 호흡을 하며 위아래로 살짝 움직이고 있음을 깨닫는다.

"그런데, 그런 귀중한 약초를 어떻게 구했어?"

"……기사가 얼마 전 찾아왔을 때 금화를 받았거든. 조금은 남겨놓았던 게 현명한 판단이었지."

그때 울다가 지쳐 간신히 잠든 마쉬를 아이용 방의 이부자리에 재우고 온 알렌이 물었다.

"어떻게 된 거야? 평민이 이런 짓을 저질렀다는 게 사실이야?"

테레시아와 겔다는 알렌의 분위기에 놀랐다. 평소에는 이런 말투로 이야기하는 아이가 아니었다고 두 사람은 생각했다. 알렌은 소중한 아버지가 중상을 입게 된 분노 때문에 날카로운 눈빛으로 겔다를 바라봤다.

"조금 길어질 거다. 미안한데, 물을 좀 다오."

알렌이 물독에서 나무 잔에 물을 길어다가 건넸다. 아마 상당히 목이 탔는지 겔다는 단숨에 쭉 들이켰다.

"몇 년인가 전부터 촌장이 자꾸 말을 꺼냈었다. 평민도 보어 사냥에 끼워달라고 말이지."

줄곧 스무 명 정도의 농노들끼리 보어 사냥을 했다. 이걸 평민들은 별로 좋게 보지 않았다고 한다. 보어 사냥의 보수는 고깃덩이다. 무려 10킬로그램이나 되는 상당히 큰 고깃덩어리를 받을 수 있다. 해체를 맡은 사람도 보수로 대강 3분의 1쯤 되는 고기를 받아 간다. 해체에는 오십 명 정도가 참가하는데, 이때 해체를 담당하는 사람도 농노였다.

농노가 사냥해서 농노가 해체하고 농노가 보어 고기를 먹는다. 평민인 자신들이 고기를 구하려면 장작이나 소금 등, 살아가는 데 꼭 필요한 물건과 교환해주는 방법밖에 없었다. 그래 봤자 아주 조금이고. 어떻게든 더 구하겠다면 촌장에게 돈을 주고 구입해야 한다. 하지만 C랭크 마수의 고기는 평민이 선뜻 구입할 수 있는 가격이 아니었다. 대부분은 곧장 가공되어 영주가 있는 도시로 옮겨 바쳐진다.

"즉 평민들은 보어 고기를 원하고, 촌장도 가능한 한 많은 평민들에게 보어 사냥을 시키고 싶어 하지. 하지만 정작 나서는 녀석이 없었다."

촌장은 평민을 사냥에 보내고 싶다. 평민은 고기를 원할 뿐 사냥은 싫다. 사냥에 참가한다는 것은 마수와 싸워야 함을 의미하니까. 그렇다고 농노가 거뜬하게 잡아 오냐고 묻는다면 딱히 그렇지는 않았다. 사실은 지난 10년 사이에 사망자가 다수 발생했었다는 설명이 이어졌다. 그럼에도 사냥을 한다.

그토록 위험한 사냥을 계속하는 이유가 무엇인지는 굳이 말할 필요도 없겠다. 눈앞에 사냥을 할 이유가 있기 때문이다. 즉 가족을 위해서였다.

"그럼 왜 이번에는 평민도 같이 사냥하게 된 거야?"

알렌이 물었다.

"……농노 중 영웅이 나타났기 때문이려나."

농노들 중에 검성이 태어났다. 그리고 마을 유력자들 앞에서 기사단장이 칭찬한 대상은 촌장도 아닐뿐더러 연회에 참가했던 마을의 유력자도 아니었다. 영주의 말을 빌리면서까지 극구 칭찬한 인물은 바로 농노 로단이었다. 연회가 끝난 뒤 온 마을에 소식이 전해졌다고 한다.

"촌장한테 이달 초 로단이랑 같이 불려갔었다. 다섯 명 정도 사냥을 가고 싶다는 젊은이가 있으니까 같이 데려가달라고 말이지. 뭐, 사실상 명령이었지."

촌장 명령이라는 이유를 들어 평민을 훈련시켰다. 10일쯤 이전의 이야기지만, 몇 번인가 모두를 모아 사냥 방법을 가르쳤다. 하지만 농노가 대장을 맡은 집단에 들어가는 데 거부감을 느낀 평민 젊은이들의 태도는 별로 안 좋았다. 그럼에도 로단은 참을성 있게 훈련시켰다.

그렇게 오늘을 맞이했다. 작전대로, 훈련한 대로 똑같은 상황이었다.

그레이트 보어를 사냥하는 방법은 로단에게 거듭 설명을 들었다. 무척 단순하다. 유인해서 포위하고 다 같이 창을 찔러서 처치하는 방식이었다.

"유인하는 역할도, 날뛰는 보어의 숨통을 끊는 역할도 경험이 많이 필요하거든. 평민 녀석들한테 포위망 역할을 맡겼다."

가장 쉬운 역할을 맡겼다. 그런데 결국 실패했다는 이야기다. 포위 역할을 맡은 평민이 마수를 눈앞에 두고 겁먹어서 움직이지 못했다. 당연히 포위망은 붕괴됐고, 보어와 난전 상황에 돌입했다.

"로단이, 보어의 콧등 끝 뿔에 찔렸고, 이렇게 된 거다."

결국 작전이고 나발이고 없는 상황이었다. 겨우겨우 쓰러뜨리긴 했으나 로단이 중상을 입었다.

들려줄 이야기는 다 했다면서 겔다는 집에 돌아갔다. 겔다의 아내와 딸들도 걱정하며 기다리고 있을 테니까.

겔다가 떠난 뒤 조용해진 알렌의 집. 테레시아가 내내 눈뜨지 못하고 있는 로단의 손을 꽉 잡았다. 테레시아에게서 이만 자라고 말을 들어 알렌도 잠을 청했다.

다음 날 아침, 겔다가 커다란 고깃덩어리를 갖고 찾아왔다. 로단이 받을 몫이라고 말하며 고기를 놓아둔다. 거대한 고깃덩어리를 보고 로단이 이제껏 몇 번 목숨을 걸고 싸워왔는지를 새삼 깨달았다. 테레시아는 흙마루에 무릎을 꿇고 쓰러져 울었다.

"로단은 아직 안 깨어났나."

눈물짓는 테레시아를 가만히 놓아둔 채 겔다는 빈 물독에 물을 담았다.

"안심해라, 기필코 겨울을 무사히 나게 도와줄 테니까. 안심하고 아이만 잘 낳아."

추운 겨울도 배 속의 아이도 책임지겠다고 겔다는 말했다.

"읏, 고, 고마……."

그때였다.

"여, 여긴?"

로단이 깨어났다. 이곳이 어디인지도 모르겠다는 표정을 짓고 있었다.

"로, 로단!!"

테레시아가 로단을 꽉 끌어안는다. 로단은 아직 상처가 완전히 다 아물지 않아서인지 신음 소리를 냈다. 마쉬도 「아빠! 아빠!」 소리치며 와락 안겼다.

울면서 서로 껴안는 세 사람을 보고 알렌의 가슴에 아픔이 치달린다.

'난, 나는 무엇을 하고 있었던 거야.'

알렌은 생각했다. 솔직히 농노로 태어난 것 따위는 아무래도 상관없었다. 선택지가 농노밖에 없었던 이유로 농노가 되었을 뿐이니까. 왕자든 여행자든 괜찮았다. 무엇이든 괜찮았다. 켄이치였던 시절에 알렌은 수많은 게임을 했다. 일고여덟 살 무렵부터 게임을 했다. 주인공의 부모가 어떤 신분이냐는 이유로 게임을 고른 경험은 여태 단 한 번도 없었다. 그것이 이후 게임을 즐기는 방식에는 영향을 주지 않았기 때문이다.

그러나 농노 신분에, 죽기 살기로 삶을 버티는 로단과 테레시아의 사이에서 자신이 태어났다. 동생도 생겼고 테레시아의 배 속에는 새로운 생명이 자라나고 있다.

가족을 바라보는 알렌의 표정에서 천천히 어린 티가 사라져 간다. 이 세계에서 자신에게 할 일이 생겼다는 강한 의지가 끓어오른다.

무엇인가가 알렌의 마음속에서 눈을 떴다. 여섯 살의 나이에 비로소 진정한 의미로 전생한 듯한, 이 세계에 두 다리로 스스로 선 느낌을 받는다.

"오. 깨어났냐, 로단."

겔다가 살짝 괴로워하는 로단을 보며 말했다.

"겔다냐, 내가 살아 있었나?"

"그래, 운이 좋았지. 몸은 좀 괜찮냐?"

"그래."

애써 일어서고자 한 로단은 곧 배에 격통이 솟았는지 도로 이부자리에 앉았다. 아마도 아직 상처가 완전히 다 치료되지는 않았나 보다.

"어쩔 수 없군. 보어 사냥은 이쪽에서 처리할 테니까 안심해. 그리고 네 가족은 겨울을 날 때까지 돌봐줄 테니까 푹 쉬면서 빨리 기운이나 차려라."

겔다는 오랜 친구로서 비록 퉁명스러운 말투긴 하나, 정감이 담긴 말을 건넨다.

"그, 그런가. 미안하다."

"아니야, 아버지."

"응? 아버지?"

로단이 처음으로 듣게 된 말에 반응했다. 어딘가 분위기가 달랐다. 테레시아도 의아해하며 알렌을 바라본다.

"우리 집에서 할 일은 전부 나한테 맡겨줘. 푹 쉬면서 몸을 회복해."

"어? 그래, 고맙긴 한데, 겔다가 말한 걸……."

로단은 끝까지 말을 꺼내지 못했다. 그만큼 강한 각오가 알렌의 눈동자에 서려 있었기 때문이었다.

"우리 가족은 기필코 내가 지킬 테니까."

여섯 살이 된 가을의 끝 무렵이다. 알렌은 이날을 경계로 마을에서 본격적인 활동을 시작하게 된다. 불행한 사건을 계기로 알렌은 각성의 날을 맞이했다.

* * *

다음 날 아침. 알렌은 일어난 뒤 거실로 향했다.

"좋은 아침이에요, 어머니."

"좋은 아침이구나. 알렌."

어제부터 아빠, 엄마 호칭을 졸업하고 아버지, 어머니라는 말을 쓰기 시작했다. 흙마루로 가서 손잡이가 달린 나무통을 두 개 들고 바깥으로 나간다. 이미 10월의 하순에 들어선 무렵이다. 아침은 무척 추웠다.

공동 우물터로 향한다. 공동 우물터는 농가가 식수 따위로 쓰기 위하여 마을 곳곳에 파 놓은 우물이다. 많이 멀지는 않았다.

"좋은 아침입니다."

"오, 로단의 아들내미구나. 좋은 아침이다."

이 시간에 벌써 네댓 명 정도 줄 서고 있다. 알렌도 맨 뒤에 섰다. 앞사람이 하는 행동을 보고 밧줄을 꽉 잡아 우물에서 물을 길어 올리는 방식을 이해한다. 멀리서 본 적은 있었다만, 이렇듯 가까운 데서 보기는 지금이 처음이었다.

어째서 아이가 이런 곳에 왔냐고 의아해하는 마을 주민도 있었지만, 로단이 큰 부상을 당했다는 사실을 떠올린 뒤 동정하는 눈빛을 보낸다.

차례가 왔다. 우물에 매달아 둔 통으로 물을 퍼 담기 위해서 밧줄을 잡아당겼다.

첨벙.

별일도 아니라는 듯이 두 개의 나무통을 꽉 채운다. 어른들이 주위에서 보고 있었다.

"이 녀석, 꼬마야. 그렇게 물을 가득 담으면 못 들고 간다?"

"네? 걱정해주셔서 감사합니다."

그렇게 말한 뒤, 각각 30리터쯤 물을 채운 나무통을 두 손으로 들고 귀가한다. 어른들은 어리둥절하며 놀란 얼굴로 알렌을 쳐다봤다.

'역시 아버지는 힘이 세구나. 통의 크기도 다른 사람들보다 크잖아.'

그런 생각을 떠올리며 집에 돌아와서 물독의 오래된 물을 용수로에 흘려보냈다. 원래 위치에 물독을 다시 가져다 놓은 뒤 가슴보다 높은 위치에서 나무통 안 물을 콸콸 옮겨 담는다.

"후우……."

테레시아는 알렌의 행동을 보면서도 아무런 말을 안 했다.

"어머니, 오늘 점심 지나서 겔다 아저씨가 고구마 수확하는 방법을 가르쳐준다는데 뭔가 준비할 게 있을까?"

"그, 그랬구나."

배가 부풀기 시작한 테레시아는 로단을 간병하고 마쉬를 돌봐줘야 하기에 겔다에게서 고구마 수확 방법을 배우기로 했다.

어제 알렌은 가족의 일을 자기가 하겠다고 선언했다. 그 말은 즉 이미 거들고 있는 집안일에 더하여 밭일도 하겠다는 뜻이다. 로단이 매일 했었던 물독의 물갈이도 그 일환이었다.

어제는 로단과 테레시아에 겔다까지 한목소리로 겨우 여섯 살이라며 타일렀다. 그러나 알렌의 의지가 몹시 단단했기에 말로 설득하기보다는 직접 시켜보고 얼마나 힘들고 어려운지 스스로 깨닫게 만드는 것이 본인에게도 좋은 경험이 되리라는 결론에 다다랐다.

테레시아가 아침 식사를 로단이 있는 방에 가져갔다. 무척 좁은 집인데도 로단은 아직 스스로 거실까지 나올 수 없었다. 부지런하게 테레시아가 식사를 먹여준다.

식사를 마친 후 뒷정리를 하고 빨래를 했다. 요즘 들어서 빨래도 일과가 됐다. 세 살 무렵부터 3년간 계속했던 돌 던지기는 이미 관둬버렸다.

점심 식사를 마친 다음에 겔다가 찾아왔다. 오전 중 자신의 밭일을 먼저 끝내고 오후에 왔다.

"알렌, 고구마를 수확할 테니까 이 바구니를 들어라."

금방 포기하게 만들 작정인지 약간은 엄한 말투였다.

"네, 겔다 아저씨."

대강 의도가 전해졌기에 진지하게 지시를 따랐다. 곧장 밭으로 향한다.

알렌의 집에 인접한 밭은 기본적으로 로단의 밭이었다.

'네댓 뙈기의 밭이 두렁길로 나뉘어 있는 건가. 밀이랑 고구마랑 잎채소…… 확실히 이렇게 보면 상당히 넓어.'

혼자서 관리하기에는 많이 넓은 밭이다.

'역시 레벨이 꽤 올랐을 거야. 보어를 잔뜩 사냥한 결과인가.'

알렌이 태어나기 전부터 로단은 그레이트 보어라는 C랭크의 마수를 사냥해왔다. 분명 레벨도 올라서 평범한 마을 주민보다는 힘이 꽤 좋겠지.

당연히 현실 세계의 트랙터 같은 기계를 써서 관리하는 밭만큼 넓지는 않다. 다만 괭이와 가래 등 옛날 도구로 밭을 일구는 이 문명에서는 한 가정이 관리하기에는 무척 넓은 밭이다.

아버지가 매일 돌보는 밭 하나에 들어갔다. 이미 시든 줄기가 지면을 뻗어 나가고 있다.

"이렇게 쑥 잡아 뽑아서 고구마를 꺼내는 거다."

알렌이 마음속으로 깊은 감회를 느끼며 밭을 둘러보던 때, 겔다가 작업 방법을 설명해줬다. 덩치가 좋고 근육도 불끈불끈한 겔다가 한쪽 손으로 시든 줄기를 세게 뽑아낸다. 크고 작은 고구마가 잔뜩 딸려 나왔다. 겔다도 로단과 마찬가지로 보어 사냥을 한 덕분에 힘이 꽤 셌다.

지금 막 캐낸 이 작물은 맛과 외형이 고구마와 비슷하다. 단맛이

나서 마쉬가 무척 좋아한다.

"이렇게 하면 되는군요."

"그래, 뿌리가 꽤 깊이 들어간다. 힘껏 뽑아내라."

겔다와 똑같이 한쪽 손으로 꽉 쥐어서 잡아 뽑고자 한다.

"이, 이 녀석아. 한손으론 뽑을……."

마지막까지 말을 다 끝내기 전에 겔다와 똑같이 완력으로 고구마를 쭉 뽑아냈다.

"고구마는 전부 바구니에 넣으면 되나요?"

"그, 그래. 집에 돌아가서 골라낸단다. 작은 녀석은 내년에 쓸 씨고구마로 빼내면 되고."

두 손으로 각각 다른 줄기를 잡아서 쑥쑥 뽑아낸다. 흔들어 흙을 털고 바구니에 넣었다. 그렇게 거듭 반복하는 동안에 바구니가 쭉쭉 차올랐다.

'고구마를 전부 캐려면 하루에 다 끝나진 않겠군. 고구마 캐기만 할 수도 없지만.'

"이제 앞마당에 가져다 놓으면 될까요?"

"엉? 그래. 알렌은 힘이 좋구나."

"네, 아버지의 아들이니까요."

꽤 많이 캐냈는데도 고구마는 땅속에 잔뜩 묻혀 있었다. 이 고구마가 한 해 동안 알렌과 가족들이 먹을 주 식량이었다.

흙마루에 다 들어가지 않는 분량은 앞마당의 한쪽에 놓아뒀다. 알렌의 집 마당은 낡아 빠진 담장에 둘러싸였지만 좁지는 않다. 수확한 작물을 놓아두거나 클레나와 기사놀이를 할 만한 넓이는 됐다.

바구니 가득 고구마를 넣었다. 바구니가 커다랗기에 여섯 살 아이보다 무겁다. 그것을 두 손으로 쥐어서 들어 올린다. 겔다는 두 눈이 휘둥그레져서 숨을 죽였다.

로단도 테레시아도 겔다도, 알렌이 나약하다는 생각은 전혀 하지 않았다. 평범한 아이들보다 오히려 힘이 좋다는 생각을 가지고 있었다. 클레나와 기사놀이를 할 때는 어린아이 같지 않은 움직임을 보여주기도 하고, 평소에 집안일 하는 모습을 봐도 힘의 편린은 알아볼 수 있었다.

다만 이제껏 보았던 것은 정말 편린에 불과했다. 쟁기질을 해서 두렁길보다 부드러운 바닥에 작은 다리가 푹푹 박히는데도 걸어 나아간다.

'가벼운데. 역시 공격력을 높여두기 잘했어.'

원래 마력을 올리기 위해 풀F에 치중했던 홀더의 카드 설정을 현재는 짐승에다 많이 배분했다. 농업 모드의 카드 구성이다.

알렌은 이제 능력치를 억제하거나 숨기는 것을 그만두었다. 온 힘을 쏟아 집안일과 밭일을 할 작정이었다. 아이를 가진 어머니와 어린 동생이 있는 처지에서 힘을 숨기며 여유 부릴 수는 없었다. 이웃집에는 검성도 있는 만큼, 조금은 눈에 띄어도 재능 없음 판정을 받은 농노이기도 하니까 아마 괜찮을 것이라는 생각이다.

'밭일이 우선이니까 풀 카드 편중은 당분간 어렵겠네. 카드 배분을 철저하게 조정해야겠어. 게다가…….'

밭 한쪽 구석을 본다.

"저 밭도 아버지가 관리하는 밭인가요?"

바구니 가득 쌓은 고구마를 나르며 풀이 알렌의 키 높이까지 뻗어서 자란 밭을 본다.

“그래, 맞다. 내년에는 잡초를 뽑아 밭갈이를 할 계획일 거야.”

저곳은 올해는 손을 안 댄 휴경지였다.

‘흠흠, 역시 위치가 아버지의 밭 같았어. 풀도 말라붙었고 면적도 꽤 넓어서 적당한 느낌이야.’

집 마당의 한쪽 구석에 고구마를 모아서 놓아두던 때 마침 누군가가 알렌의 집을 방문했다.

“실례하겠네, 로단은 집에 있는가?”

“엉? 촌장이잖아.”

데보디 촌장이 왔다. 감정 의식과 연회 때 가까이에서 몇 번인가 본 얼굴이기에 기억이 난다. 다만 겔다는 촌장에게 상당히 노여움이 어린 목소리로 반응했다.

“오, 겔다인가. 로단의 의식이 돌아왔다는 말을 들었네. 자, 너도 들어와라.”

“네, 네엣.”

촌장은 혼자가 아니었다. 청년을 한 사람 데리고 왔다. 나이로 말하자면 열다섯 살쯤 되었을까. 알렌은 못 봤던 사람이다.

문을 지나서 쑥 들어온다. 주저함 없이 들어오는 태도는 촌장과 농노의 신분 차이 때문이겠지.

알렌과 겔다가 쳐다보는 와중에 촌장이 현관 가까이 왔다.

“어머, 촌장님이 어쩐 일이신가요?”

흙마루에 있던 테레시아가 손님맞이를 나왔다만, 어쩐지 목소리가 평소와 다름을 깨달았다. 알렌이 처음으로 듣는 음색인지도 모르겠다.

'어머니도 화가 났구나. 뭐, 촌장이 평민을 끼워달라는 요구만 안 했다면 아버지가 다치지도 않았을 테니.'

"로단이 의식을 찾았다는 말을 들어서 말일세. 많이 다쳤다기에 문병을 왔네."

그렇게 말한 뒤 청년이 들고 온 조그만 통과 식료품을 몇몇 보여준다.

"안쪽에 있습니다."

아무래도 돌아가라는 말은 안 하는가 보다. 로단이 있는 부부의 침실로 안내했다.

'뭐지, 이 청년은 자꾸 부들거리네.'

촌장과 함께 들어온 청년은 핼쑥한 얼굴의 눈이 불안하게 흔들거리고 있다.

"여보, 촌장님이 문병을 왔어."

"음? 그래."

청년이 거실에 병문안 선물을 놓아두고 침실로 향한다. 이불 위에서 몸을 일으킨 로단이 청년을 바라본다.

"저, 저 때문에 많이 다치셨죠. 죄송합니다!!"

바닥에 앉은 청년은 머리를 깊이 숙이며 사죄했다. 아마도 큰 부상을 당한 원인은 이 청년인가 보다.

"흠, 그래. 다시 사냥에 나설 생각이 있다면 다음에는 조심해라. 다들 목숨을 걸고 싸우는 거야."

"네? 앗, 네엣!"

청년은 예상하지 못한 대답이었다. 일순간 꾸밈없는 얼굴로 돌아온다.

그러면 이만 갈 테니 푹 쉬라면서 촌장은 일어났다. 평민 청년이 혼자서는 못 오겠다며 머뭇거려서 같이 와준 것 같다. 두 사람은 흙마루를 지나 바깥으로 나갔다.

알렌과 겔다는 고구마를 캐야 하는지라 가만히 지켜보다가 밭으로 돌아갔다.

"겔다 아저씨, 저 사람이에요?"

"응? 그래, 맞다."

당시의 상세한 상황을 가르쳐준다. 포위 역할을 맡긴 신입 평민이 겁먹어서 난전이 벌어졌다고 들었는데, 그때 두려움 탓에 못 움직이던 청년에게 보어가 달려들었다고 한다.

"로단은 저 녀석을 지켜주다가 큰 상처를 입었던 거다. 아, 맞다. 너라면 알 텐데, 다른 사람한테는 말하지 마라? 로단 녀석은 자기 얘기하는 거 별로 안 좋아하니까."

두렁길을 걸어가면서 농노 몇 사람과 마주쳤다. 로단이 의식을 되찾았다는 말을 어디에서 들었는지 손에는 무엇인가 들고 있었다. 다들 병문안을 가는 사람들이다.

무척 자랑스러운 광경이라고 알렌은 생각했다.

*　*　*

“오늘은 낮에 잠깐 나갔다 올게.”

“응? 그렇구나, 너무 늦게 다니면 안 된다?”

“응, 저녁 전에는 돌아올 거야.”

고구마 캐기가 전부 끝나서 마당에는 대량의 고구마가 있다. 이제부터 크기에 따라 선별한 뒤 씨고구마를 제외하고 6할은 촌장에게 바쳐야 했다. 수확 시기에는 마당이 꽤 좁아진다.

징세는 매년 수차례 규정된 시기에 정기적으로 짐마차를 탄 담당관이 찾아와서 한다. 다음에 오는 날은 12월 상순이니까 그때까지 골라내기를 마치면 된다.

오전 중 할 일에 고구마 선별이 늘어났다. 알렌의 농민화가 진행 중이다.

고구마 선별을 끝낸 다음에 할 작업도 겔다에게 들어두었다. 밭에서 아직 자라나고 있는 줄기와 뿌리를 제거하는 작업이 남았다고 한다. 이 작업을 거르면 내년 봄에 고구마를 새로 심을 때 걸리적거린다고 한다. 또한 용수로 내부에 막힌 곳은 없는지 점검하며 균일한 깊이로 다듬는 일도 해야한다. 로단에게 할당된 밭과 인접한 용수로를 관리해야 했다.

‘이쪽은 짬짬이 하면 되겠어. 그나저나 드디어 카드 준비가 끝났네.’

현재의 카드 편성은 다음과 같다.

· 짐승F 16장

· 벌레G 3장
· 벌레F 2장
· 새F 2장
· 풀F 7장

'카드 조정도 다 끝났고, 강화 레벨도 일단 2까지 올렸어.'

힘을 올려서 밭일이 수월해지도록, 풀 카드를 줄이고 짐승F 카드를 늘렸다. 그리고 카드 편성을 마친 다음은 강화 레벨을 2로 올리기 위해 마력을 열심히 소비했다. 강화 레벨 2의 효과도 대강 파악이 끝났다. 마도서의 메모를 본다.

강화 레벨 2
· 소비 마력은 10
· 효과는 가호로 올려주는 능력치 두 개를 +20 해준다

'이제 생성 이외의 스킬은 처음 습득했을 때 소비 마력이 레벨을 올린 다음에도 안 변한다는 게 확정이네. 합성은 5, 강화는 10으로 고정이야.'

그리고 강화 레벨이 1에서 2로 오름으로써 소환수의 능력치 강화가 +10에서 +20으로 향상됐다. 소지한 카드는 전부 강화 레벨 2로 강화를 마친 상태다.

앞으로는 강화 레벨 3을 먼저 올린 다음에 생성, 합성, 강화, 세 개의 스킬이 레벨 4로 오를 때까지 균등하게 스킬 경험치를 쌓아

나갈 예정이다.

오전 중 고구마 선별 도중에 점심 식사를 먹었다. 아직 로단은 침실에서 못 나오지만, 조금씩 몸이 좋아지고 있었다. 어쩌면 풀F로 나무를 만들어 부모님의 침실 옆쪽에 심어 놓은 것도 회복을 거들어주지 않았을까.

점심 식사를 마친 뒤 알렌은 다시 한 번 마당으로 나왔다. 지금은 로단도 테레시아도 집에 있기에 마쉬도 보채지 않고 얌전하다.

크고 작은 여러 바구니 중 적당한 크기의 바구니를 나무 앞까지 가져온 뒤, 땅에 떨어져 있는 돌멩이를 천천히 주워 바구니 안에 담았다. 거듭거듭 반복해서 던진 탓에 모서리가 떨어져 나가 야구공만 한 크기가 된 돌이다. 목검도 허리띠에 꽂았다.

그대로 바구니를 들고 바깥으로 나간다. 두렁길을 따라 걸어가며 겔다에게 들었던 휴경지로 향했다.

휴경지에 도착했다. 그곳에는 알렌의 키보다 높이 자라난 잡초가 잔뜩 자라나 있다. 전혀 손보질 않아 아무렇게나 쭉쭉 자라난 잡초는 바짝 말라서 시들었다. 알렌은 그대로 잡초 안쪽에 발을 들여놓았다.

도중에 바구니를 내려놓은 뒤 더욱 안쪽으로 잡초를 밀어 헤치며 나아간다.

'우선 이 휴경지가 어떤 상태인지 알아봐야지.'

높이 자라난 잡초가 이 휴경지의 크기를 알아보지 못하게 한다. 대강 크기를 파악하기 위해 왔다가 갔다가 밀어 헤치며 움직였다.

'이 주변이 중심인가.'

휴경지의 중심은 얼추 파악했다. 곧이어 알렌은 그 중심지에서 잡초를 밟기 시작했다. 꽉꽉 밟아서 다진다. 건조한 잡초가 밟혀 우직우직 소리가 들려오는 와중에 묵묵히 되풀이했다.

얼마 안 있어 직경 10미터 정도의, 옛날에 유행했던 미스터리 서클 비슷한 원형 공간이 만들어졌다.

'뭐, 괜찮네.'

알렌은 막 만든 미스터리 서클을 나와 잡초의 안쪽으로 다시 돌아온 뒤 바구니에서 돌멩이를 쓱쓱 꺼내다가 바닥에 내려놓았다. 그리고 목검을 꽉 쥔다.

'뽕타 소환.'

벌레G 소환수가 미스터리 서클 비슷한 공간의 중심에 소환되었다. 대강 황소개구리만 한 크기의 개구리다.

'좋아, 도발해라.'

『개골개골.』

벌레G 뽕타가 적색, 청색, 황색으로 점멸하며 뛰어오른다. 알렌 본인은 잡초 안쪽에서 숨을 죽인 채 상황을 살피고 있다.

그렇게 가만히 10분이 경과했다.

'흠, 기대한 대로 잘 되지는 않네.'

알렌은 목검을 들고 하늘을 봤다. 저 위에는 크고 작은 갖가지 새가 드문드문 상공을 날아다니고 있다.

'하늘을 새가 날아다니고 있기는 한데. 새의 숫자가 적은 탓일까, 도발이 하늘까지는 효과가 없는 탓일까.'

곧 겨울이 온다. 겨울나기에는 장작이 꼭 필요했다. 지금까지는 매년 로단이 그레이트 보어의 고기를 팔아 겨울을 따뜻하게 보내기 위한 장작을 사 왔었다. 집에는 어린 동생도 있다. 물론 알렌도 여섯 살인지라 추위에 썩 강하지는 않았다.

한 마리를 잡을 때마다 10킬로그램의 고기를 받을 수 있고 매년 열 마리쯤 사냥했었는데, 그중 대략 절반이 장작 값으로 소비된다.

다만 로단은 올해 겨울 동안 보어 사냥을 나가지 못한다. 중상을 입고도 간신히 쓰러뜨렸던 한 마리 몫의 고기와 촌장이 병문안 때 놓아두고 갔던 약간의 식료품. 그리고 보어 사냥을 함께해왔던 농노 동료들에게도 병문안 선물을 받았다. 하지만 그레이트 보어의 고기 100킬로그램과 비교하자면 충분한 양의 장작을 구입하기는 도저히 가망이 없었다.

그런 사정을 잘 알기에 테레시아의 뱃속에 있는 새로운 생명과 가족을 지키기 위해 알렌은 새를 사냥하고자 나선 참이다.

'뭐…… 알바헤론 같은 마수는 그렇다 치고, 흔한 두루미 같은 새를 잡아도 식용 가능한 부위가 2킬로그램은 될 거야. 50마리쯤 사냥하자고 간단하게 생각했었는데.'

하늘에는 북쪽으로 건너가는 알바헤론 등 조류형 마수도 있다. 그러나 마수를 사냥하자는 생각은 아직 안 든다. 지금 계절에는 덩치가 큰 두루미 비슷한 새도 날아다닌다. 일단 안전한 목표를 설정해서 벌레G 뽕타로 도발하며 함정을 준비하고 있다.

그러나 새가 나타나려는 낌새는 전혀 없이 한 시간이 경과했다.

'한 마리로는 효과가 없나? 혹시 몰라서 카드를 세 장 만들어 놓길 잘했어.'

추가로 두 번째 벌레G를 소환했다. 두 번째도 첫 번째 녀석과 같은 장소에서 펄쩍펄쩍 뛰면서 도발을 한다.

또다시 한 시간이 경과했다.

'제길~! 뿅타 두 마리로도 소용이 없나. 아니면 하늘까지 거리가 너무 멀어서 유인이 어려운 걸까? 도발의 효과 범위도 잘 모르는 상황이고.'

데엥~.

데엥~.

데엥~.

3시를 알리는 종이 울렸다.

'벌써 3시인가. 평소 같았으면 기사놀이를 할 시간인데, 클레나는 얌전히 지내고 있을까.'

로단이 큰 부상을 당한 이후는 클레나와 기사놀이를 하지 않았다. 집 안팎의 일이 있기에 당분간은 놀지 못한다는 말을 전했다. 클레나는 잠깐 쓸쓸한 표정을 지었다가 알겠다고 답했다. 지난 이틀간 클레나는 알렌의 집에 온 적이 없다.

'좋아, 한 마리 더 늘려서 세 마리로 한다. 결국 다 꺼내는구나.'

『개골개골.』

『개골개골.』

『개골개골.』

세 마리의 벌레G 뿅타가 휴경지에 만들어 놓은 동그란 공간에서 제각각 뛰어오른다. 고장 난 신호등처럼 적색, 청색, 녹색으로 점멸을 반복하고 있다. 목검을 꽉 쥐고 기다려봐도 전혀 변화가 없었다.

'끄응, 아직 잡지도 못한 사냥감으로 침부터 흘렸구나. 아냐, 포기하기는 빨라. 조금 더 벌레G 카드를 늘려서 내일 또 도전해볼까.'

그때였다.

상공에서 불쑥 급강하하는 생명체가 있었다. 거의 포기해서 긴장을 풀고 있던 알렌의 눈앞에 나타난 거대한 그림자는, 예리한 갈고리 발톱 같은 다리로 벌레G 한 마리에게 덮쳐들었다. 찢겨져 나간 벌레G가 빛나는 거품이 되어 사라진다.

『갸아아아아아아앗!!!』

둥근 공간의 중앙으로 날아 내려온 적은, 길이가 4미터나 되는 두 날개를 위협적으로 펼치며 크게 울음소리를 터뜨렸다.

알바헤론이 상공에서 날아 내려온 것이다.

매년 가을부터 겨울에 걸쳐 남쪽에서 북쪽을 향하여 날아가는 알바헤론. 개척촌에 태어난 지 6년이 되었지만, 알렌은 아직 마을 바깥에 나가보지 못했다. 이 마수는 세계가 넓다는 것과 계절의 흐름을 가르쳐줬다.

알렌의 이름에는 하늘을 날아다니는 알바헤론처럼 자유롭게 살아가기를 바라는 아버지의 마음이 담겨 있다.

『갸아아아아아아앗!!!』

그런 알바헤론이 눈앞에 내려앉았다. 아마도 벌레G의 특기, 도발은 마수를 유인할 수 있는 듯했다. 평소 분위기는 잘 모르겠지만, 도발당해서 격양된 모습처럼 느껴졌다.

두 날개의 한쪽 끝에서 다른 쪽 끝까지 4미터 정도, 다리에서 머리까지 2미터를 넘기는 크기. 알렌 키의 두 배는 되는 것처럼 보였다. 몸체 부분의 깃털은 하얗고, 날개의 끝을 향할수록 검푸른 색깔로 물들어있었다.

괴성을 내지르는 알바헤론을 쳐다보며, 알렌은 잡초 안쪽에 숨은 채 자세를 바짝 낮추며 몸을 숨겼다.

'으앗?! 그냥 들새나 잡을 계획이었는데 알바헤론이 내려왔잖아!'

뜻밖의 맞닥뜨림에 동요하는 하면서도, 다음에 취할 행동을 고민하지는 않았다. 이대로 몸을 숨긴 채 버틴다면 조금 있다 다시 날아올라서 어딘가로 떠나갔을 가능성 또한 있었을 텐데 말이다.

그건 어쩌면 집에서 기다리고 있는 가족의 얼굴이 뇌리에 떠올랐기 때문인지도 모른다. 또는, 마수와 마주치면 당장 싸워야 하는 게이머의 본능 때문인지도 모른다.

어쨌건 알렌이 할 일은 하나였다. 바닥에 놓아두었던 야구공만 한 돌멩이를 꽉 쥔다.

계속 도발하던 두 번째 벌레G를 물어뜯는 알바헤론. 벌레G가 사라지는 광경에 적의 주의가 쏠리는 순간, 혼신의 힘을 담아서 돌멩이를 던졌다.

카드의 가호와 투척 레벨의 효과로 인해 어른이 던진 몇 배의 속도로 날아간 돌멩이는 빨려 들어가듯 알바헤론의 안면을 가격했다.

빠각!

『끄갸아아아아웃?!』

안면에 격돌한 돌멩이가 오른쪽 눈을 찌부러뜨린다. 뜻밖의 방향에서 공격을 당한 놀라움과, 한쪽 눈을 잃게 된 아픔으로 알바헤론이 울부짖었다.

곧장 돌멩이를 하나 더 줍고 혼신의 힘을 담아서 던진다. 이번에는 기다란 목에 맞아서 목이 거하게 휘어졌다. 머리도 거하게 흔들거렸다.

두 번의 투척에 의해 알바헤론의 다리가 휘청거리고 있다.

'제법 잘 때렸군! 좋아, 다 잡았다! 마수에게 첫 승리다!!'

어서 마무리하고자 목검을 꽉 쥐고 알렌은 앞으로 뛰쳐나갔다. 단박에 거리를 좁히며 몸을 날려서 적의 목에다가 목검을 세게 휘두른다.

알렌이 온 체중을 실어 휘두른 목검에 맞아 마수의 목이 한껏 구부러졌다. 더욱 밀어붙인다. 넘어뜨려야 한다.

그러나 알바헤론이 분명 대미지를 받긴 했으나, 죽을 정도의 피해를 입은 건 아니었다. 목에 힘을 넣어서, 온 체중을 실은 알렌을 오히려 튕겨버렸다. 마수의 힘은 건재했다.

"앗?!"

알렌은 잡초 안쪽을 구르며 예상외의 상황에 동요했다.

'크, 큰일 났다. 포치 군단, 같이 싸워라!!'

강화를 완료한 짐승F 카드 열다섯 장이 마도서에서 한꺼번에 튀어나온다. 카드가 일제히 빛을 발하며 곧장 소환수로 바뀌었다.

『『『멍!!』』』

짐승F는 아키타견과 비슷한 덩치에 옅은 갈색의 개였다. 멍멍 짖으며 움직여 알바헤론을 포위한다.

'깨물어라, 포치 군단!!'

짐승F는 깨물기 특기 사용을 명령받고 목을 향해 달려들었다.

『갸아아아아아아아웃!!!』

강화된 짐승F에게 온몸을 깨물려서 큰 목소리로 우는 알바헤론. 그러나 대미지는 조금 받았어도 치명상은 아닌 듯했다. 파충류 같은 다리로 짐승F를 매섭게 걷어차고 있다.

알바헤론은 지면에서는 재빠른 움직임을 취하지 못할지언정 힘은 상당한 수준이었다. 걷어차인 짐승F는 우거진 풀 무더기보다 더욱 먼 곳까지 날아갔다.

'크, 이대로 가면 완전히 손해만 보게 돼!'

한 마리, 또 한 마리를 커다란 부리로 쪼아 물거나 날카로운 갈고리 발톱이 달린 다리로 짓밟는다. 소환수가 빛나는 거품이 되어 사라질 때마다 가호의 힘이 약해지기에, 서둘러 짐승F를 생성하고 강화한 뒤 카드에서 소환했다. 한 마리당 마력 소비는 20이다. 다만 현재 마력은 47에 불과하다. 달랑 두 마리를 소환했는데 마력이 바닥나버렸다.

'크, D랭크 마수가 너무 강해. 레벨 1로는 못 잡는 건가!'

포기하려고 했던 그때였다.

알바헤론의 커다란 다리가 알렌을 덮쳤다. 얼떨결에 목검을 방패로 써서 막았을 뿐, 위력을 흘리진 못했다. 알렌의 몸이 후방으로 휙 날려 간다.

게다가 아직 끝나지 않았다. 휴경지의 잡초 위를 구르는 알렌을 추격해서 커다란 다리가 바닥을 내리찍는다. 이어서 알바헤론의 부리가 알렌의 안면을 덮쳤다. 급히 목검을 옆으로 들어 깨물리는 사태는 막아 냈다.

'크, 망했어. 이러다간 죽는다!'

이때 알렌은 처음으로 죽음을 예감했다. 강화한 짐승F가 온몸을 깨물어 대는데도 전혀 아랑곳하지 않은 채 알렌을 물어뜯으려는 알바헤론. 알렌보다 힘이 좋았다. 느릿하게나마 부리가 얼굴에 가까워지고 있다. 부리에 달린 들쭉날쭉한 이빨과 목 안쪽까지 잘 보였다.

알렌의 뺨에 알바헤론의 부리 끝이 닿았다. 뺨이 찢어지며 피가 흐른다. 두 팔에 죽을힘을 담아 쥔 목검이 휘어지고, 곧 부러질 것 같았다. 죽음이 점점 다가오고 있다.

'어떻게 하지? 생각해라! 알렌!!'

이때만큼 자신이 몇만 시간이나 게임을 해온 사람이라는 것에 감사한 적은 없었다. 켄이치로서 수많은 게임에 방대한 시간을 바침으로써 얻은 것이 있었다. 즉, 경험이다. 이제껏 축적된 다양한 경험 덕분에 스킬 및 기술, 마법의 이름을 보면 그것이 어떤 효과를 발휘할 지 대강 예상할 수 있었다.

주마등이 다가들 틈도 없이 알렌은 죽기 살기로 소리쳤다.

"츄우!! 나와라!!!"

꼼짝 못 하고 바닥에 눌린 채, 알렌은 강화를 마친 벌레F를 소환했다. 벌레F는 마치 바다에서 사는 커다란 해삼 같은 거머리의 외형을 하고 있다.

"빨아먹어라, 츄우!!!"

『츄우!!!』

울음소리를 낸 벌레F가 해삼 상태에서 근육을 수축시키며 배구공

같은 덩어리의 형태가 된다. 그리고 당장에라도 알렌을 물어뜯으려는 알바헤론의 목에 뛰어올랐다.

『갸아아아아웃!!!』

목에 달라붙은 벌레F를 뿌리치고자 하는 알바헤론. 입을 접합 부분 삼아 착 달라붙은 채 떨어지지 않는 벌레F. 그 틈에 알렌은 간신히 알바헤론의 발아래에서 빠져나왔다.

착 붙어 있는 벌레F의 몸이 강하게, 그리고 파랗게 빛난다.

'오! 뭔가 빨아먹는구나. 역시 에너지 드레인 비슷한 특기였어.'

알렌의 예상은 맞아떨어졌다. 『깨물기』와 마찬가지로 검증을 할 수 없었던 벌레F의 특기 『빨아먹기』.

체력인지 공격력인지, 무엇을 빨아먹는지는 잘 모르겠으나 아무튼 벌레F를 한 마리 더 소환했다. 두 번째 벌레F가 넓적다리에 달라붙어서 파랗게 빛을 낸다.

벌레F가 나가떨어지기 전에 알렌은 다시금 목검을 휘둘렀다. 벌레F도 적을 깨물며 가세한다. 그렇게 공방이 재개되었다.

알바헤론의 발차기가 알렌에게 향한다. 목검을 방패삼아 버티는데, 조금 전 바닥에 밟혀서 죽을 뻔했던 때만큼의 위력은 느껴지지 않았다. 그대로 다리를 쳐낸 뒤 목검을 알바헤론의 목 부위에다가 때려 박았다. 그대로 쭉 넘어뜨린다.

'좋아, 아까보다 확실하게 힘이 약해졌어. 이번에는 넘길 수 있다!'

『빨아먹기』 덕분에 힘이 약해진 알바헤론에게 체중을 실어서 바닥에 등부터 쓰러지도록 만들었다.

그렇게 온 체중을 실은 목검을 목에 꽉 눌러서 질식사를 유도한다. 몇 분이 경과했을까, 마도서가 나타나 엷게 빛났다.

'오, 뭔가 로그가 나오는데?'

『알바헤론을 1마리 쓰러뜨렸습니다. 경험치를 100 획득했습니다.』

은색 글자로 토벌 결과와 경험치의 획득을 알려주는 로그가 출력되었다.

"오오! 이겼다, 이겼다고!!"

눈앞에는 땅에 엎드린 알바헤론이 있다.

첫 번째 마수 토벌이다. 아직 켄이치였던 시절에— 일곱 살이었나 여덟 살 무렵의 기억이 되살아났다. 처음으로 플레이했던 롤플레잉 게임의 기억.

'상상 이상의 달성감이야. 게임 속 주인공이 태어나 자란 마을의 바깥에서, 처음으로 마수와 싸웠을 때의 마음을 알 것 같아. 아직 마을에서 못 나가봤지만.'

약간의 밑천으로 이런 막대기 같은 무기를 사고, 열심히 마을 주변에서 레벨을 올리고, 체력이 깎이면 숙소로 돌아오기를 반복했던 게임의 추억이 되살아난다.

'그건 그렇고, D랭크 마수는 상당히 세구나. 게다가 경험치 1000을 채우려면 열 마리는 잡아야 레벨이 올라갈 테고. 뭐, 레벨도 1인데다가 소환수의 랭크도 겨우 F니까.'

【경험치】100/1000

습득한 경험치의 확인 및 전투의 분석을 진행하면서, 모든 소환수를 카드로 회수하고 돌멩이도 바구니에 다시 담았다.

바구니를 한쪽 손으로 들고, 목검을 허리에 꽂고, 알바헤론을 들어 올린다. 가능한 한 몸체에 흠집이 안 나도록 가져가고 싶지만, 다리 및 날개의 끝이 바닥에 쓸렸다. 알렌이 너무 조그만 탓이었다.

알바헤론을 등에 짊어지고 귀갓길에 오른다.

현관에 도착했을 때 앞마당에서 가만히 서 있는 소녀가 보였다. 클레나다.

'어라? 오늘은 못 논다고 말해줬는데.'

"아, 알렌, 어떻게 된 거야?!"

클레나는 얼굴과 몸에 난 긁힌 상처와, 풀에 베였는지 몇 군데 출혈이 있는 알렌을 보고 놀랐다. 그녀는 허둥지둥 집 안에 있을 로단과 테레시아에게 알리러 간다.

"잠깐……. 아, 알렌!!"

테레시아가 달려와서 꽉 안아주었다. 크게 다친 곳은 없는지 더듬더듬 몸을 만지며 확인한다.

"다친 데 없어, 어머니. 알바헤론을 잡았거든."

알렌은 등에 짊어진 알바헤론을 보여주고 사냥에 성공했음을 보고했다.

이렇게 알바헤론과의 싸움은 끝을 맞이했다. 이번 대결은 소환사 알렌이 승리를 거둔 첫 전투였다.

제8화 알바헤론 사냥

테레시아는 알렌에게 깊은 상처가 없음을 확인하고 일단 안도했다. 알렌은 등에 짊어지고 있었던 알바헤론을 흙마루에 천천히 내려놓았다. 날개를 펼치면 어른 한 사람보다 조금 큰 정도다. 큰 집이 아니다보니 다리 부분이 현관 바깥으로 삐져 나갔다.

"알렌, 어떻게 된 일이니?!"

"갑자기 하늘에서 내려오길래 잡은 거야, 어머니."

'거짓말은 하지 않았어.'

"알렌, 굉장해~!"

클레나가 생글생글 웃으며 칭찬해준다. 알바헤론을 보고 놀라지는 않았다.

"엄마, 무서워어어!"

마쉬는 알바헤론을 보고 울음을 터뜨리더니 테레시아의 등에 숨었다.

'흠, 마쉬는 겁이 많으니까. 마쉬, 강한 남자로 자라야 한다. 그나저나, 무게는 대강 20킬로그램을 넘기려나? 식용 가능한 부위는 10킬로그램쯤인가. 깃털도 쓸 만할 거야. 마수니까 마석도 있을 테고. 으헤헤, 팔면 돈 좀 만지겠어.'

알바헤론의 소재를 팔아서 벌 돈을 즐겁게 상상한다. 어른보다 큰 마수를 봐도 식자재와 소재라는 생각밖에 안 들었다.

안쪽에서 「뭐야, 무슨 일이야!」라는 목소리가 들렸다. 아마 자고 있었던 로단도 방금 전 소동에 깨어난 듯했다. 테레시아가 사정을 설명해줬다.

가만히 듣던 로단은 「아니, 어떻게……」라고 말하며 침실 바깥으로 머리를 내밀었다. 흙마루와 침실 사이에는 높이 차이가 있어서 사각이 생기니까 알바헤론이 보이지 않을 것이다. 알바헤론의 머리를 잡아들어 보여줬다.

“아, 알바헤론이군. 알렌, 네가 잡아 왔다고? 돌멩이와 목검만 가지고?”

“어? 응.”

테레시아나 클레나와는 관점이 달랐다. 돌을 맞아서 찌부러진 오른쪽 눈. 목도 여러 번 공격을 받아 구부러졌다. 어떻게 때려잡았는가, 때려잡을 수 있었는가 분석을 한다.

더 가까이에서 보고 싶은가 보다. 로단은 몸을 일으켜 질질 끌면서 흙마루로 나왔다.

“앗?! 아버지, 안정을 취해야지.”

알렌이 허둥지둥 흙마루에서 거실로 올라갔다.

“시끌시끌하네, 뭐 하냐?”

그때 찾아온 사람이 겔다였다.

‘응? 왜 지금 타이밍에 겔다 아저씨가 온 거야? 오늘은 올 예정도 없었는데, 어라, 클레나도 딱히 올 예정이 없었잖아. 설마?’

로단이 깨어난 날 이후로 알렌은 클레나와 놀지 않았다. 처음에는 마지못해서 납득한 클레도 이틀, 사흘이 지나는 동안에 아마 인내

심이 바닥나서 뛰쳐나올 것이다.

더 짐작해보자면 알렌과 놀지 못하게 된 만큼, 평소보다 더 많이 겔다가 놀이 상대를 맡아줬을 것이다. 농사일보다 힘든 클레나의 놀이 상대다. 결국 항복한 겔다가 클레나를 바깥에 풀어놓은 것이 분명하리라. 알렌이 빤히 겔다를 쳐다보는데도 눈을 마주치려고 하지 않는다. 아마 고의로 외출하는 클레나를 못 본 척했을 것이다. 범인 확정이다.

"아빠, 알렌이 잡은 거야! 굉장하지!!"

알렌의 추측은 모른 채, 불쑥 방문한 겔다에게 알렌의 성과를 칭찬하는 클레나. 겔다가 진짜냐며 혀를 내두르고, 꿈쩍도 않는 알바헤론을 뚫어져라 쳐다본다. 그다음으로 로단을 봤다.

"진짜인가보네. 그나저나, 무리하지 마라. 누워 있어. 로단, 뒷일은 내가 맡아줘도 되겠냐?"

"응? 아, 그렇군. 미안한데 부탁 좀 하자."

'어? 뭐야? 해체 방법을 가르쳐주는 건가? 고마운 말이네.'

"말 나온 김에 가자, 알렌."

"엥? 어디요?"

"촌장 집이다. 이 알바헤론을 넘겨줘야 하니까."

"엥? 넘겨준다고요?"

'진짜? 마수도 촌장한테 갖다 바쳐야 돼?'

잠깐 따라오라는 말에 바깥으로 나갔다. 알바헤론을 꽉 쥐고 바깥으로 나오자 겔다가 따라온다.

"그리고 피 빼기를 얼른 안 하면 나중에 못 먹는다."

흙마루에 놓아둔 손도끼로 목을 잘라서 집 부근의 용수로에다가 피를 뚝뚝 흘려보냈다.

"이게 촌장의 소유라는 말인가요?"

"맞다. 농노가 잡은 마수도 전부 영주의 소유물이지. 결국 우리가 가질 수 있는 것은 6할을 먼저 바치고 남은 부위뿐이다."

'진짜냐. 6할 징세 규칙은 농작물에만 적용되는 게 아니었어. 혼자 알아서 잡은 마수도 징수당하는 건가.'

아무래도 뿔 달린 토끼 정도는 눈감아주지만, D랭크의 마수는 제법 가치가 있는 만큼 딱 잘라서 징세한다는 모양이다. 뿔 달린 토끼는 가장 아래의 E랭크 마수니까.

충격을 받았다.

"그런데 말이다, 이번에 로단이 입은 부상은 촌장에게 일부 책임이 있지. 교섭을 할 여지가 있다. 알렌이 처음 사냥해서 잡은 귀한 녀석이잖냐. 내가 교섭에 힘을 좀 써주마."

로단이 부상을 당한 원인은 거슬러 올라가면 평민을 보어 사냥에 참가시켰던 촌장에게도 있는 셈이다. 약간의 부담감은 있을 테니, 조금 어려운 요구도 받아들여주지 않겠냐는 설명이었다.

"알겠습니다. 그러면 이런 방식으로 교섭해주면 좋겠어요."

알렌이 교섭 방법에 대해 겔다에게 제안을 한다. 「흠흠, 괜찮군」이라며 겔다가 고개를 끄덕였다.

겔다가 등에 알바헤론을 짊어지고 알렌과 함께 촌장의 집으로 향한다. 클레나의 집도 같은 방향이기에 같이 데리고 돌아갔다.

"저기, 있잖아. 내일은 놀아줄 거야?!"

'흠, 고구마도 다 캤고, 오후는 좀 놀아도 벌은 안 받겠지.'

클레나가 두근두근하며 대답을 기다리고 있다. 겔다도 어째서인지 두근두근하며 대답을 기다리고 있다. 아울러 요즘 들어서는 놀이를 끝내는 시간은 4시인데, 시작은 1시나 2시로 빨라지고 있다. 여섯 살이 되면서 낮잠 시간이 줄어 놀 시간이 늘어났다.

"그러게, 내일은 괜찮겠어. 놀러 와."

"와아~!"

클레나가 펄쩍 뛰면서 기뻐한다. 그 옆에서 어째서인지 겔다가 가슴을 쓸어내렸다. 검성을 키운다는 건 무척 힘든가 보다.

클레나를 집에 돌려보낸 뒤 촌장의 집으로 걸음을 옮겼다.

주택가에 들어서자 커다란 알바헤론에 시선이 집중되었다만, 아랑곳 않고 촌장의 집으로 쭉 나아간다.

"촌장은 있나?"

촌장의 집 문을 두드려서 나온 사람에게 용건을 알리자 안쪽으로 안내해줬다. 알바헤론을 짊어진 겔다와 함께 안으로 들어갔다.

"오오! 아주 튼실한 알바헤론이군. 어찌 된 일인가?"

저번에 기사가 왔을 때 연회장으로 썼던 널찍한 공간에 알바헤론을 내려놓았다. 촌장과, 아마도 가족으로 보이는 사람이 나타나 응대해준다.

"그게 말이야, 로단의 아들내미가 불쑥 내려와 마주친 녀석을 사냥했거든. 보고하려고 이렇게 가져온 거야."

촌장의 집으로 오던 중 알렌과 상의한 내용을 겔다가 설명했다.

"오호, 오호라."

"그래서 말인데, 지금 로단이 사냥을 못 나가잖아. 이 녀석의 깃털은 전부 내놓을 테니까 나머지는 받아 가도 되겠지?"

"뭐라?!"

몸에 자라난 깃털은 펜과 장식용 원재료로 쓴다고 했다. 그래서 비단 알바헤론뿐 아니라 새를 사냥하면 뜯은 깃털을 버리지는 않는다고 한다.

"왜 놀라? 이 정도는 괜찮잖아."

"아니, 깃털만 바치는 건 너무 적지 않은가……."

커다란 방에 침묵이 감돌았다. 겔다도 촌장을 노려보며 뜻을 굽히기를 기다리고 있지만, 역시 깃털만 바치고 마는 것은 어려운 듯했다.

"어쩔 수 없군. 그럼 마석도 바치지. 이걸로 어때? 아~아, 로단은 가족이 네 명이잖아. 고기 정도는 먹게 남겨줘야지. 누구의 억지 때문에 크게 다쳐서 올해는 사냥을 못 나가는데."

"뭐라고?! 더 많은 고기를 바치라는 것은 영주님의 명령이다. 자네도 잘 알잖은가."

'응? 영주가 고기를 더 많이 바치도록 요구해서 촌장도 사냥가는 사람을 늘리고 싶어 한 건가?'

"그렇지, 알아. 그래서 어쩌란 건가? 깃털과 마석은 고스란히 바친다니까?"

"그, 그렇지. 음, 로단에게는 신세를 지고 있으니 말야. 알겠네, 그렇게 하지."

겔다가 알렌을 힐끔 쳐다본다. 처음에는 깃털만 제시했다가 이후에 마석도 추가하는 흥정 방식은 알렌이 내어놓은 생각이었다. 처음에는 명백하게 모자란 조건으로 교섭을 시작해 타협을 이끌어 냈다.

"촌장님, 감사합니다!!"

알렌이 웃는 얼굴로 대답했다.

"그래, 로단처럼 어엿하게 자라거라."

"그러면 나중에 또 잡아도 깃털이랑 마석만 바치면 되나요?"

"음? 그건……."

이것이 알렌이 다짐을 받고 싶은 말이었다. 알렌은 이제부터 알바헤론을 잔뜩 사냥할 계획이다. 지금 합의한 대로 고기와 간 등 내장을 전부 농노가 소유한다면 보통 바치는 6할보다는 적어진다. 촌장이 떨떠름하게 입을 열었다.

"에이, 왜 이러시나. 또 사냥하더라도 같은 조건으로 괜찮잖아. 또 사냥할 수 있다면 말이야."

겔다도 말을 거들었다.

"그, 그렇군. 또 사냥을 할 수 있다면야. 같은 조건으로 해주지."

"감사합니다! 고기 들고가려면 힘든데, 12월 징세 때 가져와도 되죠?"

이왕 이렇게 된 거, 납부 방식도 합의를 본다. 이번처럼 한 마리 통째로 촌장의 집에 들고 오려면 무척 번거롭다.

"음? 뭐, 그렇게 해라. 상관없다, 로단의 아들아."

태도는 조금 떨떠름하지만, 어차피 다음 사냥은 실패하리라 생각한 까닭인지 촌장이 흔쾌하게 허락해줬다.

고구마를 거두어 가는 짐마차가 12월 상순에 찾아온다. 그때 깃털과 마석을 같이 납입하기로 결정이 났다.

어두워지기 전에 돌아가자며 서둘러 발을 옮기는 두 사람. 귀가 중 알렌은 과연 로단의 아들이라며 거듭 칭찬받았다.

* * *

알렌은 혼자 휴경지의 중심에서 알바헤론을 꼼짝 못 하게 내리눌렀다.

"깜짝이야, 두 마리나 내려올 줄은 몰랐네. 죽는 줄 알았어. 뭐, 소환수는 한 마리도 안 잃었으니까 퍼펙트 승리군."

저절로 혼잣말이 새어 나왔다.

겔다와 함께 촌장의 집을 다녀온 날 이후, 사흘에 한 번 꼴로 알바헤론을 꾸준히 사냥하고 있다. 아마도 알바헤론이 날아다니는 상태에서 세 마리의 벌레G가 도발하면 격분해서 땅으로 내려오는 듯했다.

벌레G가 한두 마리일 때나, 상공에서 날아다니고 있는 때가 아니면 알바헤론은 내려오지 않았다. 또한 도발의 범위는 마수 한정이라고 짐작했다. 지금껏 두루미와 같이, 마수가 아닌 새가 상공에 있더라도 내려온 사례는 없었다. 알바헤론 사냥의 방법론을 마도서의 메모 기능에 써넣었다.

· 하늘에 알바헤론이 날아올 때까지 기다린다
· 벌레G 세 마리로『도발』
· 내려오면 공격당하기 전에 벌레G 세 마리를 카드로 바꾼다
· 벌레F 두 마리로『빨아먹기』

· 돌을 던져서 약해졌을 때 벌레F 열여섯 마리로 포위해서 넘어뜨린다
· 목을 목검으로 압박해서 숨을 끊는다

첫 전투에서는 고전을 면치 못했지만, 소환수의 특기 파악을 끝낸 뒤로는 아무런 피해도 없이 이겼다. 이른바 승리 패턴이 만들어진 셈이다.

그리고 오늘 전투에서는 놀랍게도 두 마리가 한꺼번에 같이 내려왔었다.

'조금 더 벌레F 츄우를 늘려볼까? 사고 터지면 큰일 나니까.'

이것저것 하는 동안에 마도서가 엷게 빛났다. 목검으로 목을 쭉 압박해서 지금 막 숨이 끊어졌다는 표시다.

"만세, 레벨이 올랐다!!"

더욱 큰 목소리로 혼자 외쳤다. 마도서에는 상대를 쓰러뜨렸다는 은색의 글자 다음으로 노란색의 글자가 쭉 이어졌다.

『알바헤론을 1마리 쓰러뜨렸습니다. 경험치를 100 획득했습니다.』

『경험치가 1000/1000을 달성했습니다. 레벨이 2로 올랐습니다. 체력이 25 올랐습니다. 마력이 40 올랐습니다. 공격력이 14 올랐습니다. 내구력이 14 올랐습니다. 민첩성이 26 올랐습니다. 지력이 40 올랐습니다. 행운이 26 올랐습니다.』

'끄, 끝내준다. 엄청 올랐어. 과연 검성과 맞먹는 능력치구나. 그나저나 능력치 S랑 능력치 C는 상승치가 많이 다르네. 하긴 당연한가.'

스테이터스가 어떻게 달라졌나 확인했다.

【이　름】 알렌
【연　령】 6
【직　업】 소환사
【레　벨】 2
【체　력】 39 (65) +80
【마　력】 36 (60) +35
【공격력】 14 (24) +80
【내구력】 14 (24) +16
【민첩성】 30 (51) +26
【지　력】 42 (70) +10
【행　운】 30 (51) +35
【스　킬】 소환 〈3〉, 생성 〈3〉, 합성 〈3〉, 강화 〈2〉, 확장 〈2〉, 제거, 검술 〈3〉, 투척 〈3〉
【경험치】 0/2000
· 스킬 레벨
【소　환】 3
【생　성】 3
【합　성】 3
【강　화】 2
· 스킬 경험치
【생　성】 11933/100000
【합　성】 2610/100000
【강　화】 1480/10000
· 획득 가능 소환수
【 벌레 】 FGH
【 짐승 】 FGH
【　새　】 FG
【　풀　】 F
· 홀더
【 벌레 】 F 2장, G 3장
【 짐승 】 F 16장
【　새　】 F 2장
【　풀　】 F 7장

'아하, 레벨이 올라가면 체력과 마력이 다 회복되는군.'

소환 스킬의 레벨이 올랐을 땐 항상 마력을 소모한 상태였기에 마력이 전부 회복되어 있다는 것이 신선했다.

'상승한 능력치는 먼저 괄호 안쪽에 더해지고 0.6이 곱해졌네. 레벨 업으로 오른 숫자를 당장 온전하게 받지는 못하는 거구나. 이런 부분은 엄격하네.'

마도서를 들여다보며 올라간 능력치의 숫자를 확인했다.

'6년을 들여 간신히 레벨을 하나 올렸어. 이 세계에서는 레벨 업을 보고 신이 내려준 시련을 극복했다거나 달성했다는 말로 표현한댔지.'

레벨이 올라감으로써 떠올렸다. 로단은 평범한 사람보다 힘이 꽤 좋다. 우물터에서 자택의 물독이 있는 곳까지 운반하는 용도의 통도 상당히 컸다. 아마도 수십 마리의 그레이트 보어를 사냥하며 레벨이 오른 덕분일 테지.

어떻게 해야 아버지처럼 강해질 수 있냐고 물어봤었다. 그러자 사람에게는 신이 내려주는 시련이 있고, 그 시련을 극복하면 신이 힘을 베풀어준다고 설명해줬다. 이쪽 세계에서는 신을 섬기는 신앙심으로 레벨 업을 해석하는 듯하다.

'아차, 깜빡했네. 슬슬 올 테니까 어서 돌아가야겠어.'

서둘러 두 번째로 잡은 알바헤론을 먼저 사냥했던 알바헤론과 겹쳐 쌓아 한꺼번에 안아 들고 귀가했다. 시간이 얼마 안 남았다.

"다녀왔습니다!"

"앗?! 어서 오렴."

놀란 내색을 애써 감추며 대답하는 테레시아. 오늘도 알렌이 알바헤론을 잡아 왔다. 게다가 오늘은 두 마리였다.

"오늘도 잡아 왔구나."

흙마루에 있던 로단도 말을 건넸다.

"응, 아버지. 앗, 괜찮아?"

로단은 지난 1개월 사이에 몸이 꽤 좋아졌다. 앉아 있어도 서 있어도 이제 큰 지장은 없다. 다만 과하게 오래 서 있거나 많이 이동하면 배에 통증을 느끼는 듯했다. 지금은 앉아서 수확한 밀짚을 막대기로 두드리고 있었다. 이렇게 두드려서 부드럽게 만들고 잘 엮어서 짚신이나 겨울용 신발을 만든다.

제법 큼직한 곤봉으로 두드리는지라 로단의 상처가 쑤시지는 않을지 알렌은 걱정이었다.

"그래, 알렌한테 전부 다 맡길 순 없으니……."

로단이 알렌의 얼굴을 보고 굳었다. 어떠한 변화를 알아차린 듯하다.

"왜? 아버지?"

"아니, 아무것도 아니야. 착각이겠지."

'오? 뭐야, 뭐야?'

그때였다.

데엥~.

데엥~.

데엥~.

"앗! 이런, 클레나가 오기 전에 널어 놔야지."

그렇게 말한 뒤 알렌이 알바헤론을 짊어진 채 바깥의 좁은 용수로로 향한다. 이곳에 알바헤론의 피 빼기 작업을 위해 빨래 건조대로 쓰는 막대기를 달아 놓았다. 집에 있는 막대 및 판자를 써서 제작한 간소한 물건이었다. 이것을 써서 알바헤론을 거꾸로 매달고 목을 잘라서 피를 빼줬다. 피가 용수로를 따라 흘러간다.

"알렌~!"

클레나가 목검을 쥐고 기운차게 걸어왔다.

"안녕, 클레나. 잠깐 기다려줘. 금방 끝낼게."

클레나와는 매일 놀아주고 있다. 대체로 13시 이후부터 16시까지다. 하지만 사흘에 한 번은 사냥을 나가기 때문에 15시의 종이 울린 뒤 오라고 말해 두었다. 그때까지 사냥을 마친 뒤 용수로 위에 사냥감을 매달아 놓아야 한다.

두 마리의 알바헤론을 들고 작업하던 중 클레나가 다가왔다.

"알렌, 굉장해! 오늘은 두 마리나 잡았구나!!"

반짝반짝하는 눈으로 작업 과정을 바라본다. 클레나는 마수를 봐도 공포심이 없었다. 겁이 꽤 많은 마쉬가 본받아주면 좋겠다고 생각하며, 마수 두 마리의 피 빼기 작업을 재빨리 마쳤다.

사냥감으로 인해 조금 좁아진 마당에서 기사놀이를 시작한다. 마쉬는 집 안의 창문으로 두 사람을 구경하고 있다. 이제 곧 세 살이 될 마쉬가 바깥에 나올 수 있으려면 내년 봄을 기다려야 한다.

'일단 열 마리 목표는 다 채웠다.'

알바헤론 한 마리를 해체하면 보어 사냥 한 번의 보수와 얼추 비슷한 고깃덩이를 확보할 수 있었다. 열 마리이니 이제 겨울을 날 수 있을 것이다. 이제 말린 고기를 만들어 장작 등 필요한 물건과 교환하는 작업이 남았다.

'다음 달 즈음이면 알바헤론이 안 날아다닐 테니, 이번 달 중에 가능한 한 많이 사냥해둬야겠어. 다음 레벨까지 스무 마리인가. 올해 중 레벨 3은 좀 어렵겠네.'

"빈틈 발견!"

놀이 중 딴생각을 하다가 머리를 딱 얻어맞았다.

"아얏!"

"흥! 멍 때리면 안 돼!!"

마음이 콩밭에 가 있는 알렌에게 뺨을 씰룩거리는 클레나. 머리를 문지르면서 미안하다며 사과하는 알렌이었다.

* * *

클레나와의 기사놀이는 16시가 조금 지나서 끝났다. 슬슬 해 떨어지는 시간이 빨라지고 있기에, 클레나는 달려서 집에 돌아갔다.

배가 점점 커지고 있는 테레시아를 도와서 저녁 식사를 준비한다. 식사 준비가 끝날 무렵, 알렌은 알바헤론의 피가 쫙 빠진 것을 확인한 뒤 흙마루로 옮겨 두었다. 아무래도 바깥의 앞마당에다가 하룻밤 내내 방치하기는 좀 꺼림칙해서였다.

알렌이 알바헤론을 사냥한다는 이야기는 주변에 살고 있는 농노들에게도 알려졌다. 열 마리나 되는 숫자를 토벌해서 집 앞에 매달아 두었으니 소문이 퍼지는 건 당연하다. 우물터에서 사냥 요령을 가르쳐달라며 이웃 농노가 물어본 적도 있었는데, 땅에 내려왔기에 잡았다는 말 이외에는 하지 않았다.

다른 사람들에게 사냥하는 장면을 보이지 않기 위하여 휴경지의 풀이 우거지게 자란 안쪽을 사냥터로 써왔다. 물론 말라붙은 잡초인지라 안쪽으로 사람이 들어오면 버석버석 밟는 소리가 난다. 누군가가 휴경지에 들어오는 소리가 나면 사냥은 중지할 생각이었는데 지금껏 난입하는 사람은 딱히 없었다.

"알렌이 사냥한 알바헤론이 벌써 열 마리구나."

"응, 아버지."

바닥 화로에 둘러앉아 저녁 식사를 하던 중 로단이 알렌에게 말을 건넸다.

"굉장한데."

아무래도 상당히 신경을 쓰고 있는 듯하다. 심상치 않은 힘으로 농사일이며 물 길어 오기를 했다. 상당히 넓은 밭인데도 고작 이틀 사이에 고구마 수확을 끝냈다. 거기에 당연하다는 듯이 알바헤론을 사냥해서 가져왔다. 옛날부터 영리한 아이라는 생각은 했지만, 최근은 더욱 큰 힘을 발휘하고 있다.

알렌은 테레시아를 본다. 살짝 불안해하는 눈치다. 특별히 말을 꺼내지는 않아도 상당히 신경을 쓰는 내색이었다. 다시 로단을 바라봤다.

"마쉬가 자면 아버지, 어머니한테 잠깐 할 이야기가 있어."

옆에서 열심히 먹는 마쉬를 바라보며 말했다.

"알겠어."

로단은 알렌의 짧은 말에서 무엇인가 예감을 받은 듯했다. 알렌도 이제는 때가 왔다는 생각을 했다. 어째서 다른 사람들보다 힘이 좋은가, 그 이유를 슬슬 이야기하자는 생각을 했다.

최근은 부모님이 집에 쭉 머물고 있는지라 알렌이 바깥에 나가도 마쉬가 딱히 보채지 않는다. 잠깐 놀아줬더니 금세 잠들었다.

마쉬에게 이불을 덮어주고 거실로 돌아오자 로단과 테레시아 앉아 있었다. 줄곧 기다렸던 모양이다. 알렌도 자기 자리에 가서 앉았다.

"나는, 알렌은 알렌이라고 생각한단다."

이야기를 시작하기 전에, 테레시아는 어떠한 말을 들어도 알렌에 대한 마음이 달라지지 않는다는 뜻을 전했다.

"고마워. 조금 길어질 텐데 괜찮을까?"

"물론."

로단이 대답했다.

"사실은 한 살 무렵에 계시를 받았어."

""계시?""

"맞아, 신님의 말. 계시야."

""뭐?!""

"『알렌, 너에게 지혜와 힘을 내려주겠다.』고 했어."

""힘?""

"응, 평범한 사람보다 많은 지식과 강한 힘을 준다는 느낌이었어."

"흠."

"그리고 백 명이 있어도 달성하지 못할 큰 시련이 나한테 주어질 테니, 이 지식과 힘을 사용해서 시련을 극복하라고 했어."

""백 명?!""

로단은 레벨 업을 가리켜서 시련을 극복하는 행위라고 설명했었다. 거기에 맞춘 표현이었다.

"세상에……. 백 명이 있어도 달성하지 못할 시련이라니. 신님은 왜 하필 알렌을 골라서……."

테레시아가 말을 잇지 못했다.

"그런가. 오늘 드디어 그 시련을 하나 극복했구나."

"어?"

하지만 로단은 이야기의 내용에 납득한 내색이었다. 로단이 알렌의 뺨을 어루만졌다.

"너는 몰랐나 보구나. 점심 식사를 먹을 때는 여기에 상처가 남아 있었단다."

알렌의 뺨에는 처음 알바헤론과 싸웠을 때 입은 상처가 있었다. 땅바닥에 깔렸을 때 부리의 끝이 뺨을 찢어서 난 자국이다. 그런데 지금은 없다는 걸 알렌은 미처 깨닫지 못했었다.

'어라? 레벨 업을 하면 체력도 전부 회복되잖아. 그게 흉터도 다 포함해서 전부 회복되는 건가?'

처음으로 알게 된 사실이었다. 알렌은 떠올렸다. 로단이 중상을 당했을 때 다른 농노들은 전력으로 그레이트 보어를 쓰러뜨리고자 했다. 마수를 잡아 로단이 시련을 극복하면 완치될 가능성이 있다는 기대 때문이었다.

"아마 처음으로 시련을 극복한 것 같아. 힘이 막 끓어 넘쳤거든."

"그런가. 신의 계시였던 건가. 신이 이름은 알려줬고?"

이 세계에는 다수의 신이 있다. 어떠한 신이 알렌에게 시련을 내려주었는지 묻는 질문이다.

"어? 아, 에르메아라고 했던 것 같아."

"차, 창조신 님인가. 너무 편하게 이름 부르면 안 된다. 에르메아 님이야."

"알았어. 다른 사람들 앞에서는 님을 붙일게."

"그, 그렇게 하자……."

신앙심은 눈곱만큼도 없었다.

"그러면 감정 의식의 결과는 뭐였던 거야?"

감정 의식에서 알렌에게는 재능이 없고 능력도 전부 E라는 결과를 받았었다. 로단은 그 결과를 줄곧 이상하다고 생각했다. 도저히 재능이 없는 아이라는 생각이 안 들뿐더러 능력치가 낮다는 생각도 하지 않았다. 무척이나 재주가 많은 아들이니까.

"그거에 대해선 2개월 전에 에르메아가 또 계시를 내려줬어."

"최, 최근이구나?!"

"능력은 내 성장 속도, 시련을 극복하는 속도를 반영한 결과라서 잘못된 게 없대. 재능에 대해선, 새로운 재능이라서 감정이 제대로 안 됐다고 설명해줬어. 실제 재능이 무엇인지는 못 물어봤네."

"그, 그랬구나."

알렌은 소환사라는 직업은 굳이 말하지 않을 생각이었다. 아무것도 없는 곳에서 마수를 불러내고 사역하는 재능이잖은가. 혹시나 어떤 오해를 낳을지도 모른다. 로단도 테레시아도 처음으로 듣는 재능일 테니.

조금 더 시기를 가늠해서 전부 다 밝힐 기회를 마련한 뒤 이야기할 생각이었다.

지금은 신이 부과한 백 명이 있어도 달성하지 못할 큰 시련이 알렌에게 주어졌다는 것과 시련을 극복할 수 있도록 지혜와 힘을 베풀었다는 것, 이 두 가지만 설명하고 넘어가기로 했다. 영리함과 힘의 이유를 설명하기 위해서였다.

물론 선생 관련의 설명도 하지 않았다. 전생했던 당초부터 전세의 기억을 갖고 있다는 사실은 쭉 숨기기로 결정했다. 까만 눈 까만 머리가 전생의 증거라면, 마을 주민들이 놀라는 모습으로 생각했을 때 전생자 자체가 무척 적거나 혹은 존재하지는 않을 가능성도 있었다. 좁은 마을이라 그럴지도 모르겠다는 생각도 했지만, 기사단장조차 그를 말똥말똥 쳐다봤던 걸 생각하면 이 마을에만 한정된다는 말은 못 하겠다.

테레시아가 알렌을 꽉 끌어안았다.

그녀의 머릿속에 나무껍질이 벗겨질 때까지 줄곧 돌을 던지던 알렌의 모습이 떠오른다. 그리고 지금은 가족을 위해 알바헤론과 싸우고 있다. 혼자서 줄곧 신의 시련과 싸워왔다는 것을 깨닫자 테레시아는 가슴이 아팠다.

“조, 조금 더 빨리 말해주면 좋았을 텐데.”

“맞아, 조금 더 빨리 말해주지 그랬어. 나는 네 아버지잖아. 그런가……. 네가 영리한 이유는 신께 지혜를 받았기 때문이었구나.”

“미안, 어머니, 아버지. 얘기하는 게 너무 늦어졌어. 나는 이 시련을 꼭 극복하고 싶어.”

테레시아의 눈동자에 동요의 빛이 떠올랐다. 어여쁜 아이가 수라의 길을 걸어가겠다고 말했다. 백 명이 있어도 극복하지 못할 시련의 길을.

"……그런가, 그렇구나. 네게 창조신 님이 내려준 시련이지. 신께선 극복할 수 없는 시련을 내려주지는 않을 거야. 언제든 힘들 땐 아빠랑 엄마한테 기대렴."

다만 로단은 격려해줬다. 쭉 보어 사냥에 참여했던 로단은 테레시아보다 신의 시련을 긴밀하게 실감할 수 있었다.

"고마워."

"이 이야기를 다른 사람한테 한 적은 있나?"

"아니, 클레나한테도 얘기 안 했어."

"그렇구나. 창조신 님은 절대적인 분이야. 함부로 말하고 다니면 안 된단다."

신의 목소리를 들었다고 주장하는 말 자체를 달갑지 않게 생각하는 사람이 있다는 이유였다.

'뭐, 부모님이니까 진지하게 들어준 거야. 그냥 남이면 증거도 없는데 감히 신의 이름을 사칭하냐고 덤벼들었겠지.'

"응."

"다만 말이다."

"어?"

"겔다한테는 조금 자랑해도 될까?"

"……."

"안 되니?"

"아니, 괜찮긴 한데."

"오, 그러냐. 겔다 녀석이 말이다. 검성, 검성거리면서 엄청 실실대거든. 내 아들도 굉장한 힘이 있다는 걸 알려주면 정신을 좀 차리겠지."

아마도 절친한 벗의 딸아이가 굉장히 우수하다니까 이러니저러니 해도 질투하는 마음은 있었나 보다. 아버지의 인간미 있는 모습을 본 알렌은 흐뭇한 마음이 들었다.

제9화 무기 가게의 아들, 드골라

하늘에서 천천히 눈이 내린다. 어느덧 12월에 들어섰다. 이제 하늘에 알바헤론은 없었다. 전부 다 건너가버린 모양이다.

그날 이후로 알렌은 알바헤론을 꾸준히 사냥해 열여섯 마리를 잡았다. 알바헤론은 전부 해체했고, 며칠 전 고구마와 함께 징세되었다.

징세는 마을의 관계자가 담당하며 촌장이 직접 수행하지는 않는다. 알렌은 촌장과 이야기했던 대로 정확하게 마석과 깃털만 넘겨줬다. 마을엔 소문이 제법 퍼졌는지, 관계자는 정말 이렇게 많이 잡았냐면서 놀라는 반응이었다.

현재 마당에는 150킬로그램 정도의 고기를 말린 고기로 가공 중이다. 초기에 사냥했던 고기는 딱 알맞게 말라서 먹음직하다.

"알렌, 준비는 다 됐냐?"

"네, 겔다 아저씨."

오늘은 마을의 주택가에 물품을 구입하러 간다. 살 물건은 장작과 소금이다.

추운 겨울에는 장작을 잔뜩 사용해야 한다. 10월부터 몇 번인가 보어 고기를 분배받은 적이 있었다. 그중 일부를 팔아 장작을 산 덕에 항상 그럭저럭 있었다. 하지만 로단이 큰 부상을 당한 지난 2개월 동안은 장작을 사들이지 못했다.

소금도 같은 상황이니 곧 바닥이 드러날 것으로 보였다. 장작은 나무꾼이 마을 주변에서 잘라 판매하기에 상품이 항상 있지만, 소금은 행상인이 다른 지역에서 운반해 온다. 행상인의 방문이 적은 해에는 소금 가격이 급등하는 경우도 있었다. 일정 이상의 양은 저장해두는 것이 상책이다.

오늘은 겔다에게 물품 구입하는 방법을 배울 예정이었다. 짐마차 같은 운반 수단은 갖고 있지 않아서 지게로 직접 짐을 날라야 했다. 지금은 알바헤론의 고기 1킬로그램짜리 덩어리를 열 개쯤 짊어지고 있다. 이 고기를 팔아 소금과 장작을 구입할 것이다.

외출하는 알렌에게 손을 흔들며 배웅하는 테레시아. 옆에는 로단도 있다.

큰 부상을 당한 지 1개월 반. 로단은 몸이 많이 좋아졌다. 이제 일어나 걸을 수 있지만, 물건을 구입하러 가려면 왕복 두 시간 정도를 걸어야 한다. 특히 돌아올 때는 무거운 짐을 들 필요가 있다. 그 정도까지는 회복이 다 되지는 않은 터라 알렌이 가기로 했다. 이제 로단은 물품 구입을 다녀오겠다는 알렌의 말에도 고개를 젓지 않고 겔다를 함께 보내준다.

알렌의 고백 내용은 겔다의 귀에도 전해졌다. 다만 그가 알렌을 대하는 방식은 딱히 달라지지 않았다. 심상치 않은 아이라는 인상은 평소부터 받았던지 겔다도 어렵지 않게 납득할 수 있었던 것 같다.

"그날 이후로도 평민이 보어 사냥에 참가하고 있나요?"

밭일의 지도 등 이것저것 신세를 많이 지다보니, 부모님을 대할 때보다 공손한 말투가 나왔다.

"어엉? 뭐냐, 갑자기."

"그다음에 어떻게 됐나 궁금해서요."

마을 중심지까지는 한 시간이나 걸리는지라 대화를 나누며 걸었다. 겔다는 대범하고 단순한 성격이라 무엇이든 잘 가르쳐준다.

"그렇군, 그날 이후로 평민은 안 왔다. 촌장도 아무런 말을 안 하더군. 뭐, 올해는 우리 농노들끼리 사냥을 다녀와야겠지."

"역시나 안 왔군요."

"그래."

'흠흠, 겁먹어서 보어 사냥에 더는 참가하지 못하나 본데.'

"농노와 평민은 뭐가 달라요? 농노는 어떻게 해야 평민이 될 수 있어요?"

사실 진짜로 묻고 싶은 내용은 이것이었다.

"엉? 뭐냐, 갑자기. 로단한테 물어봐라."

"하지만 이런 질문을 아버지한테 하기는 좀 거북하잖아요?"

부모님에게 농노 신분을 벗어나고 싶으니까 평민이 될 방법을 가르쳐달라고 묻는 셈이다. 그런 질문을 농노 부모님에게 하면 두 분이 다 충격을 받을지도 모른다. 가족을 농노 신분에서 탈출시키기 위해서 알고 싶었다만, 딱히 물어볼 만한 사람이 없었다.

겔다는 거참, 하고 꿍얼거리면서도 걸음을 옮기면서 가르쳐줬다.

농노와 평민의 차이는 우선 세금이다. 농노는 마수를 사냥해도 농작물을 수확해도 전부 6할을 납부한다. 다만 평민은 6할 납세가 아니었다. 그 대신 인두세라는 걸 낸다. 금액은 어른이 금화 세 닢, 아이는 금화 한 닢이다. 이 돈을 평민은 매년 납부해야 할 의무가 있었다.

'아하, 부모님 두 분과 나, 마쉬까지 네 명한테 인두세를 매기는구나. 넷이서 금화 여덟 닢을 매년 바쳐야 하는 건가. 또 내년에 아이가 태어날 테니 그러면 인두세가 더 늘어나겠고.'

"그렇군요. 평민이 될 방법은 있나요?"

"아마 금화를 열 닢 바치면 된다는 것 같던데. 아니면 영주가 포상으로 평민 신분을 주는 경우도 있다더라. 진짜인지는 잘 모르겠다만."

'음, 어른이든 아이든 상관없이 금화 열 닢이라면 우리 가족은 금화 오십 닢인가.'

"감사합니다. 이런 질문을 제가 했다고 얘기하시면 안 돼요."

"걱정 마라, 안 떠든다."

겔다가 머리를 벅벅 쓰다듬었다.

이것저것 얘기를 나누는 동안 가게가 쭉 늘어서 있는 구역에 도착했다. 마을의 상업 지구다.

"우선 소금이군. 잘 알겠지만 장작은 맨 마지막이다. 무겁잖냐."

"네."

웨스턴 분위기의 문을 지나서 가게에 들어간다. 소금이며 향료가 카운터 안쪽에 놓여 있었다. 값이 비싼지 가게 앞에 내놓지는 않았다.

"고기를 소금으로 교환해주게."

겔다가 교섭의 말도 없이 용건부터 꺼낸다. 어떤 고기이고 양은 얼마나 되는지 보여달라며 무뚝뚝하게 응대하는 가게 주인.

오늘 겔다는 알렌의 안내인 역할뿐 아니라, 그 역시 물품을 구입하러 나왔다. 그레이트 보어의 고기라고 말하며 고기를 카운터에 올려놓았다. 그러자 가게 주인이 저울을 가져와서 무게를 잰다.
"열두 숟가락이다."
"좋아."
무뚝뚝한 대화가 이어졌다. 겔다가 조그마한 나무 상자를 건네자, 가게 주인이 받았다. 이후 큰 숟가락처럼 생긴 목제 계량기로, 항아리에 들어 있는 소금을 열두 번 퍼서 나무 상자에 담았다.
"자, 확인하지."
겔다가 나무 상자에 든 소금을 살짝 흔들어 알맹이를 확인하고 있다. 곧이어 새끼손가락으로 찍어 소금을 살짝 핥았다.
"문제없군."
나무 상자의 뚜껑을 닫고 끈으로 묶어서 품에 넣는다.
겔다가 거래를 마쳤다. 이제 알렌도 똑같이 고기와 교환하면 된다.
"알바헤론 고기입니다."
알바헤론의 고깃덩어리 다섯 개, 5킬로그램 정도를 카운터에 올려놓았다. 보통 언급이 잘 안 되는 고기라 그런지 살짝은 반응했지만, 역시 가게 주인은 말없이 무게를 재기 시작한다. 잘라보지는 않는 것일까 생각하며 가만히 기다렸다.
"열 숟가락이다."
"보어보다는 싸군요."
"음? 똑같다."
똑같다는 모양이다. 고기의 양이 겔다보다 적은 것이 이유였다. 알렌은 「잘 부탁드립니다」라고 말한 뒤 나무 상자를 건넸다. 담아준 소금을 겔다와 마찬가지로 확인한다. 품에 들어가지는 않았기에,

끈으로 묶은 뒤 허리띠에 매달았다.

둘은 다음으로 채소 가게에 향했다. 이곳에서는 주로 과일을 구입한다. 밀과 콩, 고구마 등은 기본적으로 농노끼리 물물 교환을 한다. 다만 과일을 키우는 농노는 없었다. 아마도 상인이 어딘가 다른 도시나 마을에서 가져와 판매하는 듯했다.

겔다가 말린 고기 한 덩어리와 모르모의 열매 네 개를 교환했다. 알렌도 똑같이 알바헤론의 고기 한 덩어리와 모르모의 열매 네 개를 교환했다. 이 가게의 주인아주머니는 상당히 붙임성이 좋았다. 조금 전의 짠돌이 태도는 소금을 팔기 때문이었을지 모르겠다며 쓸데없는 생각을 했다.

'그나저나 C랭크 보어 고기와 D랭크 알바헤론 고기의 가치는 동일한 건가?'

랭크가 높으면 값도 비싸지리라 생각해 싼값을 받을 경우를 대비하여 고기를 넉넉하게 챙겨 가져왔다. 그런데 의외로 같은 가격이었다.

이 마을에서는 돼지나 닭을 본 적이 없었다. 분명 축산을 하는 곳이 없어서겠지. 짐마차와 말이 있을 뿐이다. 고기라는 것 자체만으로도 귀중한 대접을 받는 것인가 생각하던 중, 마지막 장작 가게에 도착했다.

일단 이곳까지 오는 도중의 가게 위치며 점원의 태도, 소금과 모르모 열매의 가격 등의 정보는 잊지 않고 마도서에 메모했다. 다음부터는 혼자서 오기 위함이다. 추운 계절이 이제부터 3개월 이어진다. 장작은 3개월 분량을 사야 할 테지만, 오늘 며칠씩 쓸 분량을 한 번에 다 들고 가지는 못한다.

장작 가게는 창고 앞쪽에 사람이 달랑 서 있는 느낌이었다. 창고 입구에서 안쪽을 들여다보니 장작이 뭉텅뭉텅 잔뜩 쌓여 있었다.

겔다가 먼저 보어의 고기와 장작을 교환한 뒤, 알렌이 고기 한 덩어리를 건네자 장작 네 다발을 꺼내주었다. 이것 한 다발의 무게가 15킬로그램쯤 나가며 하루 분량의 장작이다. 온종일 불을 지피면 하루를 못 버틴다. 해가 떠 있는 낮 동안은 가능한 한 절약할 필요가 있었다.

길이 1미터의 장작 다발 네 개를 가져온 지게에 묶어 고정시켰다. 장작 가게의 주인장도 무뚝뚝한 사람이었는데, 알렌을 보더니 못내 걱정하는 기색이었다. 네 다발이면 60킬로그램이니까.

"이 녀석아, 몸 상한다."

가게 주인이 다가오며 말을 건다. 다만 알렌이 태연자약한 얼굴로 짊어지자 아연실색하며 멈춰 섰다.

그런 가게 주인을 개의치 않고 알렌은 겔다와 가게에서 나왔다. 이렇게 알렌은 마을에서 물품 구입하는 방법을 쭉 경험할 수 있었다.

* * *

나흘간 쓸 장작을 확보하고 이틀 뒤. 오늘도 물품을 사러 마을의 주택가에 나왔다. 오후에는 클레나가 올 테니 이틀에서 사흘에 한 번은 오전에 물품을 사러 나오자고 생각하고 있다.

열여섯 마리를 잡은 알바헤론 고기의 용도에 대해선 로단도 테레시아도 전혀 간섭하지 않았다. 저번에도 모르모의 열매와 교환해서 가져왔는데도 아무런 말이 없었다. 마쉬가 기뻐하며 먹어주었다. 테레시아는 배 속의 아이를 위해서라도 가능한 한 많은 영양을 섭취해주면 좋겠다고 생각했다.

알바헤론 고깃덩어리 열 개, 10킬로그램을 지게에 싣고 살짝 두꺼운 밀짚으로 짠 신발을 발에 신었다. 겨울철에 얇은 짚신만 신고 다니면 많이 쌀쌀하다. 두껍게 신었음에도 불구하고 녹은 눈이 신발 안쪽에 들어왔다. 너덜너덜한 마직물 옷도 마찬가지로 꽤 쌀쌀했다.

한 시간을 걸어 상업 지구에 도착했다. 상업 지구라고 불리긴 하나, 마을의 안에 몇 군데 가게가 모여 있는 것이 전부였다.

'오늘은 겔다 아저씨도 없겠다, 잠깐 시장 조사를 할까.'

두 번째 방문이라서 오늘은 혼자서 왔다.

소금 가게에 들어갔다. 저번에도 샀지만 아직은 많이 부족하다. 소금도 일정 이상의 비축량이 필요하다.

무뚝뚝한 가게 주인에게 고기 5킬로그램 정도를 건넸다. 저번과 마찬가지로 아무 말 없이 저울로 무게를 잰다. 말없이 지켜보고 있으려니까 저번과 같은 대답이 돌아왔다.

"열 숟가락이다."

"네, 부탁드립니다."

알렌이 나무 상자를 건네자 큰 숟가락을 써서 소금을 담아준다.

"감사합니다. 혹시 돈으로 사면 얼마일까요?"

"음? 은화 다섯 닢이다."

'좋아, 파악 끝.'

다음은 채소 가게에 갔다. 저번과 마찬가지로 장작 가게는 짐이 무거워지는 터라 마지막이다.

"이 고기와 과일을 교환해주세요."

"그래, 뭘 가져갈래?"

'과일은 종류가 뭐가 있으려나.'

평소 못 먹어본 노란색의 복숭아 비슷한 과일을 가리켰다.

"이건요?"

"많이 비싸서, 포포 열매는 달랑 한 개야."

'으엑! 포포는 진짜 비싸네. 자주 먹었던 모르모 열매로 해야겠네.'

마쉬를 위해서라는 구실로 달콤한 과일을 챙기는 알렌. 이번에도 과일을 샀다.

"그렇군요. 혹시 돈으로 사면 얼마를 드려야 해요?"

아주머니는 붙임성이 좋아서 이것저것 잘 가르쳐준다. 저번에 물품을 사러 나왔을 때 얻은 정보와 조합하니 어느 정도의 가격인지 파악이 됐다. 지금 알아낸 정보를 마도서에 정리했다.

【아래에 쓴 물품은 같은 가치이다】

· 알바헤론의 고기 한 덩어리 (약 1킬로그램)

· 소금 두 숟가락 (약 30그램)

· 모르모 열매 네 개

· 포포 열매 한 개

· 장작 나흘 분량 (약 60킬로그램)

소금 및 과일은 행상인이 중간에 끼여 있어서인지 무척 비싸게 느껴졌다. 채소 가게의 주인은 주화의 가치도 가르쳐줬다. 방금 전 메모한 곳에 잊지 않고 기록했다.

【아래에 쓴 물품은 같은 가치이다】
· 금화 한 닢
· 은화 백 닢
· 동화 천 닢
· 철화 만 닢

알렌은 시세 및 금전 가치를 조사하고 있다. 가족 전원을 평민으로 만들기 위해서였다. 겔다의 이야기에 따르면 금화 오십 닢이 필요할 것이라 생각된다.

알바헤론의 고기 약 1킬로그램은 은화 한 닢의 가치임을 소금 가게에서 나눈 이야기로 파악했다. 알바헤론은 고기를 10킬로그램쯤 얻을 수 있으니까 금화 오십 닢을 벌기 위해서 필요한 토벌 숫자를 계산한다.

'알바헤론을 딱 오백 마리만 사냥하면 되는 건가. 내년에는 10월부터 마구 사냥해야겠다. 몇 년 열심히 하면 금화 오십 닢 정도야 달성할 수 있겠어.'

알렌은 켄이치였던 시절, 게임을 하면 언제나 마수 사냥에 집중했다. 파고들기 좋아하는 켄이치에게 오백 마리쯤이야 금방 달성할 수 있는 숫자였다. 게임에 따라서는 한 시간에 마수의 토벌 숫자가

만을 넘기는 경우도 있다.

대강 시세 파악을 끝냈기에 장작 가게로 가던 중, 약방과 무기 가게가 눈에 들어왔다.

약방으로 보이는 가게 안쪽엔 다양한 약초가 있다. 저번에도 슬쩍 봤지만 겔다가 같이 있어서 들르지는 못했다. 마침 관심이 있었기에 안으로 들어갔다.

"실례합니다."

"예, 어서 오세요."

이런저런 약초 및 뿌리가 가게 안에 걸려 있었다. 가게의 더 안쪽에는 나이 지긋한 할머니가 있다.

"마력을 회복하는 약은 있나요?"

"응? 아가, 떠보는 거야? 그렇게 비싼 약은 들여놓지도 않는단다."

이곳에는 상처약과 해열제 등 간단한 약초만 있다고 한다.

"그렇군요."

'아하, 마력 회복약은 있긴 있지만 값이 비싸구나. 벌이가 넉넉해질 때까지는 못 사겠네.'

알바헤론과 첫 전투에서 많은 소환수가 쓰러졌다. 소환수가 쓰러지면 가호도 같이 사라진다. 강적 상대로 소환수가 쓰러지면, 위기가 더한 위기를 불러오듯 약체화되는 직업이 소환사였다. 그랬기에 혹여나 마력 회복약이 있기를 바라며 확인하러 온 셈이다.

돈이 많을 리 없는 초라한 옷차림의 여섯 살 소년인데도 불구하고, 알렌이 이것저것 물어봐도 할머니는 그를 쫓아내지 않는다.

'의외로 안 쫓아내는구나. 그러고 보니까 소금 가게도 야채 가게

도 약방도 마찬가지였어.'

아마 가게를 운영하는 사람은 평민일 텐데, 농노를 대할 때 특별히 배타적이지 않았다.

"상처약은 어디 있어요?"

"응, 저기 근처야."

무뚝뚝하게나마 가르쳐줬다. 이 세계는 무뚝뚝한 사람이 많은가 보다 생각을 하며, 알려준 위치에서 약초로 보이는 건조된 풀을 살펴본다.

'흠흠. 그러고 보니, 메모 기능은 그림도 그릴 수 있었지?'

여태 마도서로 시험한 적이 없었다. 건조된 약초의 형태가 메모 공간에 복사되도록 머릿속으로 생각한다. 잠시 후, 연필로 그린 그림처럼 마도서에 복사되었다.

'오오! 되는구나!! 뭐든 해보는 게 좋다니까.'

검증 결과용, 가설용, 일기용, 현실 세계의 기억용 등 몇몇 용도로 나눠서 쓰는 마도서의 메모 기능에다 이제 그림용 공간도 추가해야겠다. 혹시 몰라 약초를 하나씩 그림으로 기록했다.

지금은 농노인지라 이동에 제한이 있어 마을에서 나가지 못하지만, 나중에 자유롭게 이동할 수 있게 되면 약초를 찾으러 갈 수도 있을 것이다.

무엇이 약초인지 메모를 보며 조사할 수 있겠다는 생각을 하던 때에, 문득 로단의 생명을 구한 약초를 떠올렸다.

"저기요, 혹시 뮈라제의 꽃도 있어요?"

"뭐?! 그런 건 없어. 있어도 절대 안 깎아줄 거야!!"

불쑥 태도가 나빠지는 약방의 주인. 왜? 어째서? 살짝 놀랐다.

"죄, 죄송합니다."

"어, 아냐, 내가 미안하지. 저번에 아주 곤욕을 치렀거든."

"그랬군요. 혹시 한 달 보름쯤 전의 일이었나요?"

'응? 아버지가 뮈라제의 꽃을 쓴 덕에 살았다는 말을 들었지. 무슨 일 있었나?'

겔다는 로단을 위해 약방에서 뮈라제의 꽃을 사 썼다는 말밖에 하지 않았다.

약방의 주인이 한 달 보름쯤 전의 이야기를 꺼낸다.

초저녁, 겔다라는 남자가 불쑥 가게에 들이닥쳤다. 남자는 가장 효과가 좋은 상처약을 팔아달라며 몹시 험악하게 말했다. 약방 주인은 뮈라제의 꽃을 꺼내서 금화 다섯 닢이라고 가격을 알려줬다. 그러자 남자는 사생결단을 낼 기세로 이렇게 대답했다고 한다. 금화 세 닢에 팔아달라, 돈은 내일 치르겠다고.

약방 주인의 눈으로 본 남자의 외양은 도저히 금화를 세 닢이나 가지고 있을 것 같지가 않았다.

"만약 내일 금화 세 닢을 안 가져오면 노예로 몸을 팔아서라도 값을 치르겠다는 말을 했더랬지."

절친한 벗의 생명을 구하기 위해서라며 가게 안에서 엎드려 절하고 거듭 애원했다고 한다. 결국 약방 주인이 두 손을 들고 금화 세 닢 후불로 마무리를 지었다. 실제 다음 날에는 금화 세 닢은 정말로 가져왔다던가.

"영주님이 사는 도시에 가져가면 금화 다섯 닢은 여유롭게 받을 수 있단 말이지. 다음에 행상인이 오면 팔 생각이었는데 아주 큰 손해를 봤어."

손해를 봤다며 투덜투덜하는 가게 주인. 알렌은 그런 일이 있었냐며 대답했다. 약방 주인은 지금은 팔려서 없지만 만약 있더라도 금화 다섯 닢이라며 다짐을 놓는다.

이야기할 거리는 이게 전부라며 약방 주인은 말을 마쳤다.

알렌은 지게를 내려놓은 뒤, 알바헤론의 고기를 한 덩어리 집어 카운터에 올려놓았다.

"응? 무슨 약초랑 교환하려고?"

"아뇨, 그냥 드릴게요."

"어? 갑자기 뭐야?"

왜 이러는지 모르겠다는 표정을 지은 채 약방 주인은 얼떨떨한 반응이다. 주름 많은 할머니의 미간에 더욱 깊숙이 주름이 진다.

"할머니가 값을 깎아준 덕에 살아난 사람이 제 아버지예요. 작은 답례입니다. 정말 감사합니다."

「엥?」 하며 놀라는 표정을 짓는 약방의 주인에게 깊숙이 머리를 숙여 감사의 뜻을 전했다.

그 후 물품을 사러 올 때마다 고깃덩어리를 갖다 주게 되었는데, 세 번째에서 이제 괜찮다는 말을 듣고 말았다.

약방에서 듣게 된 로단과 겔다의 우정 이야기를 음미하면서 상업 지구를 산책했다.

'옆쪽은 무기 가게인가?'

예정에는 없었지만 약방의 옆쪽에 있는 무기 가게에도 들어가 보기로 했다.

"실례합니다."

"……."

아마 대답을 안 하는 분위기의 가게인가 보다. 안쪽에 어딘가에서 본 기억이 나는 얼굴의 주인장이 있었다.

'어라? 저 사람은 도끼잡이 아이의 아버지 아니었나?'

연회에서 같은 자리였던 도끼잡이 남자아이의 아버지였다. 무기 가게의 주인이었구나. 주인은 가게에 들어온 소년이 알렌임을 알아봤는지 이쪽을 빤히 쳐다보고 있다.

그러나 딱히 별말을 할 생각은 없는 듯하여 알렌은 개의치 않고 가게 안 물건들을 살펴보기로 했다.

'무기 가게라고 생각했는데 철물점이네. 냄비랑 뾰족한 식칼도 있어.'

개척촌을 막 졸업한 작은 마을이다. 아마 무기뿐 아니라 다양한 물건을 취급해야 했겠지. 시골의 편의점에서 채소 따위를 판매하는 것과 비슷한 경우이다.

'급하지는 않지만, 슬슬 목검을 졸업하고 싶어.'

지금 가게에 들어온 이유는 알바헤론 사냥용 무기의 등급 업이었다. 목검은 가끔 부러지기도 하니까. 예비 목검도 혹시나 싶어 준비해 두고 사냥에 나서곤 있다. 하지만 부러지고 나서 새 걸 집어 들기엔 늦기에, 목검이 부러지면 팔뚝으로 목을 압박해서 쓰러뜨려왔다.

"이 단검은 얼마예요?"

"……은화 오십 닢이다."

무뚝뚝하게나마 대답은 해준다.

이 까만 머리 소년의 아버지가 로단이라는 것은 마을에 사는 주민들 거의 대부분이 알고 있었다.

또한, 로단이 농노의 대표라는 사실도 무기 가게의 주인은 당연히 알고 있다. 개척 초기 무렵부터 겔다와 함께 마을의 개척과 보어 사냥을 이끌었던 로단은 농부들의 대표라고도 말할 수 있는 인물이며, 당연히 마을에서 가지는 존재감도 컸다. 마을 인구의 7할이 농부임을 생각하면 얼마나 큰 존재인지 짐작할 수 있겠다.

일반적으로 낡아 빠진 옷차림의 여섯 살 소년이 무기의 값을 물어본들 장난치러 왔냐는 생각밖에 안 들겠지만, 로단의 영향도 있어서인지 질문에 꼬박꼬박 대답해준다.

'흠, 가장 값이 저렴할 단검이 은화 오십 닢. 알바헤론 다섯 마리 가격인가…….'

"혹시 이 목검만 한 철제 막대기는 값이 얼마쯤 할까요?"

허리띠에 꽂아 둔 목검을 가리키며 알렌이 물었다.

"뭐, 은화 스무 닢은 나가겠군."

'값이 꽤 되네.'

칼날이 없는 철 막대기도 알바헤론 두 마리의 가격이었다.

가능하면 사서 좋은 장비로 바꾸고 싶었지만, 자기만족을 위해 무기를 교체하는 것은 안 좋다. 알바헤론의 고기는 되도록 가족을 위해 쓰고 싶었다.

알렌은 포기하고 무기 가게에서 나왔다.

'자, 장작을 사서 돌아갈까. 시장 조사도 대강 끝났으니까.'

이틀 전 왔던 장작 가게에 갔다.

"오, 저번에 왔던 꼬마구나. 오늘도 장작이냐?"

"네, 이 고기와 교환해주세요."

아마도 저번에 남긴 인상이 꽤 강했는지 장작 가게의 주인도 기억을 하고 있었다. 나흘 분량의 장작 60킬로그램을 교환한 뒤, 지게에 싣고 묶어서 고정했다.

장작을 거뜬하게 들어 올리는 모습을 보고 「역시 굉장한데」라며 다시금 감탄하는 장작 가게의 주인에게 인사하고 알렌은 가게를 떠났다. 자기 체중보다 훨씬 더 무거운 장작을 짊어지고 귀갓길을 나아간다. 지금은 오전 10시 전, 사람이 꽤 많아서 주목을 끈다.

주변 사람들의 눈은 개의치 않고 걸어가던 중, 눈앞에 낯익은 감자 얼굴의 소년 드골라가 나타났다.

"앗, 진짜 있잖아! 여기는 뭐 하러 왔냐, 건방진 까만 머리!"

자기 아버지인 무기 가게의 주인에게서 알렌이 왔었다는 말을 들었을 테지. 이곳 부근은 드골라의 구역인지 생트집을 잡는다.

"응? 장작을 사러 왔을 뿐인데."

그렇게 말한 뒤 길을 막고 있는 드골라의 옆을 지나서 간다. 알렌은 쓸데없이 싸우고 싶지 않았다.

"야! 무시하지 마! 도망치는 거냐!!"

그런 알렌의 태도가 마음에 안 들었나 보다. 알렌의 가슴을 손바닥으로 쳐서 밀치는 드골라. 알렌은 몇 발짝 물러나서 장작의 균형을 잡았다.

"응? 무슨 짓이야?"

"여기는 못 지나간다. 내 쫄따구가 되면 보내주겠어."

알렌에게 부하가 될 것을 요구하는 드골라. 저항하지 않는 알렌의 태도에서 승리를 확신했는지, 히죽히죽 웃음이 끊이지 않는다.

그 말을 들은 알렌은 아무런 표정의 변화도 없이 통행인들에게 방해가 되지 않도록 지게를 길가에 내려놓았다.

알렌은 켄이치였던 게이머 시절의 기억을 떠올렸다.

당시 켄이치는 온라인 게임을 하는 사람들 사이에서 제법 유명했다. 분명 회사원인데도 인터넷 게임 폐인이라며 게시판에서 조리돌림을 당한 경험도 종종 있었다. 인터넷 게임 폐인은 그 게임에 인생을 바친 사람만이 받을 수 있는 칭호다. 여러 의견이 있긴 하지만, 회사원 등 생활의 기반이 있고 사회에 속해 살아가는 인간에게는 이 칭호가 주어지지 않는다.

당시 켄이치의 플레이 스타일은 단순했다. 더욱 강해지기 위하여 레벨 업과 장비 마련에 힘쓰며 더욱 강력한 적을 쓰러뜨린다. 불필요한 아이템 수집이나 생산직에는 관심 없었다. 계절 관련 이벤트도 당연 무시다.

그러다보니 자연스럽게 대인전에도 관심을 가지지 않았다. 대인전은 아무리 해도 경험치가 들어오지 않으므로 강해지지 않는다. 켄이치가 싸워야 할 상대는 오직 몬스터였을 뿐, 다른 플레이어가 아니었다.

다만 인터넷에서 조리돌림을 당할 수준의 유명인이 되면 유명세가 발생한다.

사냥을 나가면, 플레이어 킬러라고 불리며 다른 플레이어의 습격을 주된 활동으로 하는 플레이어에게 공격당할 때가 있었다. 남 잘 되는 꼴을 못 보는 유저거나, 장비의 강탈이 목적인 경우가 많았다.

그런 때 켄이치가 어떻게 대응해왔냐면 상대가 중학생이건 주부건 넷카마[#1]건 사냥을 방해하는 자는 모조리 쓰러뜨렸다.

"오, 쫄따구 하려고?"

지게 내려놓는 모습을 본 드골라가 말했다.

"그럴 리 없잖아."

그렇게 말한 뒤 허리띠에 매단 목검을 뽑았다. 두 손으로 꽉 쥐고 칼끝을 가슴 높이까지 들어 올린다.

"뭣?!"

빈손인 드골라가 겁을 집어먹었다. 설마 목검을 뽑아 겨누리라는 생각은 못한 듯싶다.

"뭐 하냐? 어서 덤벼."

"비, 비겁한 자식!!"

"전장에서도 똑같은 말을 할 셈인가? 도끼잡이 기사여."

3년이나 클레나와 기사놀이를 한 탓에 기사 흉내를 내는 말투가 입에 붙었다. 저절로 나온 말이었다. 분명 클레나 덕분이었다.

"윽?!"

"기다려줄 테니 뭐든 무기를 가져와라. 도끼잡이 기사 드골라여."

"뭐?! 도망치지 마라!!"

엄청난 기세로 달려가는 드골라. 그리고 또 엄청난 기세로 돌아온다. 손에는 무언가 큰 물건을 쥐고 있었다.

#1 넷카마 실제 성별은 남성이지만 인터넷상에서 여성 행세를 하는 사람을 뜻하는 말.

무기 가게에 있던 물건일까, 큼지막하고 둥근 방망이를 가지고 왔다. 드골라는 알렌과 다시 마주 서며 두 손으로 방망이를 들어 올렸다.

"뭐 하냐, 안 덤비냐?"

"끄, 으아아아아아아앗!!!"

도발을 당해 격분했는지 드골라와의 기사놀이가 시작됐다. 힘에 의존해 방망이를 휘두르는 드골라. 그 공격을 신중하게 목검으로 막았다.

알렌과 드골라의 기사놀이를 상당히 많은 사람들이 목격하고 있지만, 다들 말없이 지켜보기만 한다.

'도끼잡이인가. 내가 했던 게임에서는 도끼 전사라고 불렸지. 자, 기사놀이는 시작했는데 이제 어떻게 할까.'

아무 생각도 없이 시작해버렸다. 물론 게임이 아닌지라 유혈 사태를 일으키지는 않는다. 어떻게 마무리를 지어야 할까 생각하면서 드골라의 둥근 방망이를 계속 막았다.

"허억허억, 뭐 하냐!! 안 덤비냐!!"

막기만 하는 알렌을 드골라도 도발한다. 슬 끝내볼까 생각한 알렌은 힘을 조금 넣어 드골라의 둥근 방망이에 목검을 맞부딪쳤다.

12월에 들어서면서 알바헤론 사냥은 끝났다. 농사일도 거의 다 끝났기에 힘쓸 일이 특별히 많지는 않았다. 로단도 순조롭게 회복 중이다.

그 때문에 짐승F 다수를 풀F로 변경했다. 마력을 늘려서 스킬 경험치를 쌓기 위해서였다. 그럼에도 알렌은 드골라보다, 주변의 웬만한 어른보다도 훨씬 힘이 좋았다.

"끄헉!"

방망이로 막았는데도 불구하고 드골라가 휙 날아갔다. 욕설을 하며 일어서려는 드골라의 코앞에 알렌은 목검을 바짝 들이밀었다.

"계속 할 거야?"

"큭!"

아마도 항복한 모양이다. 숨도 차올라서 헉헉거리고 있다. 눈은 부라려도 일어서려고 하지 않는지라 길가에 놓아두었던 지게를 다시 짊어졌다.

"어이, 도끼잡이 기사 드골라여."

"뭐, 뭔데?"

"이틀 후 같은 시간대에 또 여기에 올 거니깐."

"뭐?!"

그렇게 말한 뒤, 가만히 주저앉아 있는 드골라를 힐끔 쳐다보고 알렌은 다시 귀갓길에 올랐다.

* * *

새해가 되고 봄이 지나, 지금은 늦더위가 한창인 9월 상순이다. 다음 달이면 알렌도 일곱 살이다.

강한 햇빛이 내리쬐는 가운데, 알렌은 클레나의 집 앞마당에 있었다.

"다음은 내가 상대다, 알렌."

"좋아. 덤벼라, 드골라."

드골라가 알렌에게 말을 건넨다. 큰 곤봉을 붙들어 삽고 알렌에게

달려들었다.

“크, 왜 안 맞는 거야.”

“몇 번이나 말했잖아. 움직임을 예상해야지.”

“나도 알아!”

이들이 무엇을 하고 있냐하면, 기사놀이다. 왜 이렇게 됐는지 대답하자면 작년 12월로 거슬러 올라가야 한다.

드골라가 싸움을 걸어왔던 날로부터 이틀 후, 알렌이 물품 구입을 끝냈더니 드골라가 잔뜩 벼르며 기다리고 있었다. 방망이는 잡는 것이 불편했는지 무기도 곤봉 비슷하게 개량해 왔다.

설욕을 노린 드골라는 결국 알렌에게 완패하고 말았다. 또 이틀 후에 보자며 이번에는 드골라가 말했다.

그러기를 거의 한 달, 12월이 끝날 때까지 이어졌다.

다만 그 무렵은 장작이든 소금을 충분히 비축하려는 이유가 있어 이틀에 한 번씩 빈번히 물품을 사러 나왔었다.

1월부터는 이렇게 자주 나오지 않는다고 말하자, 「도망치는거냐!」라는 말을 들었다.

그래서 알렌은 클레나와 상의한 뒤 드골라를 기사놀이에 끼워주기로 했다. 클레나는 같이 놀 친구가 늘어나면 기쁘다며 기꺼이 동의했다.

다음 날, 드골라에게 또 겨루고 싶다면 클레나의 집에 오라고 말해주자 「알겠다!」라며 즉답하더니 정말 매일같이 클레나의 집을 찾아왔다.

집합 장소를 알렌의 집으로 하지 않은 이유는 클레나의 집이 주택가와 더 가깝기 때문이다. 그렇게 지금을 맞이하게 되었고.

"타앗! 기사 페롬스! 벌써 끝이냐!"

"으으……. 이야앗!!"

시선 저편에서 클레나와 촌장의 아들 페롬스가 기사놀이를 하고 있다. 페롬스와 드골라도 서로 친구 사이여서 같이 데려왔다고 한다. 기사단을 대접하는 연회장에서 드골라가 기사단장과 같은 자리에 앉았던 이유는 저 아이와 교우 관계가 있는 덕분이었던 것 같다.

페롬스는 장래에 상인이 될 것이라며 기사놀이에는 상당히 소극적이었다. 드골라에게 억지로 끌려 왔다는 느낌을 엄청나게 받았다.

그럼에도 이틀에서 사흘에 한 번은 드골라와 함께 찾아왔다. 촌장도 등을 떠민 듯하다. 언젠가 왕가에 발탁될 예정인 검성 클레나와 기사놀이를 할 수 있잖은가. 사이좋게 놀고 오라고 강조하며 내몰았겠지. 도망칠 곳이 없지 않았을까?

이 기사놀이에 참가하는 사람은 한 명 더 있다.

작년 12월에 세 살이 된 마쉬다. 드디어 테레시아에게서 외출 허락이 떨어졌다. 마당 바깥도 알렌과 함께라면 나갈 수 있다. 클레나의 집이 기사놀이를 하는 장소로 바뀐 다음부턴 거의 매일같이 왔다.

그런 과정을 거쳐 이곳에는 다섯 명이 있었다. 알렌, 클레나, 마쉬, 드골라, 페롬스.

"마쉬, 시작할게."

"응! 형아!!"

마쉬의 무기는 제법 길었다. 검이 아니라 창을 본뜬 형태다.

처음에는 알렌이 마쉬에게 만들어준 작은 목검을 썼다. 그러다가 불쑥 「형아가 쓰는 검으로 할래」라며 마쉬가 졸랐기에 알렌이 쓰던 목검을 건네줬다. 마쉬가 쓰는 목검보다 두 배는 길었다. 거의 본인의 키만 한 목검을 쥔 마쉬를 걱정하며 지켜보던 중 알렌은 깨달았다. 아까와 달리 움직임이 더 좋아졌다는 사실을.

마쉬는 검보다 창이 잘 맞는 아이였다. 그때부터는 알렌이 만들어 준 창 형태의 무기를 쓰기 시작했다.

"이얏!"

"잘한다, 마쉬."

'이게 재능인가? 2년 뒤 감정 의식이 기대되는구나.'

예리한 기세로 창을 찌른다. 창 관련의 스킬 레벨이 올라가고 있는 것일까, 마쉬의 움직임이 점점 더 좋아진다. 마쉬의 다섯 살 감정 의식이 기대됐다. 분명 마쉬에게 잘 어울리는 재능이 등장하리라 믿는다.

데엥~.

데엥~.

데엥~.

"아, 뭐야. 벌써 끝이냐~."

"드골라, 집에 가자."

15시를 알리는 종이 울렸다. 드골라와 페롬스는 언제나 이 종소리와 함께 귀가한다. 언제나 12시의 종소리와 함께 놀러 오니까 기사놀이를 두 시간쯤 하는 셈이다. 또 보자며 인사한 뒤 떠나갔다.

두 사람이 돌아간 뒤, 알렌과 마쉬도 조금 더 기사놀이를 하고 집에 돌아왔다. 처음에는 기사놀이를 하고 기진맥진해 지친 마쉬가 업어달라며 졸라 댔지만, 요즘은 직접 걸어서 귀가할 만큼 체력이 좋아졌다. 동생의 성장이 기쁜 마음이었다.

““다녀왔습니다.””

“어서 오렴, 알렌, 마쉬.”

테레시아가 흙마루에서 대답했다. 저녁 식사 준비를 시작했나 보다. 등에는 2월에 태어난 여동생이 업혀 있었기에 그 모습을 보고 알렌이 곧바로 저녁 식사 준비를 돕기 시작했다.

테레시아는 무사히 여자아이를 낳았다. 세 번째 아이였다.

남자아이가 태어나면 로단이, 여자아이가 태어나면 테레시아가 이름을 지어준다는 규칙이 부부 사이에 있다. 여자아이가 태어났기에 드디어 테레시아가 이름을 지어주게 되었다.

여동생은 뮈라라는 이름을 받았다.

로단의 생명을 구한 뮈라제의 꽃이라는 약초에서 따온 이름이다. 여자아이가 태어나면 이 이름을 붙여주자고 미리 결정했다고 들었다.

작명의 감각은 테레시아가 더 좋다는 생각을 한다. 알렌, 그리고 마쉬도 마물에게서 이름을 따왔다.

알렌의 유래가 된 알바헤론은 이제 꽤 익숙하지만, 마쉬의 이름을 따온 마수는 이제까지 본 경험이 없다. 지금껏 알 기회가 없는 마수였다.

마더 가르쉬의 이야기는 물품을 사러 다녀올 때 겔다에게서 말을 들었다.

아무래도 소금과 과일이 마을에 들어오지 않는 원인 중 하나로 마더 가르쉬라는 마수의 출몰이 꼽힌다고 한다.

마더 가르쉬는 단독으로 행동하며, 영역이나 일정한 보금자리도 가지지 않고 이동을 계속한다. 생김새는 거대한 늑대라던가. 크기는 그레이트 보어의 곱절쯤 된다는데 겔다도 본 적은 없다고 말해줬다.

그 마더 가르쉬가 도시 및 마을을 연결하는 가도에 나타나서 아예 눌러앉는 경우가 있다고 한다. 그런 사태가 벌어지면 상인과 여행자는 이웃 마을이나 도시에 진입하기를 포기한다고 한다. 상대는 B랭크의 마수이기에, 쉽게 토벌할 만한 상대가 아니었다.

때때로 한 달 이상 쭉 눌러앉아서 물류 운송이 아예 정지되는 경우도 있다고 한다. 그럴 경우 토벌을 위해 기사단의 파견을 요청한다고 했다.

다른 마을에서 옛날에 기사단을 부른 사례가 있었는데 그때의 기억이 강하게 남아 있다고 겔다는 이야기해줬다. 아울러 마더 가르쉬는 토벌대가 도착하기 전에 어딘가로 가버렸기에 실제 토벌은 이루어지지 않았다고 한다.

이야기만 들어도 무척 민폐를 끼치는 마수다. 설명을 들었을 때 별로 사랑받는 부류의 마수는 아니구나, 라고 생각했다.

지쳤는지 거실에서 뒹굴뒹굴하는 마쉬를 보고, 알렌은 마더 가르쉬와 달리 많은 사람들에게 사랑받으며 자라달라고 기원했다.

"나 왔어."

로단은 이제 완전히 건강을 회복하고 봄부터 농사일에 복귀했다. 지금은 아침의 물 긷기도 다시 시작했고, 하루 종일 농작업에 힘쓰고 있다.

알렌도 로단에게 배워 초봄부터 농사일을 거들고 있다. 하지만 그것도 오전 중 몇 시간뿐이다. 하루 종일 밭일을 하려고 들자 아이는 바깥에서 놀아야 한다며 겔다가 훈계를 했다. 그때 붙잡혔던 두 어깨가 제법 아팠던 것을 지금도 기억하고 있다.

오전 중에는 집안일과 밭일, 점심부터는 기사놀이 등 무척이나 바쁜 하루를 보낸다.

바닥 화로에 둘러앉아 다 같이 저녁 식사를 먹었다. 뮈라는 이제 막 이유식을 조금씩 시작한 참이다. 침을 흘리며 먹고 있다. 마쉬도 실컷 운동을 해서 배가 고팠나 보다. 찐 고구마를 우걱우걱 먹고 있다.

"오늘은 좀 늦었네."

테레시아가 로단에게 말을 건넨다.

이전의 사고도 있어 로단의 귀가가 지체되면 테레시아가 많이 걱정하기에, 평소에 로단은 너무 안 늦게 신경을 쓴다. 오늘은 오랜만에 귀가가 늦어졌다.

"그래, 잠깐 촌장한테 불려갔거든."

로단은 미간에 주름이 지며 촌장과 만난 이야기를 했다.

촌장에게 불려갔다는 로단의 말을 듣고 테레시아의 얼굴에는 노여움과 불안감이 떠올랐다. 작년 로단이 큰 부상을 당했을 때도 똑같이 촌장에게 불려 간 다음이었다.

"무, 무슨 용건이었어?!"

테레시아는 저도 모르게 따지다시피 물었다.

수프 그릇과 나무 숟가락을 잡아 든 자세에서 로단이 굳었다. 좀처럼 말이 안 나오나 보다. 침묵이 생겨났다.

잠시 정적이 이어진 끝에 드디어 로단이 무거운 입을 열었다.

"납부하는 보어 고기를 2년 안에 곱절인 스무 마리로 늘려달라더라. 사냥에 참가하는 사람도 많아야 할 테니 평민이든 노예든 더 받아주라고."

"뭐?! 그런……! 너무해!! 자, 작년에도!!!"

테레시아의 불안감은 적중했다. 동요한 테레시아가 저도 모르게 큰 목소리로 외치자, 놀란 뮈라가 울음을 터뜨렸다.

테레시아가 허둥지둥 뮈라를 달래준다.

"아버지, 뮈라도 마쉬도 일단 재워야 하니까 다음 이야기는 조금 이따가 들어도 될까?"

""어?""

로단과 테레시아는 알렌의 태도에 놀랐다. 마치 아무 걱정도 없다는 듯이 태연하게 숟가락을 입으로 가져가고 있다. 알렌의 태도 덕에 두 사람도 조금은 평정심을 되찾고 다시 식사를 시작했다.

알렌은 식사를 마친 뒤 마쉬와 뮈라를 재웠다. 둘이 잠에 든 것을 확인하고 거실로 돌아왔을 때는 로단도 테레시아도 아래를 보고 있었다.

나무 컵에 든 온수는 이미 미지근하게 식었다. 테레시아가 불안해하며 두 손으로 컵을 꼭 쥐고 수면을 흔들었다.

"아버지, 이제 이야기를 더 들려들 수 있을까?"

"그러자꾸나."

로단이 상세하게 설명을 시작했다. 겔다와 함께 촌장의 집을 방문했더니, 보어 고기를 2년 안에 두 배의 숫자로 늘려달라는 말이 나왔다고 한다. 게다가 이것은 촌장이 맡긴 의뢰가 아니라 영주가 내린 명령이었다.

영주는 이미 몇 년 전부터 그레이트 보어의 사냥 숫자를 늘릴 수 없냐고 물어봤다고 한다.

그 말이 촌장에게서 로단과 겔다에게도 전해졌다.

같은 이야기가 나올 때마다 도저히 힘들다고 거절했었다. 새로이 사냥에 뛰어드는 사람이 적다보니, 사냥을 가는 스무 명의 농노는 언제나 같은 사람이다. 작년에 평민을 받아들였듯이 신참 사냥꾼을 딱히 거부하지는 않는다. 농노에게도 가족이 있다. 보어의 고깃덩어리를 목숨의 대가로 받기에는 싸다고 생각하는 농노도 많았다. 가족도 반대를 한다.

"그럼 이번에도 거절했겠네?"

매년 쭉 거절했다면 이번에도 거절할 수 있지 않겠냐고 테레시아는 말했다.

"그게 말이야, 2년 후 성과 전에 먼저 열다섯 마리를 사냥하지 못하면 영내에서 농노를 모집하겠다고 영주님이 말했다나 봐."

영주는 어떻게든 보어의 사냥 숫자를 늘리고 싶은 듯했다. 농노를 영내에서 긁어모아서라도 사냥에 참가 가능한 숫자를 늘릴 작정이다. 그렇게 더 많은 보어를 사냥하겠다는 계획이다.

영지의 다른 지역에는 사냥에 나서고 싶어 하는 농노가 더 많이 있을 것이라 짐작했을 테지.

"어? 이 마을의 농노를 더 늘리겠다고?"

"맞아, 마을의 농노를 늘리는 거야. 한 사람에게 분배된 땅이 적어질 수도 있고, 어쩌면 사냥을 안 나가는 농노한테는 땅을 빼앗을지도 몰라."

농노는 토지를 갖지 못한다. 토지를 가질 권리가 없다. 영주의 결정 하나로 부모 때부터 이어받아 일군 토지를 빼앗겨버릴지도 모른다.

"너, 너무해!"

충격을 받는 테레시아. 알렌은 왜 로단이 어두운 표정을 짓고 있었는지 이해했다.

"겔다랑 얘기를 좀 해봤는데, 차라리 사냥 횟수를 더 늘려야 할 것 같아."

더 자주 사냥함으로써 토벌 숫자를 늘린다. 로단은 딱히 다른 방법이 없다고 이야기했다.

"그러다가 내년, 내후년에 보어의 사냥 숫자를 더 늘리라고 하면 결국은 농노를 더 받아들여야 하는 결과가 되지 않을까?"

이 시점에서 줄곧 이야기를 듣기만 하던 알렌이 끼어들었다.

"무리하게 횟수를 늘리면 사냥에 참가하기를 포기하는 사람도 많아질 것 같은데."

지금까지 열흘에 한 번의 간격으로 사냥을 다녀온 데는 이유가 있다. 사냥의 부담과 생활을 저울에 올린 조치였다. 횟수가 늘어나면 보수로 받을 고기도 늘어나겠지만, 더 많은 위험에 노출되니까.

"으음……. 뭐, 그렇게 되겠구나."

로단은 침착하게 분석하는 알렌을 보고 적잖이 놀랐지만, 내심은 똑같은 걱정을 하고 있었던 것 같았다.

"그러면 결국 사냥에 참가하는 인원을 늘려야 해."

"그래, 네 말이 맞다. 하지만 작년에 사람을 늘렸다가 실패했지. 새로 참가하겠다는 사람이 있을지도 모르겠고, 만약 있더라도 사냥이 어려워질 거야."

로단은 알렌의 말에 진지하게 답했다.

알렌은 로단이 중상을 당한 이후, 밭을 일구고 집안일을 돕고 동생을 돌봤다. 가족과 같이 무사히 겨울을 나기 위하여 죽기 살기로 알바헤론을 잡아 왔다. 그렇게 가족을 책임졌던 알렌과 마주할 때, 로단은 그를 단순한 아이가 아닌 대등한 인간으로 대접해줬다.

알렌은 두 사람의 얼굴을 둘러보다가 입을 열었다.

"나한테는 창조신 에르메아가 내려준 지혜가 있어."

'지금 옛날에 얘기했던 설정을 또 꺼내게 될 줄이야. 뭐, 신뢰를 받기에는 좋으니까.'

"뭣?!"

로단과 테레시아는 놀라서 눈을 커다랗게 뜬다. 두 사람은 언젠가 과거의 고백을 떠올렸다. 알렌에게 주어졌다는 큰 시련과 그것을 극복하기 위한 힘을.

"이 문제, 나한테 해결을 맡겨주면 안 될까? 뭔가 방법을 찾을 수 있을 것 같아."

알렌은 이번 문제를 신에게 받은 지혜를 사용하여 해결하겠다고 힘주어 선언했다.

다음날. 알렌은 겔다도 자택으로 불렀다. 이 이야기는 겔다를 빼고 진행할 수 없다. 로단과 겔다, 두 사람이 보어 사냥의 대장이기 때문이었다.

"알렌, 보어 사냥에 참가하는 인원을 안전하게 늘릴 수 있다는 말이 진짜냐?"

겔다는 로단처럼 바로 믿어주지는 않았다. 한 번도 사냥에 참가한 경험이 없는 사람의, 더구나 여섯 살 아이의 제안이니까 당연했다.

"절대 안전하다는 말은 아니야."

'사냥에 절대는 없지.'

겔다에게 하는 말투는 요즘 들어서 부모님을 대할 때와 같아졌다. 너무 정중한 어투로 말 붙이지 말라는 핀잔을 들어서였다.

""뭐?!""

로단과 겔다가 역시 안 되는구나 실망하는 표정을 지었다.

"하지만 아버지와 겔다 아저씨가 써왔던 방법보다는 안전하게 사람을 늘릴 순 있을 거야. 애당초 어렵고 중요한 벽 역할을 신입한테 시켰던 게 가장 큰 실수였어."

'레벨이 낮아 물렁한 두부 방어 신입을 벽 역할로 세우다니.'

알렌은 켄이치였던 시절, 자신의 게임 캐릭터를 강하게 키우기 위해 수많은 시간을 사냥에 쏟아왔다. 아마 헤아리자면 수만 시간은 될 것이다. 혼자 사냥을 하는 솔로 사냥, 둘이서 사냥을 하는 페어 사냥. 사냥 장소를 이동하는 이동 사냥……. 수많은 사냥 방법을 사용해왔다. 장소 및 경험치 효율에 따라 사냥 방법을 바꿔왔다.

보어 사냥은 보어를 사냥터까지 데려온 뒤 벽을 세워서 막고 토벌하는 간단한 방법을 쓴다. 게임에서는 몰이사냥 혹은 붙박이 사냥이라고 불리는 수법이었다.

신입을 끼운 사냥에 대해서도 물론 경험이 있다. 어떻게 해야 안전하게 신입을 키울 수 있는지에 대해서도 무수한 경험들이 축적되어있다.

"엉? 더 좋은 방법이 있단 소리냐?"

"물론 있어. 지금부터 설명할 거야. 그리고—."

"응? 그리고 뭔데?"

"다음 사냥은 나도 참가할 거야."

알렌이 보어 사냥에 참가하겠다는 뜻을 밝힌다. 곧이어 알렌은 신입을 끼우고도 더 안전한 사냥 방식을 두 사람에게 제안했다.

제10화 보어 사냥

10월에 접어들어서 알렌은 일곱 살이 되었다.

"그럼 다녀올게."

"다녀올게요, 어머니."

"조심해, 로단, 알렌."

로단과 테레시아가 외출 전 키스를 했다. 그다음은 테레시아가 알렌을 꽉 껴안았다. 꽤 힘줘서 끌어안는다. 평생 못 볼 것처럼 애틋했다.

로단이 창을 꽉 쥐고 평소와 같이 사냥용 식량 따위가 든 자루를 등에 멨다. 한쪽 어깨에서 다른 허리로 둘러멘 짐에는 알렌의 몫도 들어 있어서 평소보다 조금 큼지막하다.

보어 사냥과 관련하여 알렌이 한 제안은 로단과 겔다가 받아들여 줬다. 오늘은 그 전술을 실천하는 날이었다. 알렌은 드디어 보어 사냥 현장에 갈 수 있다. 도중 겔다와도 합류했다. 미틸다에게 안긴 릴리와 클레나가 옆에 서 있었다.

"알~렌~! 나도 가고 싶어~!!"

클레나가 알렌의 팔을 붙들었다. 클레나도 같이 보어 사냥을 가고 싶은가 보다. 겔다가 난처하다는 표정을 짓고 있었다.

"하하, 조금 더 자란 다음에 가자."

"엥~ 알렌은 가잖아~."

"나도 견학만 할 거야."

알렌은 뺨을 볼록거리는 클레나를 달래주며 머리를 톡톡 두드렸다.

이번 보어 사냥에서 알렌은 견학만 할 뿐, 사냥에 직접 참가하지는 않는다.

알렌의 제안은 로단도 겔다도 받아들여줬다. 다만 사냥은 안 된다고 못을 박았다. 대략 한 시간쯤 들여서 아주 열심히 설득해 봐도 로단은 안 된다, 절대로 안 된다며 뜻을 굽혀주지 않았다.

그럼 견학만 하면 괜찮겠냐고 알렌이 물어봤는데 그래도 로단은 고개를 위아래로 흔들지 않았다. 제안한 작전의 확인을 위해 꼭 필요하다고 끈질기게 설득한 끝에, 멀리 거리를 두고 견학하는 것이라면 괜찮다고 겨우 대화를 마무리 지을 수 있었다.

그 후엔 언제쯤 사냥에 참가할 수 있냐는 이야기도 나눴다. 로단은 하다못해 열 살은 먹은 다음이 아니면 허락하지 않겠다고 말했다. 알렌은 일곱 살이나 열 살이나 똑같지 않냐고 생각했다.

듣자하니, 농노의 아이가 집안일을 돕기 시작하는 시기가 대개 열 살쯤부터라고 한다.

아울러 이곳 이세계에서 성인은 열다섯 살부터다.

'앞으로 3년이나 더 참가를 못 하는 건가. 그레이트 보어의 경험치를 받고 싶은데. 뭐든 방법을 찾아봐야지.'

알렌에게는 경험치가 전부다. 10월에 접어든지라 알바헤론 사냥도 재개할 예정이지만, 그레이트 보어의 경험치도 챙기고 싶다. 견학은 말뿐이고 어떻게든 방법을 찾을 생각이었다.

'흠, 카드 조정도 느낌 괜찮네.'

일단 오늘은 견학만 할 예정이지만, 알바헤론을 잡을 계획이 있어서 카드 조정을 사냥에 맞춰 변경했다.

일곱 살이 되어 괄호 숫자의 0.6배에서 0.7배로 늘어난 능력치를 거듭 확인한다.

【이　름】알렌
【연　령】7
【직　업】소환사
【레　벨】2
【체　력】45 (65) +75
【마　력】42 (60) +35
【공격력】16 (24) +75
【내구력】16 (24) +18
【민첩성】35 (51) +28
【지　력】49 (70) +10
【행　운】35 (51) +35
【스　킬】소환 〈3〉, 생성 〈3〉, 합성 〈3〉, 강화 〈3〉, 확장 〈2〉, 제거, 검술 〈3〉, 투척 〈3〉
【경험치】600/2000
· 스킬 레벨
【소　환】3
【생　성】3
【합　성】3
【강　화】3
· 스킬 경험치
【생　성】51418/100000
【합　성】51410/100000
【강　화】51400/100000
· 획득 가능 소환수
【 벌레 】FGH
【 짐승 】FGH
【　새　】FG
【　풀　】F
· 홀더
【 벌레 】F 3장, G 3장
【 짐승 】F 15장
【　새　】F 2장
【　풀　】F 7장

강화 레벨은 3으로 올랐고, 그 후에도 나날이 마력 소비를 반복하며 스킬 경험치를 쌓아왔다. 내년이면 소환 레벨 4도 가능할 것이다.

강화 레벨 3은 가호를 주는 두 능력치가 50이나 늘어나는 효과가 있었다. 덩달아 소환수의 전투력도 순조롭게 성장 중이다.

광장을 지나서 집합 장소에 가자 문 앞에 사람들이 잔뜩 모여 있었다. 오늘 보어 사냥을 나가는 동료들이다. 다들 창을 꽉 쥐고 있다.

"오오, 왔구나, 왔어!"

문득 말소리가 들렸다. 다들 알렌을 바라본다. 진짜 왔냐는 말소리가 들려올지언정 로단이나 겔다에게 반대하며 소리 높이는 자는 없었다.

로단이 견학을 해도 된다고 허락했고, 겔다도 동의했다. 두 사람을 신뢰하는 농노들은 이미 결정된 사안에 불평을 늘어놓지는 않는다.

또한 알렌도 평범한 어른 이상의 힘을 가지고 있다는 것을 지난 1년간 증명해왔다. 물 긷는 모습과 장작을 메고 걷는 장면을 본 농노도 많다. 레벨이라는 개념이 있고, 레벨 업에 의하여 인간의 힘이 몇 배, 몇십 배로도 강해질 수 있는 세계가 이곳이기에 알렌의 존재가 받아들여지지 않았을까.

"전원 모이면 출발한다. 오늘은 신입이 두 명 있군. 기합 단단히 넣어라!!"

""""오오!!""""

로단이 외친 구호에 모두가 대답했다. 1년 만에 돌아온 보어 사냥꾼의 대장을 보고 눈시울이 붉어지는 인원도 많았다.

아직 전원이 다 모이지 않았기에 기다린다. 두 명의 신입은 이미 와 있었다. 두 사람 모두 평민이었다. 작년에 참가했던 다섯 명 중에 두 명이라고 했다. 그들은 창을 들고 집합 장소에서 대기 중이다.

지금껏 매년 열 마리쯤 잡아왔던 보어의 토벌 숫자를 늘리는 방법은 두 가지가 있다.

사냥의 횟수를 늘리거나, 사냥의 규모를 불리거나.

사냥 횟수를 늘리면 당연히 사냥하는 그레이트 보어도 많아진다.

또한 사냥의 참가자를 늘려 대강 비슷한 규모의 집단을 둘 만들면 두 배의 보어를 사냥할 수 있다.

어떤 방향이든 대책 마련에 필요한 것은, 보어 사냥의 신규 숙련자를 늘려 나가는 방법이다.

'우선 신입 두 사람이 문제없이 사냥할 수 있다는 것을 증명해야겠지. 사람을 늘리는 것은 그다음이야.'

처음은 두 명으로 시작한다. 그리고 횟수를 거듭하며 조금씩 보어 사냥에 참가하는 인원을 늘려 나간다.

"다 모였군, 출발한다!!"

""""오오오!!!""""

이번에는 겔다가 구호를 외쳤다. 모두가 위세 좋게 대답한 뒤 문의 바깥으로 나간다.

'농노로 태어나서 7년. 드디어 마을 바깥에 나가는구나.'

이번에는 알렌도 촌장에게 외출 허가를 받았다. 로단과 겔다가 요청하자 촌장도 거절하지 못했다. 이번 사냥에 꼭 필요하다는 이유를 내세우자 의아한 표정을 지었다고 한다.

"오오!!"

저도 모르게 목소리가 나왔다.

몇 미터 앞쪽의 나무 문을 지나가자 마을 바깥이 눈에 들어왔다. 문의 너머는 딱히 잘 정비되지는 않았다만, 분명하게 길임을 알 수 있었다. 지난해 왔던 기사단도 이 길을 지나왔을 것이다.

넓은 세상에 시선을 빼앗긴다.

"알렌, 가자. 이쪽이야."

로단이 굳은 채 움직이지 못하는 알렌에게 말을 건넸다.

아마도 이 길은 쓰지 않는 모양이다. 문을 지나서 돌아들어 가며 숲으로 향한다. 울창한 숲이 조금 먼 곳에 보였다.

'이제부터 세 시간쯤 걸어가면 첫 번째 사냥터에 도착한댔지.'

오늘은 가장 가까운 사냥터에서 신입을 끼워 사냥을 한다. 이른바 설욕전이다. 목적지까지는 거리가 꽤 멀다.

걸어가면서 로단 및 겔다에게 들었던 사냥 방식에 대해 재확인하던 때, 청년 한 사람이 로단에게 다가왔다.

"오늘은 잘하겠습니다!"

'어라, 어디에서 봤더라.'

아마도 평민 출신의 신입 참가자 중 한 사람이겠다.

"그래, 뭐, 이번에는 아주 힘들진 않을 테니까 괜찮을 거야."

로단이 너무 힘 빼지 말라며 격려했다.

'아하, 작년에 병문안을 왔던 청년이네. 올해도 참가했구나.'

로단이 촌장에게 신입을 두 명 모집해달라는 의뢰를 맡겼을 때, 이 자가 손을 들었다고 한다. 저번에 실패를 겪었기에 더더욱 이번에는 꼭 힘을 보태고 싶다는 마음이 들었을 것이다. 이번 설욕전에서 열심히 해보라며 다른 농노들도 흔쾌히 받아들여줬다고 한다.

신입 두 사람에 알렌을 더하여 합계 스물세 명의 남자들이 그레이트 보어가 있는 사냥터를 향해 나아갔다.

사냥터를 목적지로 숲속에 들어간다.

'그나저나 보어를 더 많이 사냥하라는 이유가 뭘까?'

숲을 나아가며 알렌은 생각했다. 어떤 이유가 있어 보어의 숫자에 집착하는 것일까. 몇 년 전부터 사냥 참가자를 늘려달라는 말이 나왔던 것을 생각하면 분명 무엇인가 중요한 이유가 있을 것이다.

클레나를 만나러 왔던 기사단장의 말을 떠올렸다. 그때, 이 영지는 식량을 증산하는 데 가장 큰 중점을 두고 있다고 그가 말했다.

계속 걷는 동안 영주가 보어 사냥을 적극 추진하는 이유를 고민한다. 주된 이유를 세 가지 생각해봤다.

이유 1. 영내에 주된 산업이 없어서 식량 증산에 힘을 쏟는다.

이유 2. 보어를 사냥하다니 이게 웬 횡재냐, 더 많은 세금을 거두어들이겠다.

이유 3. 영내, 혹은 왕국 안에서 식량이 부족한 상황이다.

'전부 가능성은 있지만 단순하게 1이나 2겠네. 3은 마을에 과일을 팔러 온 행상인도 있으니까 딱히 식량이 부족한 상황은 아닐 거야.'

알렌의 사고가 이곳에 와서 조금은 변화했다는 것을 정작 본인은 아직 깨닫지 못했다. 변화의 이유는 분명 전생 7년차에 처음으로 마을 바깥으로 나와서 시야가 넓어졌기 때문일 것이다.

"좋아, 도착했다!!"

로단의 목소리에 다 같이 걸음을 멈췄다.

이곳 주변은 조금 널찍하고, 나무가 자라나지 않은 곳이다. 스무 명이 사냥을 하기에도 충분히 넓었다.

몇 시간을 걸은 끝에 드디어 한숨 돌린다. 다들 각자 가지고 온

짐에서 찐 고구마를 꺼내먹거나 수통에 든 물을 마셨다.

"페케지, 오늘은 어떻게 할 테냐?"

겔다가 페케지라는 이름의 남자를 불렀다. 고구마 말랭이를 베어 먹으며 페케지가 다가왔다.

어디에서 보어를 데려올지 바닥에 막대기로 그림을 그리며 다시 한 번 신중하게 상의를 한다. 알렌도 같이 이야기를 들었다.

사냥꾼들은 세 개의 조로 나뉘어 임무를 맡는다. 따라서 대장도 세 명이었다. 로단, 겔다, 그리고 다른 한 명의 대장이 페케지였다.

페케지 조의 행동이 모두의 생사를 결정한다.

"오늘은 북쪽을 노려보자고."

페케지의 대답을 듣고 겔다가 보어의 진입 방향을 확인했다.

페케지의 조는 보어를 한 마리 데려오는 임무를 맡는다.

알렌이 켄이치였던 때 했던 게임에서는 『몰이꾼』이라고 불렀던 역할이다. 목표로 점찍은 적을 아군이 있는 진영과 가까운 곳에 데려오는 임무를 수행한다.

세 개의 조 가운데 가장 인원수가 적고, 페케지를 포함한 세 명이 담당한다. 슬슬 다녀오겠다며 세 사람이 몽둥이를 꽉 쥐고 숲속으로 사라져 간다. 창이 아니라 알렌이 가지고 있는 목검과 같은 몽둥이였다. 저걸로 『몰이』를 한다.

보어는 이 숲속의 여기저기에 흩어져 다니지만, 꼭 한 마리만 있지는 않았다. 두 마리나 세 마리가 같이 다니기도 한다. 발견한 보어가 한 마리뿐이라면 문제는 없다. 다만 세 마리를 한꺼번에 데려와버리면 감당하지 못해 전멸할 것이고, 토벌은 실패로 끝난다.

따라서 한 마리만 데려올 수 있도록 유도하는 한편, 나머지 두 마리까지 따라붙는다면 숲 안쪽에서 따돌려야 했다. 세 사람이 협동해서 보어를 딱 한 마리만 데리고 온다.

숲속에는 보어가 의외로 제법 많아서 꽤 빨리 걸려든다. 딱히 긴 시간이 걸리지도 않는다고 한다.

가을이 되면 마을의 근처에 있는 이 숲은 그레이트 보어가 잔뜩 늘어난다.

'이 숲의 너머에 백룡 산맥이 있다고 했지. 뭔가 연관이 있을까?'

어째서 가을이 되면 보어가 숲으로 넘어오는지 확인하고 싶었지만, 로단도 겔다도 자세하게는 알지 못한다고 한다.

얼마 안 되는 정보로는 이 숲을 지나가면 백룡 산맥, 백룡이 사는 산맥이 있다는 것뿐이다. 보어는 애당초 그 산맥의 기슭에 서식하는데, 가을이 되면 먹이를 찾아 이 숲으로 넘어오는 것이 아니겠냐는 설이 있다고 로단은 이야기해줬다.

'산맥이 안 보이는데. 꽤 먼 곳에 있나 보구만. 나무에 가려져서 저 멀리는 안 보여.'

"온다아아아아아아아아아아아아!!!"

알렌의 사고를 가로막으며 페케지가 숲에서 달려 나왔다. 나머지 두 사람은 복귀하지 않았다. 아마 보어가 세 마리 있었겠지. 다른 두 마리를 숲속에서 따돌리고 있을 것이다.

『꾸워어어어어어어어어어어어!!!!』

쿠우우우웅!!!

그레이트 보어가 나타났다. 페케지를 찌부러뜨릴 기세로 달려든다. 페케지가 거목을 방패 삼아 돌진을 피했다. 보어가 거목에 몸뚱이를 부딪쳐서 속도가 줄어든 틈을 타, 페케지는 동료들의 곁으로 달려간다.

이제부터는 우리한테 맡기라며 여태 기다리고 있던 겔다가 나섰다. 다음 임무는 겔다의 조가 수행한다. 이곳에는 열한 명이 있었다. 가장 인원이 많은 조다.

페케지가 겔다에게 달려오다가 곧장 겔다의 조원들 틈을 쭉 가로질렀다.

페케지의 뒤에서는 보어가 전력 질주로 들이닥쳤다. 커다란 송곳니와 코끝부터 머리에 걸쳐 자라난 수많은 뿔. 몸높이가 3미터를 넘는 거구를 흔들거리며, 침을 뚝뚝 흘리며 돌진해 온다.

'끝내준다, 엄청난 박력이야! 겁먹은 이유를 알겠네. 이런 게 C랭크의 마수냐.'

겔다보다 더욱 후방에서 견학 중인 알렌. 보어가 땅을 짓밟는 진동이 여기까지 전해졌다. 넘치는 박력에 압도당한다.

"와라아아아아아아앗!!! 모두들 어금니 꽉 깨물어라!!!!"

""""오오오오오오오오!!!!!""""

『꾸워어어어어어어어어어어어!!!!』

겔다의 조는 포위를 담당한다. 돌진하는 보어를 창 하나로 막아세워야 했다. 하지만 너무 긴 창은 충격에 부러져버린다. 따라서 창은 고작 2미터 정도의 길이이고, 창끝을 커다랗게 만들어서 쓰고 있다. 보어 사냥을 위해 개량한 창이었다.

보어가 무시무시한 기세로 들이닥친다.

""""우오오오오오오오오오!!!!""""

사력을 다하여 막아 내는 겔다의 조. 지금 못 버티면 송곳니와 뿔에 찔리고 만다. 열한 사람이 하나로 뭉쳐 보어의 돌진을 막았다. 농노들은 이를 악물었다.

"좋아, 막았다! 포위해라!! 로단, 네 차례다!!!"

겔다의 조가 커다란 머리를 포위하며 보어를 창끝으로 꽉 눌러 댄다.

"맡겨다오!! 다 같이 간다!!!"

""""오오오오오!!!""""

로단의 조는 여섯 명이었다. 좌우로 세 명씩 나뉘어 보어의 옆에서 마지막 일격을 날린다.

노리는 곳은 보어의 목― 그 중에서도 목의 혈관이다. 보어는 머리가 커다랗고 단단하다. 등도 딱딱한 외피에 덮여있다. 쓰러뜨리려면 비교적 부드러운 목 부분에 깊숙이 창을 박아 넣어서 급소를 찔러야 했다.

진영을 갖춘 보어 사냥이었다. 스무 명이 저마다의 임무를 수행했다. 10년 이상의 세월을 쏟아 손발을 맞춘 협동 작전이다.

'좋아, 이야기를 들었던 상황대로 이루어졌어. 이건 성공할 거야.'

"이제 슬슬 부탁드릴게요."

"아, 알겠어."

"다녀오지."

이 단계에서 드디어 평민이 움직인다. 신입 평민은 창을 가지고 있었다. 알렌이 있던 위치에서 숨통을 끊고자 분투하는 한 덩어리 사람들에게 다가갔다.

겔다의 후방에 도착했다.

""갑니다!!""

"그래, 우리를 찌르진 마라!!!"

겔다가 평민들에게 잘못 찌르지 말라고 외쳤다. 포위조가 세운 벽 뒤쪽에서 창을 찌른다.

이번에 알렌이 세운 작전은 몹시 단순했다. 2미터의 짧은 창을 쓰는 농노들과 달리, 이번에 평민들이 준비한 것은 4미터. 일반적으로 쓰는 것 보다 곱절은 길었다. 이 창을 들고 보어의 포위가 끝났을 때 후방에서 싸운다.

본래 작전은 유인조가 보어를 한 마리 유인하면 포위조가 제압하고, 마무리 공격을 맡은 조원들이 쓰러뜨린다는 수순이었다. 이 구조의 어디에 신입을 넣어도 운이 나쁘면 죽어버린다.

알렌은 말했다. 애당초 어딘가의 조에 집어넣은 것이 잘못이었다고. 후방에서 찌르기만 하면 된다고.

신입 평민들까지 죽을힘을 짜내서 찌르던 중, 보어가 한층 더 우렁차고 크게 외쳤다. 아마도 급소인 목구멍이 뚫린 것 같았다. 창이 깊숙이 박혀 선혈이 쏟아졌다. 보어는 힘이 안 들어가는지 움직임도 느릿해졌고, 마침내 몸을 옆으로 눕히며 쓰러졌다. 거구가 쓰러지며 땅을 울린다.

'오오! 무사히 쓰러뜨렸다!'

완전히 숨이 끊겼는지 확인하던 중 평민 두 사람이 부르짖었다.

"아아아아아아! 너, 넘어섰다아아아아아아아!!"

"히, 힘이 솟는다아아아. 신님, 감사합니다!!"

아마도 레벨 업을 한 모양이다. 둘은 신의 시력을 극복했다며 절규했다. 창을 꽉 잡아 쥔 손을 보면서 와들와들 떨고 있었다.

'오, 역시 후방에서 창 들고 찌르기만 해도 레벨이 올랐구나. 노말 모드니까. 꽤 많이 오르지 않았을까? 어디 보자.'

자신에게도 경험치가 들어왔을까 확인했다. 마도서의 표지를 봤는데 아무것도 출력된 로그가 없었다.

'크! 역시 여기서 가만히 서 있기만 하면 경험치는 안 들어오는구나.'

이미 예상은 했지만 정말 경험치가 안 들어오니까 맥이 빠진다. 작전은 잘 통했는데 정작 자신에게 경험치가 안 들어와서 유감스러웠다.

이렇게 알렌의 작전에 따른 신입 보어 사냥꾼 육성이 시작되었다.

* * *

무사히 신입을 끼워 그레이트 보어의 사냥을 마치고 며칠 뒤. 알렌은 물을 길으러 나왔다.

아침 6시의 종소리와 함께 집에서 나왔더니 이미 농노들이 줄을 만들어 서 있었다.

"좋은 아침입니다!"

알렌은 큰 목소리로 인사를 했다. 다들 고개를 돌려 바라보게 하는 것이 중요하다.

"오! 로단네 아들내미구나. 좋은 아침이다."

그중 몇 명은 안면이 있었다. 사냥을 같이 다녀온 농노들이다.

"꼬마야, 내일도 오냐?"

다른 농노가 또 말을 건넸다.

"그래야죠, 매번 갈 거예요. 누가 아버지한테 알렌한테도 창을 들려주라고 말씀 좀 해주세요."

아버지가 사냥에 참가를 안 시켜줘서 난감하거든요, 불만이 쌓인 표정을 짓는다.

"아니, 그런 말 꺼냈다간 우리가 로단 씨한테 얻어맞을걸."

우물터에서 웃음이 터져 나왔다. 그때 부러워하는 분위기로 이야기가 끼는 농노가 있었다.

"좋겠다, 너희는 사냥에 참가할 수 있어서."

"뭔 소리야. 너도 해체만 하지 말고 따라와. 내일 또 신입을 두 명 받는다던데."

로단 씨 집은 아들도 견학을 온다는 말을 덧붙인다.

"우리 집은 마누라 배가 커다랗잖냐. 괜히 잘못돼서 혼자만 남겨둘 순 없단 말이다."

장창식(알렌의 작명) 신입 육성 첫 번째는 무사히 성공으로 끝났다. 그 결과를 이어받아서 첫 번째 신입은 남긴 채 새로이 두 명을 모집했다. 두 명씩 신규 참가자를 늘려 나가며 레벨 업을 시킬 계획이었다.

알렌의 작전에 의하여 안정성은 비록 올랐다지만, 그럼에도 참가를 못 하는 사람은 있었다. 보어 사냥은 목숨을 걸어야 하니까.

알렌도 몸높이가 3미터를 넘는 그레이트 보어를 목격했다. 항상 무사히 복귀하리라는 보장은 못 해주겠다.

"그게 문제긴 하지. 올해는 엿새에 한 번 사냥을 한다더라. 언제든 참가하고 싶은 마음이 들면 말 걸어줘."

"그래, 알았어. 마누라 먹이려면 고기는 더 필요하니까. 우리 집은 밭이 작아서 해체 일거리만 늘어나줘도 고맙지."

'흠흠.'

그 말을 듣고 해체만 한다는 농노에게 말을 붙였다.

"실례합니다, 아저씨."

"아저씨라고 불릴 나이는 아닌데, 뭐냐?"

"조금 도움을 받고 싶어서요."

사실 이것이 우물터에 온 목적이었다. 그에게 아침 9시에 집으로 와달라고 말한 뒤, 물을 받아 둔 통을 들고 귀가했다.

그리고 9시가 되자, 아침에 말을 붙였던 농노가 혼자 알렌의 집에 왔다.

"아, 안녕하세요! 와주셔서 감사합니다."

"응? 뭐, 괜찮다. 아무튼 부탁하고 싶은 게 뭐냐?"

그렇게 말한 농노는 용수로에 매달아 둔 무엇인가에 눈길이 쏠렸다.

"아, 저 녀석은 방금 막 잡아 왔거든요."

시선의 끝에는 알바헤론이 두 마리 매달려있었다. 아직 목에서 피가 뚝뚝 떨어지고 있는 알바헤론의 시체를 보고 살짝 질겁하는 모습이었다. 그런 그에게 알렌은 이리 와달라고 말하며 안내를 했다.

"이, 이건……."

그곳에 있던 것은 수많은 알바헤론이었다.

알렌은 10월에 들어서자 알바헤론 사냥을 재개했다. 11월까지는 밭일이 아닌 알바헤론 사냥에 집중하겠다고 로단에게도 말을 전했다. 로단은 딱히 문제없다고 답했다. 알렌에게 꽤 도움을 받고 있기는 하지만, 절대로 의지하지는 않으니까.

오후는 기사놀이를 해야 하기에 오전 중 한 마리 내지 세 마리의 알바헤론을 매일 사냥했다. 아울러 휴경지는 로단의 밭 어딘가에 항상 있었다. 작년에 사용했던 휴경지는 올해 밭을 일구었기에 지금은 다른 휴경지를 이용 중이다.

작년에 이미 방법은 확립했기에 문제없이 알바헤론을 사냥할 수 있었다. 다만 해체가 오히려 지체되었다. 한 마리, 또 한 마리를 미처 해체하지 못한 채 쌓아만 둔다.

로단에게 해체를 부탁할까 생각도 해봤지만, 밭일에 더하여 손이 빌 때면 신입들을 교육해야 하기에 집에 없었다. 로단은 알렌보다 더욱 바빴다.

그렇게 현재에 이르렀다. 지난 닷새간 사냥한 알바헤론 열두 마리 중 해체를 마친 것은 다섯 마리에 불과하다. 나머지 일곱 마리를 해체하는 데 도움을 받자는 생각이었다.

"오호, 해체를 도와달란 말이군?"

알렌의 이야기를 이해했나 보다.

"한 마리당 고깃덩어리를 두 개씩 드릴게요."

"음? 괜찮겠어? 좀 많은데."

알렌은 전혀 문제없다고 대답했다.

얼마 전 주택가에 있는 푸줏간에 고기 매입에 대해 상담했다. 금화 오십 닢을 벌기 위해서였다. 돈벌이가 목적이라서 소금 가게나 장작 가게가 아닌 푸줏간에 매입을 의뢰했다.

그때 푸줏간 주인이 말하기를 해체를 안 하면 4할, 매입만 하면 2할의 고기를 받겠다고 했다. 물물교환과 달리, 매입은 수수료를 떼어 간다. 안 떼면 푸줏간은 수입이 안 생기니까.

그러한 이유도 있어서 같은 농노 중에서 고기를 구하려 하는 사람에게 해체를 맡기고자 마음먹었다. 보수도 푸줏간과 똑같이 2할이다. 미리 해체를 마쳐야 주택가까지 들고 가기가 수월하다는 이유도 있었다.

'돈 받고 넘기면 한 마리당 은화 여섯 닢인가. 아니면 자력으로 해체해서 은화 여덟 닢이네.'

레벨 올리기도 중요한지라 해체는 외주를 맡기는 것이 좋겠다고 생각했다.

켄이치로 살았을 때엔 오로지 레벨 올리기에 집중하며 획득한 아이템은 즉각 환금했었다. 획득한 아이템을 써서 조합하거나 무기를 제작하는 등의 딴짓은 하지 않았다. 오직 사냥 외길이다. 필요한 아이템이 있어도, 장인 계열의 플레이를 즐기는 사람에게 사면 그만이었다.

"맞다, 이 알바헤론은 간이랑 창자가 꽤 맛있어요. 다섯 마리를 해체해주시면 한 개는 드릴게요."

"지, 진짜로?!"

쉽게 상하는 내장은 안 팔린다. 가족이 먹을 분량을 먼저 확보한 뒤 클레나와 드골라, 페롬스의 집에 나누어 줘도 남았다. 그렇다면 해체를 돕는 사람에게도 나눠 주자고 알렌은 생각했다.

기뻐하며 흔쾌히 승낙해준 농노에게 알렌은 해체 방법을 쭉 설명해줬다.

* * *

날이 바뀌고, 오늘은 보어를 사냥하는 날이다. 지금은 숲속의 사냥터에 있다. 사냥터는 저번과 같은 장소다. 장소를 바꾸지 않은 이유는 신입이 있기 때문이었는데, 숲 깊숙한 곳에 들어가다가 불쑥 그레이트 보어와 마주치는 위험을 피하기 위해서였다.

유인조가 선행해서 숲을 나아가기에 딱히 큰 위험은 없다. 유인을 맡은 세 사람이 자기들끼리 숲속에 들어가고, 나머지는 사냥터에 있는 대기 지점에서 기다리는 중이었다.

새로 맞아들인 두 사람은 무척 걱정하는 모습이었다. 둘 다 평민이다. 신규 참가자는 농노도 모집하고있는데, 예약을 하고 기다리는 사람이 다수 있다고 했다. 아마도 저번 사냥에 참가했던 신입 두 사람이 전혀 다치지 않은 데다, 신의 시련을 극복해서 기쁜 마음으로 여기저기 떠들고 다닌 것이 효과적이었던 모양이다.

저번과 마찬가지로 알렌도 사냥에 동행했다. 또한 알렌은 토벌에 참가하지 않기 때문에 보수는 받지 못한다. 아울러 신입의 증거인 장창 부대는 오늘 네 명이 편성됐는데, 보수는 정식 사냥꾼의 절반쯤이었다. 이 같은 보수의 분배 방안도 알렌이 마련했다.

2미터 창은 10킬로그램, 4미터 창은 5킬로그램, 해체만 하면 3킬로그램, 이같이 각자 역할의 위험도에 따르는 분배 방식이다.

신입들은 지금은 레벨 올리기에 전념하고 있지만, 어느 정도 토벌을 경험한 뒤에 제각각 어울리는 특성의 조에 편성할 계획이었다.

세 개의 조가 수행하는 역할. 즉 유인, 포위, 마무리 공격은 제각각 요구되는 능력치가 달랐다.

유인은 민첩성, 포위는 내구력, 마무리 공격은 공격력이다.

알렌은 이렇듯 세 개의 조로 나눠어 사냥한다는 말을 들었을 때 감정 의식을 떠올렸다. 다들 아마도 재능 없음일 테고, 능력치는 C부터 E로 판정받았을 것이다.

물론 레벨 업 했을 때 C가 E보다 능력치가 크게 상승한다. 또한 능력치는 사람에 따라 저마다 달랐다. 자신을 포함한 서른두 명의 감정 의식 데이터에서는 상당히 랜덤이었다.

민첩성 C로 판정받은 사람은 유인조에, 내구력 C로 판정받은 사람은 포위조에, 공격력 C로 판정받은 사람은 마무리 공격조에 배치하는 것이 좋겠다고 생각했다. 로단과 겔다에게는 시련을 극복해서 신에게 힘을 받은 뒤, 각자의 특성에 맞는 조에다가 배치하는 것이 좋겠다고 말해 두었다.

유인조 세 명이 출발한 지 수십 분이 경과했다.

"보어가 온다아아아아아!!!"

'오! 보어가 왔다!'

유인조 대장 페케지가 엄청난 기세로 숲에서 뛰어나왔다. 오늘은 세 사람이 동시에 나왔으니까 그레이트 보어는 한 마리만 있었나 보다.

'슬슬 시작할까, 나와라, 덴카!'

알렌이 「준비」를 하는 사이에 사냥꾼들은 재빨리 자기 위치를 찾아갔다.

페케지 등 3인의 유인조가 겔다의 포위조가 있는 위치를 전력으로 뚫고 지나간다. 포위조가 즉각 제압에 나섰다. 보어의 포위가 완료되자, 로단 등 마무리 공격조가 목 부분을 노린다.

저번과 마찬가지로 완벽한 움직임이었다.

"신입 녀석들, 와라! 우리 등은 찌르지 마라!!"

겔다의 호령에 따라 네 명의 신입이 장창으로 일제히 찔러 넣는다.

그로부터 5분도 지나지 않아 목에서 선혈이 뿜어 나왔다. 목의 혈관에 박혀 들어간 것 같다. 다시 몇 분도 지나기 전에 완전히 쓰러져버렸다.

"극복했다! 또 시련을 극복했다고!!"

"정말이구나! 이게 시련을 극복한다는 건가!!"

처음 온 참가자도 저번부터 온 참가자도 네 명이 모두 레벨 업 했다.

그리고 옅게 빛나는 마도서를 확인했다.

『그레이트 보어를 1개체 쓰러뜨렸습니다. 경험치 400을 획득했습니다.』

『경험치가 2000/2000을 달성했습니다. 레벨이 3으로 올랐습니다. 체력이 25 올랐습니다. 마력이 40 올랐습니다. 공격력이 14 올랐습니다. 내구력이 14 올랐습니다. 민첩성이 26 올랐습니다. 지력이 40 올랐습니다. 행운이 26 올랐습니다.』

'해냈다! 역시 전투에 참가했다는 판정을 받는구나. 레벨도 올랐다고!'

알렌은 사냥 와중에, 돌진하는 그레이트 보어의 발밑에 벌레H를 두었다. 보어에게 밟힌 벌레H는 빛나는 거품이 되어 사라졌다.

알렌의 소환수에는 소환 가능한 범위가 있다. 지평선 저 너머 등 눈에 보이는 범위라면 어디든 다 가능한 것은 아니다. 소환 가능한 위치의 조건은 검증을 이미 완료했다.

조건은 두 가지. 반경 50미터의 범위 안쪽일 것. 그리고『눈에 보이는』장소일 것이다.

반경 50미터이기에 공중도 가능하다. 새 그룹의 소환수를 소환해서 곧바로 날려 보내는 활용도 가능하다. 눈에 보이는 장소, 이 말은 즉 예를 들자면 바깥에서 집 안에 소환하는 행위는 불가능하다는 뜻이다. 요컨대 보어의 발 아래쪽에 곧장 소환은 할 수 없기에 타이밍을 잘 맞춰서 보어의 다리가 착지하는 지점에 소환했다.

'좋아, 소환수만 공격을 받아도 경험치 분배 대상에 들어가는구나. 유인한 뒤, 창을 들지는 않는 유인조의 움직임을 보면 마수에게 표적이 되기만 해도 경험치가 들어오는 건가?'

알렌은 이번 고찰을 마도서에 메모했다.

경험치 분배의 조건

· 공격한다

· 공격당한다

· 마수의 표적이 된다

'아마도 맞을 거야.'

보어 사냥에 직접 참가하지는 못했지만, 견학만 하고도 큰 수확을 거둔 알렌은 만족하고 흐뭇하게 웃을 수 있었다.

* * *

해가 바뀌어 1월 2일. 알렌과 클레나 두 사람은 평민의 주택가에서 자신들이 사는 집으로 걸어가고 있다.

"잔뜩 받았네."

"그러게."

기뻐하며 이야기하는 클레나. 손에는 선물이 잔뜩 들려 있었다.

이 세계에도 새해를 축하하는 풍습이 있다.

지금까지 집에서 무엇인가 특별한 행사를 열지 않았기에 알렌도 이 세계에는 정월을 기념하는 풍습이 없는 줄 알았다.

그런데 기사놀이를 하다가 휴식 중 페롬스와 대화를 나눠보니까 평민들은 무난하게나마 정월을 기념한다는 것을 알 수 있었다. 새해가 오면 마을의 주민들이 다 모여서 연회를 연다던가. 듣자 하니까 드골라도 빠짐없이 매년 참가한다고 했다.

올해 연회는 작년의 보어 사냥 성공을 축하하기 위하여 예년보다 성대하게 치러졌다.

알렌이 도입했던 장창식 신입 육성이 잘 자리를 잡아, 보어 열다섯 마리라는 과업 목표는 무사히 달성되었다. 그뿐 아니라 누구도 큰 부상을 당하지 않았고, 처음 조건을 넘겨서 열여덟 마리를 토벌하는 데 성공했다.

촌장은 이번 성공의 중심인물인 로단과 겔다를 연회에 초대했지만, 어린 아기가 있다는 이유를 들어 사양했다. 그래서 알렌과 클레나에게 참가 기회가 돌아왔던 셈이다. 보어 사냥을 성공시켰던 공로자의 자식이라도 참가해줘야 촌장도 체면을 세울 수 있다는 이유 때문이었다.

"다녀왔어요!"

집에 도착한 클레나가 흙마루 앞에서 소리 높여서 귀가를 알렸다.

"언니야!"

이미 걸음마를 익힌 릴리가 클레나에게 안겨 든다. 무척 사이가 좋아 보였다. 클레나가 뺨을 조물조물 만지작거린다. 그 옆에는 마쉬도 있었다.

"오, 왔구나."

겔다가 있다. 미틸다도 있다. 아울러.

"연회는 잘 즐기고 왔어?"

"어서 오렴."

로단과 테레시아와 뮈라도 있다.

"다녀왔어요. 아버지, 어머니, 뮈라. 재밌었어."

오늘은 클레나의 집에서 놀다가 묵는 날이었다.

받아 온 고기며 과일 따위를 건넸다. 그것들을 주재료로 써서 미틸다와 테레시아가 요리를 시작했다. 선물 덕분에 농노의 가정 같지가 않게 호화로운 식탁을 차릴 수 있었다. 그레이트 보어의 고기도, 알렌이 잡은 알바헤론의 고기도 있다.

화목한 분위기로 가족 나름의 연회가 시작되었다. 조그만 집인지라 어른 네 명과 아이 여섯 명이 한자리에 앉으면 무척 좁았다. 그럼에도 연회는 물론 즐거웠거니와 또한 클레나의 집에서 같이 밤늦게 흐뭇한 시간을 보낸다는 것이 좋았다.

알렌은 촌장의 집에 방문했던 이야기를 꺼냈다. 촌장이 거듭거듭 로단과 겔다에게 감사의 말을 했다는 걸 전했다. 클레나는 식사에 열중하느라 잘 기억이 안 나는 듯하다. 그런 와중에 겔다가 머뭇머뭇하며 대화를 듣고 있다.

"저기, 알렌."

"네?"

"알렌, 네 뒤에 있는 물건은 혹시……."

알렌의 등 뒤에는 촌장의 집에서 받아 온 선물이 있다. 몇 리터쯤 들어갈 만한 자그마한 나무통이다.

"응? 이거? 술인데."

알렌은 술을 선물로 받아 가지고 왔다. 다른 선물과 달리 건네주지 않았다.

""오오!!!""

곧장 목소리가 새어 나오며 반응을 한다. 로단과 겔다의 눈이 반짝거렸다.

'후후, 낚였드아. 역시 두 분 다 술을 좋아하는구나.'

어른 두 사람의 반짝거리는 눈빛을 무시한 채 클레나와 대화를 시작했다.

""아닛?!""

"응? 왜?"

술 이야기를 슬쩍 넘기자 로단과 겔다가 동요하고 있다. 방금 전 이야기의 흐름으로 술을 받을 수 있다고 생각한 것 같았다.

“어라, 촌장이 준 선물이잖아?”

“응, 나한테 준 선물이야.”

무슨 말이냐며 당황한 표정을 짓는다.

“엥? 넌 술도 못 마시잖냐!”

겔다가 소리 높여서 타박을 준다. 로단도 맞다며 동의했다. 이미 술 생각밖에 안 나는 듯하다. 테레시아와 미틸다도 무슨 일인가 싶어 알렌에게 주목했다.

“어휴~ 어쩔 수 없네~. 내 술이지만 힘겨루기로 이기면 줄게.”

알렌은 두 사람을 부추겼다. 마시고 싶다면 승부를 해서 이기라는 뜻이었다.

““으음? 힘겨루기라고?””

“안 할 거면 나는 상관없어. 술은 안 줄 거야.”

거실에 침묵이 감돌았다. 클레나는 음식물을 입에 가득 넣은 채 어리둥절한 표정을 지을 뿐이다.

“알겠다. 힘겨루기, 하자.”

겔다가 먼저 나섰다. 의욕이 가득하다. 팔뚝에 알통을 만들어 낸다. 아버지는 어떡하겠냐는 뜻을 담아서 알렌은 로단을 바라봤다.

“그래, 아들한테 절대 힘겨루기로 지지는 않아.”

“좋아. 힘겨루기야. 나는 혼자서 상대할 테니까 두 사람 다 지면 내가 이기는 거다?”

“응? 여유롭구나. 뭐, 좋다.”

2대1이라는 유리한 조건에 맥 빠진 모습으로 겔다가 동의했다. 로단도 옆에서 같이 고개를 끄덕거렸다.

"그럼 내가 두 사람한테 지면 술을 주는데, 그런데 내가 이기면 뭘 주는 거야?"

""뭐?""

또 놀라서 둘이 동시에 의문의 목소리가 나온다. 이기면 술을 받을 수 있다. 졌을 때 상황은 아예 생각하지 않았나 보다.

"엥~ 내가 이기면 아무것도 안 주려고?"

"먼저 묻겠는데 뭔가 가지고 싶은 게 있냐?"

모두의 시선이 알렌에게 집중되었다.

"그럼 내가 이기면 올해 보어 사냥에서 창 들게 해줘."

""""뭐?!""""

로단과 겔다는 이제 와서야 겨우 알아차렸다. 알렌의 말재간에 깜빡 속아 넘어갔다는 것을.

알렌은 촌장의 집에서 열린 연회에 술이 나오는지 페롬스에게 미리 확인하고 갔다. 연회 뒤에 이어질 가족 모임도 포함해 전부 알렌의 계획대로 진행되고 있다.

"안 돼? 힘겨루기인데."

힘이라는 말을 강조했다. 다른 승부가 아니다. 힘겨루기였다.

겔다가 로단에게 어쩌겠냐는 듯이 시선을 보냈다. 이 물음에 답할 사람은 물론 로단이니까.

"그래, 좋다. 우리가 이기면 술을, 알렌이 이기면 보어 사냥에 참가할 자격이란 말이지."

"어? 세상에?! 여, 여보!!"

테레시아가 로단의 답변에 놀란다. 설마 받아들일 거라고 생각하지 않았나 보다. 지지 않는다며 테레시아에게 말하는 로단.

"그럼 결정 났군. 힘겨루기는 뭘 하면 되나?"

힘쓰는 승부라는 것은 알겠는데 내용은 아직 말하지 않았다.

"팔씨름이야."

""""팔씨름?!""""

"팔씨름!!"

모두들 감을 못 잡는 와중에 클레나가 반응을 나타낸다. 겔다와 로단에게 팔씨름을 이해시키기 위해 촌장의 집에서 예행연습을 먼저 마쳤다. 이미 팔씨름 대회 촌장집 편은 완료하고 왔다.

"그러면 나랑 클레나가 팔씨름을 할게. 클레나, 이리 와."

"응!!"

알렌과 클레나가 흙마루로 내려와서 몸을 눕혔다. 거실은 좁아서 이곳밖에 장소가 없다. 다들 무엇을 하냐는 듯이 흙마루에 있는 두 사람을 쳐다본다. 마주 보고 엎드려서 손을 맞잡았다.

"이 다음은 누가 『시작!』이라고 말하면 승부를 시작할 거야. 음, 어머니가 시작이라고 말해줘."

손을 맞잡은 채 승부 개시의 신호를 가르쳐줬다.

"응? 시작?"

테레시아가 얼떨떨한 말투로 개시 신호를 했다. 그 순간 알렌과 클레나의 손에 확 힘이 들어간다. 클레나가 얼굴을 새빨갛게 붉힌 채 힘주고 있다.

하지만 알렌이 곧장 클레나의 손등을 지면에 닿게 만들어서 어려움 없이 승리했다.

"알렌. 강하다아. 또 졌어어."

분한 기색의 클레나. 촌장집에서도 한 번 졌기에 이제 2연패다.

"알겠지? 상대의 손을 바닥에 닿게 만들면 이기는 거야. 완력을 겨루는 셈이지."

간단한 규칙이다. 로단과 겔다도 곧장 이해한 눈치였다. 검성의 재능을 가진 클레나가 맥없이 졌다는 데도 놀라는 분위기다.

'클레나는 딱히 힘이 엄청나게 세지는 않으니까. 레벨도 1일 테고.'

클레나가 강한 부분은 높은 검술 스킬이라고 보고 있다. 힘 자체는 레벨을 안 올렸기 때문에 특별히 세지 않다.

"아하, 알겠군. 누구랑 먼저 겨룰래?"

"물론 겔다 아저씨가 먼저지. 아버지는 다음 차례야."

이렇게 술(남이 준 선물)과 보어 사냥의 참가 자격을 건 싸움이 시작되었다.

겔다가 거실에서 흙마루로 내려온다. 몸집이 커서 두 사람이 마주하며 엎드리니까 몸 일부는 흙마루의 바깥으로 삐져 나갔다. 겔다와 팔씨름을 시작한다.

'자, 이길 수 있을까?'

이날을 위해서 모든 카드를 짐승F로 바꿨다. 레벨도 6까지 올렸다.

알바헤론을 몇십 마리나 잡은 덕분에 이 마을에서 알렌을 모르는 사람은 없었다. 완전히 눈에 띄는 존재가 되었다.

보어 사냥도 전부 견학했다. 물론 단순한 견학이 아니다. 사냥 방식에 대하여 농노 및 평민에게도 지도를 수행하고 있다. 올해 가을에는 알렌이 감수를 맡은 새로운 방어구가 제작될 예정이었다.

알렌은 생각한다. 삶의 선택지는 두 가지밖에 없다고.

좀 설쳐서 눈에 띄더라도 레벨을 열심히 올리면서 살아가거나.

헬 모드의 세계에서 저레벨의 최약체로 살아가거나.

오직 알렌만 헬 모드인 세계다. 다른 사람과 비슷하게 애써도 능력치는 밑바닥. 백 배의 노력을 거듭해야 비로소 신이 마도서를 통해 알려준 소환사의 능력치를 가질 수 있다.

조금 설치는 짓을 하더라도 자신이 원하는 대로 레벨을 올려 강해지는 것이 맞다고 알렌은 결론 내렸다. 한 가지 계기는 로단이 당한 중상이었다. 약한 인간은 아무도 지키지 못한다.

거둔 성과가 지나쳐서 왕족이나 귀족의 휘하로 잡혀가는 사태만 벌어지지 않는다면 조금 눈에 띄어도 상관없다는 생각이다. 이 부분은 재능 없음 및 모든 능력치도 E로 감정을 받았기에 분명 문제는 발생하지 않을 것이다.

보어 사냥꾼의 자격은 자신의 손으로 쟁취하겠다. 강한 신념을 가지고 겔다를 마주 본다. 결의가 서린 알렌의 눈동자를 보고 방심하던 겔다의 얼굴도 진지해졌다. 아마도 전력을 다해 임하려는 듯했다.

"이렇게 잡고 넘기면 되나?"

겔다가 알렌과 함께 몸을 눕혀서 팔꿈치를 흙마루 바닥에 대고 손을 맞잡았다.

"응응. 자, 클레나. 심판 봐줘."

"알았어!!!"

클레나에게 심판을 맡겼다. 두 사람의 손 위에 제 손을 올려놓는 클레나. 정식으로 심판을 보는 방법도 이미 촌장집에서 설명을 마쳤다.

"준비, 시작!!!"

"""흡!!"""

클레나의 신호와 함께 두 사람은 단박에 힘을 주었다. 겔다의 두꺼운 팔뚝 근육이 찢어질 듯이 부풀었다.

"""끄그읏."""

알렌도 겔다도 얼굴을 새빨갛게 붉힌 채 전력을 쏟아붓는다.

"아니?!"

겔다가 저도 모르게 놀라 외쳤다. 일곱 살 소년이 발휘할 만한 힘이 아니었다.

승부의 행방을 지켜보는 로단. 테레시아와 미틸다는 알렌의 힘이 이렇게까지 셌냐며 놀란 모습이었다.

알렌이 밀어붙이고 있다. 아주 느릿느릿하게나마 조금씩 승리에 다가가고 있다.

"제, 제기라아라아아알!!! 져버렸다아아아아아!!!!"

알렌에게 진 겔다가 무척 원통해한다. 테레시아와 미틸다는 차마 믿기지 않는 광경을 본 표정을 짓고 있었다.

'휴우, 아슬아슬했어. 대충 느낌이 겔다 아저씨의 공격력은 150에서 200의 사이쯤 될 것 같네.'

팔을 흔들흔들 움직여주며 근육의 피로를 풀어준다. 앞으로 쓰러뜨려야 하는 상대가 한 명 남았다.

로단이 굳은 표정을 지은 채 알렌을 바라봤다.

그리고 상체에 걸친 연갈색의 겉옷을 벗었다. 아무래도 정말 전력으로 상대하려는 듯하다. 잘 발달된 근육이 노출되었다. 매일 아침부터 밤까지 괭이를 쥐고 일하며 한계까지 단련한 몸이다.

"팔이 회복될 때까지 기다려주마."

로단은 알렌이 회복되기를 기다렸다. 서로 만전의 상태에서 겨루고 승리를 거둘 작정이었다.

"고, 고마워요."

몇 분을 들여 완전히 팔을 회복시켰다. 충분하게 휴식을 취하며 근육에 쌓인 피로를 회복시켰다.

이제 괜찮다고 말한 뒤, 오늘로 네 번째 팔씨름은 로단과의 승부다.

서로 흙마루에 배를 붙이고 엎드렸다. 팔꿈치를 흙마루의 바닥에 짚고 손을 맞잡았다.

'왠지 이렇게 꽉 손을 붙잡는 게 처음 같은데.'

이제까지 이토록 세게 손을 쥐었던 기억이 없다. 매일같이 괭이를 쥐고 일해온 이 손은 굳은살이 잔뜩 박혀서 울퉁불퉁했다. 알렌과 가족을 위하여 죽기 살기로 노동에 힘쓴 아버지에게 감사하는 마음이 가득 흘러넘친다.

"……."

로단도 무엇인가 말하고 싶은 눈치였다. 몇 년 만인지 알지 못할 아들의 손이니까.

준비가 다 끝났기에 클레나가 두 사람이 꽉 쥔 손 위에다가 자신의 손을 얹었다.

힐끔 테레시아를 본다. 간절하게 로단의 승리를 기원하고 있다. 만약 로단까지 져버린다면 올해 가을에는 알렌이 창을 쥐고 그레이트 보어와 싸우게 될 테니.

아마도 테레시아는 전혀 응원해주지 않겠다.

"자, 준비! 시작!!!"

"""흡!!!"""

개시 신호와 함께 두 사람이 전력으로 힘을 쏟아붓는다.

로단의 근육에서 혈관이 불거졌다. 안면을 새빨갛게 붉힌 채 모든 힘을 쥐어짜 낸다.

'으앗, 안 되겠는데? 지, 진짜냐…….'

로단은 상상 이상으로 힘이 좋았다. 카드를 전부 짐승F로 교체해서 공격력을 150이나 불렸다. 200에 가까운 공격력을 확보했는데도 로단이 더욱 강력한 힘을 발휘했다.

느릿하게나마 알렌이 밀리고 있다.

그리고 거의 대항하지 못한 채 패배했다. 이견이 없는 완패였다.

""""와아아!!!""""

알렌이 패하자 놀란 목소리가 터져 나왔다. 검성 클레나와 겔다를 쓰러뜨린 알렌이 로단에게 져버렸다.

로단이 나잇값도 못 하고 팔뚝에 알통을 만들며 승리를 선언한다. 아마도 알렌을 이겨 무척이나 기쁜 듯했다.

'크핫! 완전히 무리야. 적어도 공격력이 250이나 300은 될 것 같은데?'

자신의 공격력을 근거 삼아서 로단의 공격력을 추측해본다.

패배했기에 얌전히 술이 담긴 나무통을 건넸다.

""""술이다!!!""""

전혀 체면을 차리지 않는 로단과 겔다. 둘이서 같이 나무 잔 가득히 술을 따른다. 로단은 승리의 축배를 맛있게 들었다.

'아마도 감정 의식에서 나온 능력치가 아버지는 공격력 C고, 겔다 아저씨는 공격력 D였겠네.'

당연히 이기려는 생각이었지만, 그 밖에도 꼭 확인하고 싶은 사안은 다수 있었다.

그것은 노말 모드로 레벨을 올린 사람의 힘이다. 마수를 사냥하면 레벨이 올라간다. 노말 모드에서 레벨을 올린 사람은 얼마나 강한 무력을 가지고 있는지 알고 싶었다.

이번 팔씨름으로 재능이 없을지라도 공격력 200을 넘기는 것은 어렵지 않다는 정보를 얻을 수 있었다.

"못살아, 좀 점잖게 굴어!!"

로단과 겔다가 지나치게 기뻐하며 시끌시끌한지라 미틸다가 훈계를 했다.

"괜찮아, 알렌. 아빠는 강한 분이란다."

'응?'

테레시아가 위로의 말을 건넸다. 아마 공격력을 분석하고 있는 알렌을 보고 침울해한다고 착각한 것 같다. 다만 테레시아는 은근히 기뻐하고 있었다.

"맞다, 아빠는 강하거든. 아빠를 못 이기면 보어 사냥은 안 받아줄 거다."

보어를 사냥하고 싶다면 먼저 자신을 이기라고 로단이 떵떵거린다. 벌써 취했는지 뺨이 불그레했다.

'오! 확답을 받아 냈다!! 가을까지 소환 레벨을 4로 올리면 기회가 또 있겠어!! 아부지, 술에 취해서 기억 안 난다고 우기면 안 돼!'

"알았어. 아버지한테 이길 때까지 보어 사냥은 포기할게."

알렌은 표정과 말만 포기했다는 시늉을 했다.

이렇게 아버지와 아들의 대결은 로단의 승리로 끝을 맞이했다.

제11화 E랭크 소환수

'오오! 드디어 소환 레벨이 올라갔다앗!'

6월의 어느 날. 커다란 통 안에서 빨래를 밟던 알렌은 마도서 표지에 노란색 글자가 표시되는 것을 보며 기쁨을 음미했다.

『강화 스킬의 경험치가 100000/100000을 달성했습니다. 강화 레벨이 4로 올랐습니다. 소환 레벨이 4로 올랐습니다. 마도서의 확장 기능이 3으로 올랐습니다. 수납 스킬을 획득했습니다.』

'또 정보가 많네. 일단은 스테이터스를 확인하자.'

【이　름】 알렌
【연　령】 7
【직　업】 소환사
【레　벨】 6
【체　력】 115 (165) +50
【마　력】 154 (220) +100
【공격력】 56 (80) +50
【내구력】 56 (80)
【민첩성】 108 (155)
【지　력】 161 (230)
【행　운】 108 (155) +100
【스　킬】 소환 〈4〉, 생성 〈4〉,
합성 〈4〉, 강화 〈4〉, 확장 〈3〉,
수납, 제거, 검술 〈3〉, 투척 〈3〉
【경험치】 0/6000
· 스킬 레벨
【소　환】 4
【생　성】 4
【합　성】 4
【강　화】 4
· 스킬 경험치
【생　성】 256/1000000
【합　성】 120/1000000
【강　화】 0/1000000
· 획득 가능 소환수
【 벌레 】 EFGH
【 짐승 】 EFGH
【　새　】 EFG
【　풀　】 EF
【　ㅡ　】 E
· 홀더
【 벌레 】
【 짐승 】 F 10장
【　새　】
【　풀　】 F 20장
【　ㅡ　】

'수납 스킬이 추가됐구나. 응? 뭐지? 수납 스킬은 숫자가 없어. 능력은 쭉 고정인 건가? 스킬 경험치 항목도 없잖아.'

먼저 눈에 들어온 것은 새로 입수한 수납 스킬이다. 스킬 레벨이 없는 걸로 보이는 스킬이었다.

빨래를 마당에 널면서 다시 분석을 이어 나갔다.

'수납 스킬의 효과는 이따가 확인하기로 하고, 다음은…… 오오! 역시나 소환 스킬의 레벨이 올라서 E랭크 소환수가 해금됐구나. 또 【—】로 표시됐어. 직접 소환을 해봐야 알 수 있단 뜻이겠지.'

또 합성으로 새로운 소환수를 찾아야 할 필요가 생겨났다. 이번에는 저번 F랭크 소환수의 조합을 찾을 때보다 마력이 많은지라 금방 금방 발견할 수 있을 듯했다.

'그나저나 과연 헬 모드인걸. 저번 레벨 업이 언제였더라.'

소환 레벨이 3으로 오른 시기를 확인해봤다. 대략 1년 10개월이 걸렸다. 랭크가 오를 때마다 소환 레벨을 올리기가 점점 더 어려워지고 있다. 과연 헬 모드였다.

다음은 마도서의 소환수 카드를 보관하는 홀더를 확인했다.

'아싸! 보관 가능한 카드가 마흔 장으로 늘어났구나!'

소환수의 가호는 카드의 매수만큼 더해진다. 서른 장에서 마흔 장, 열 장 분량의 가호가 한꺼번에 늘어나는 셈이다.

가호는 +1, +2, +5로 숫자가 쭉쭉 커지고 있다. E랭크 소환수는 더욱 큰 가호를 기대할 수 있겠지. 얼마 뒤 E랭크 소환수 마흔 마리의 카드를 만들면 능력치가 무척이나 많이 올라가 있을 생각에 벌써부터 두근거렸다.

'으히히, 이제 아버지와 팔씨름해서 이길 수 있겠어! 보어 사냥은 여유롭게 참가할 수 있겠는걸. 언제 날짜를 잡아 도전할까? 깜짝 놀라게 사냥 전날로 할까?'

알렌은 상상 이상의 결과에 세탁물을 꼭 끌어안으며 자기도 모르게 덩실거렸다.

'자, 다음은 수납이랑 E랭크 소환수를 검증해보자. 먼저 뭘 검증할까? 이번에도 역시 마력이 바닥을 친 상황이니까 새로 입수한 수납 스킬부터 확인하자.'

모든 세탁물을 다 널어 두고서 수납 스킬을 검증한다.

'수납!'

사용 방법을 알지 못하기에 일단 주문을 읊어본다. 마도서는 사고와 꽤 깊이 링크되어 있기에 스킬 이름을 읊기만 해도 기본적으로 반응한다.

마도서가 펼쳐졌다. 평소에는 안 펼쳐지던 페이지였다.

'응? 홈이 있구나. 뭐지?'

마도서의 좌우로 펼쳐진 중앙에 가로세로 30센티미터의 홈이 있었다. 그것을 본 알렌은 의아하게 생각했다. 홈의 깊이가 명백하게 마도서의 두께 이상으로 깊었다. 그뿐 아니라 건너편이 전혀 보이지 않는다.

'아하, 여기에 뭔가 집어넣으라고?'

무엇을 집어넣을까 생각했다. 일단 바닥에 떨어져 있는 나뭇가지를 넣어보기로 했다. 알고보면 모든 것을 집어삼키는 이공간인지도 모른다. 조심조심 나뭇가지를 마도서에 가져다 댔다.

그러자 저항감도 없이 나뭇가지가 쑥 들어갔다.

'흠흠.'

이번에는 다시 빼내본다. 쑥 들어갔던 부분이 멀쩡하게 도로 나왔다.

다음은 투석 목적의 야구공만 한 돌멩이를 넣어봤다. 이번에도 잘 들어간다. 완전히 홈 안쪽에 수납되었다.

'조금 무섭지만 손을 넣어볼까.'

손을 넣어서 돌멩이를 붙잡고자 했다.

'오오! 이미지다. 안에 집어넣은 물건의 이미지가 저절로 전달되는구나.'

손을 푹 집어넣자 수납한 물건이 목록처럼 머릿속에 전해진다.

그때부터 얼마나 많이 들어가는가, 길이 따위의 문제는 없는가, 이것저것 확인하며 마도서의 메모 공간에 결과를 써넣었다.

· 돌멩이 열 개
· 1미터를 넘기는 나무(풀F의 아로마)
· 장작 20일 분량(300킬로그램)
· 물

'도대체 뭐지? 무한히 들어가는 거 아냐?'

검증 결과는 터무니없었다. 가로세로 30센티미터 크기의 홈을 통과할 수 있다면 아마 무엇이든 다 들어가는 것 같다. 지금까지는 지나치게 많이 넣어서 더는 안 들어가거나, 혹은 원래 있었던 물건이 사라지는 사태는 발생하지 않았다.

검증을 위하여 마구 집어넣었던 장작을 다시 빼내며 고찰한다.

"알렌~ 밥 먹자~."

검증에 너무 열중했나 보다. 어느새 점심시간이었다. 흙마루에 있는 테레시아가 알렌을 부른다.

"네~ 어머니~."

'이상한데. 좀 이상한데. 뭔가 갑작스럽고 이해가 안 돼. 왜 하필 지금이지?'

검증 결과에서 위화감을 느낀다. 석연치 않다.

알렌은 켄이치였던 시절의 기억을 되살렸다. 아이템을 얼마나 소지할 수 있는지는 게임을 플레이할 때 가장 중요한 조건 중 하나다.

가령 게임에 따라서는 소지 가능한 아이템의 개수가 열 개나 스무 개로 고정되어 있고, 해당 숫자를 넘긴 경우는 보관소에 가져가서 맡겨야 한다.

그 밖에도 아이템에 각각 무게를 설정해 놓아서 일정 무게까지만 소지가 허용되는 게임도 있다.

또한 직업 및 레벨에 따라 허용되는 무게의 상한이 달라지는 경우도 있다.

반대로 무한하게 아이템이 들어가는 거대한 자루를 초반부터 덥석 안겨주는 게임도 있었다.

알렌의 의문은 왜 이렇듯 어중간한 타이밍에 불쑥 전설급 성능의 스킬을 입수하게 되었냐는 것이다. 마도서를 손에 넣었던 한 살 때라면 이해가 된다. 차라리 이런 스킬이 아예 없다면 납득할 수 있겠다.

그런데 이렇게나 애매한 타이밍에 입수한 것은 이상하다.

너무 열중했던 탓일까, 또 테레시아의 말소리가 들렸다. 점심 식사 준비도 도와야 하는지라 서둘러 흙마루로 돌아간다. 점식 식사를 준비하면서도 머릿속에서 사고는 계속 가속했다.

게임에서는 중요 아이템은 필요할 때 손안에 들어오는 법이었다. 열쇠, 하늘을 나는 융단, 배 등등. 저 물건 없이는 게임이 공략되지 않기 때문이다. 필요할 때 필요한 것이 손에 들어오는 이유는 제작자가 게임을 적정한 방식으로 플레이할 수 있도록 유도하기 때문이다.

'여기에는 뭔가 이유가 있을 거야. 꼭 지금이어야 했던 이유가.'

알렌은 확신했다. 왜냐하면 수납 스킬을 설정한 제작자는 이 세계의 창조신이기 때문이었다.

다음 날, 빨래를 하면서 스킬 검증의 시간을 가졌다.

'자, 마력도 꽉 차올랐겠다. 이제 E랭크 소환수에 도전하자.'

커다란 통 안에서 빨랫감을 밟는 한편, 마도서를 들여다보며 E랭크 소환수의 검증을 시작한다.

'벌레와 짐승은 생성 스킬로 곧장 만들 수 있었지. 먼저 벌레E부터 도전해보자. 벌레E 생성!'

지금껏 해왔던 대로 벌레E를 만들기 위해 주문을 읊었다.

그런데 아무 반응도 없었다. 다른 때 같았으면 눈앞에 빛과 함께 카드가 나타났을 텐데.

'으엥? 어째서? 마력이 부족했나? 마력은 233이나 있는데요?'

몇 년 전 옛날에 생성 레벨 2에 필요한 마력이 부족했던 때를 떠올린다. 다만 지금은 마력이 충분하리만큼 많았다. 부족할 리 없다 생각하며 마도서의 표지를 봤다.

거기에는 은색 글자로 로그가 표시되어 있었다.

『벌레 랭크 E를 생성하기 위해 필요한 E랭크의 마석이 부족합니다.』

"퓹?!"

얼결에 뿜어버렸다. 너무나 놀라 나무통 바깥으로 굴러떨어질 뻔했다.

'마, 마석?! E랭크부터는 마석이 필요한 건가?'

마도서의 표지 로그에 따르면, E랭크의 카드를 생성하기 위해서는 E랭크 마석이 필요했다.

알렌은 E랭크의 마석이 아이용 방에 있었다는 것을 떠올렸다. 서둘러 뮈라가 잠들어 있는 아이용 방에 들어간 뒤 소리가 내지 않도록 마룻바닥을 벗겨 냈다. 그곳에 놓아둔 대량의 은화가 든 자루 옆쪽에, 새끼손가락 끝만 한 자그만 마석이 굴러다니고 있었다. 뿔 달린 토끼의 마석이다.

마석은 거의 구형에 가까운 형태를 하고 있었다. 알바헤론의 마석은 엄지손가락 한 마디쯤, 그레이트 보어의 마석은 탁구공만 한 크기였다.

또한 대량의 은화는 알바헤론의 고기를 팔아서 번 돈이다. 지금까지 은화가 342닢을 모았다.

다시 나무통으로 돌아와 빨래를 계속했다. 그러는 한편, 마석을 꼭 쥐고 방금 전과 똑같이 생성 스킬을 발동시키고자 주문을 읊는다.

'좋아, 이번에는 잘 될 거야. 벌레E 생성!'

그러나 아무 반응도 없었다. 「또 이러네…….」하고 중얼거리며 곧장 마도서의 로그를 확인한다. 방금 전과 마찬가지로 E랭크의 마석이 부족하다는 표시가 있었다.

'응? 마석 들고 있는데? 들고 있다? 알겠다!!'

알렌은 해결책을 번쩍 떠올리고, 마도서의 수납 페이지를 펼쳤다.

'혹시 여기에 집어넣으라는 뜻인가?'

모든 마석을 넣어봤다.

'이제 끝. 좋아, 또 한다. E랭크 카드 생성!'

그러자 눈앞에 벌레E라고 표시된 카드가 나타났다.

'오오!! 성공했다. 알겠군, 수납은 이렇게 써먹는 거야. 흠흠, E랭크는 나비구나. 잠깐 소환해볼까.'

곧바로 시험 삼아서 카드를 소환수로 만들어본다.

카드가 빛나며 벌레E 소환수가 출현했다.

"퓹?! 크잖아! 돌아왓!!"

1미터를 넘는 거대한 나비가 나타난지라 허둥지둥 다시 카드로 만들었다. 호랑나비를 상당히 커다랗게 만든 녀석이 공중에 떠올라 있었다. 세세한 부분을 볼 여유도 없었다.

'큰일 났네, 어쩌면 E랭크는 1미터를 넘는 것 같아.'

집에는 가족이 있으니까, 더 이상 앞마당에서 가벼운 마음으로 소환도 어렵겠다는 생각을 했다. 메뚜기 크기 정도였던 시절 이후로 소환수의 레벨이 오를 때마다 몸집이 점점 커다래지고 있다.

'좋았어, 그럼 짐승E도 만들어보자. 오오! 이 녀석은 세이버 타이거다!! 개에서 세이버 타이거로 바뀌었다. 엄청 강해졌네!! 벌레랑 짐승은 끝났으니까 다음은 합성이군. 합성도 해보자고.'

마도서의 합성 페이지를 펼쳤다. 역시 변화가 있었다.

이전까지 쭉 펼친 좌측은 합성의 재료가 되는 카드를 두 장 넣을 수 있는 홈이 위치했었다. 또한 우측에는 완성된 카드가 나타나는 홈이 하나 있다.

그런데 우측의 홈은 달라지지 않았지만, 좌측에는 홈이 세 개가 되었다.

좌측의 홈은 카드가 쏙 들어갈 만한 크기가 두 개. 그 아래에 무엇인가를 놓을 수 있는 홈이 또 한 개. 대충 봐도 카드 크기는 아니었다.

'어? 설마 합성에도 마석이 필요한 거야? 벌레랑 개에 마석을 써버렸는데.'

불길한 예감이 든다. 아무튼 벌레E와 짐승E를 왼쪽에 두고 새E의 합성을 시도했다. 랭크가 달라져도 합성 패턴은 마찬가지다.

합성이라고 마음속으로 주문을 읊었으나 아무 반응도 없었다. 역시 진짜로 마석이 필요한가 보다.

벌레E와 짐승E 카드의 아래 홈에다가 마석을 하나 올려놓았다.

'합성!'

합성 재료에 마석을 추가한 뒤 합성이라고 마음속으로 주문을 읊자 카드가 한 장 만들어진다.

'역시 마석이 한 개 필요하구나. 진짜냐. 마석이 꽤 많이 필요하겠는데.'

생성에도 마석이 한 개 필요하다. 합성에도 마석이 한 개 필요하다. 새는 한 번의 합성으로 만들 수 있지만, 풀은 두 번의 합성이 필요했다.

"알렌, 곧 점심먹자~."

"네~ 어머니!"

꽤 열심히 검증에 집중했다. 시간이 벌써 많이도 지나가버렸다.

흙마루에 들어가자 테레시아가 있었다. 거실에는 마쉬와 뭐라도 있다. 뭐라가 알렌을 보고 꺅꺅 소리를 냈다. 뭐라도 갈색 머리카락에 녹색 눈이었다. 한 살을 먹은 지 세 달째인데 이제는 기어 다니며 집 안을 이곳저곳 왔다가 갔다가 한다.

알렌이 같은 한 살이었던 무렵, 테레시아는 알렌이 잘 때 밭일을 거들었다. 뭐라도 한 살을 넘겼기에 테레시아는 비슷하게 밭일을 나가고자 했지만, 알렌이 자신이 할 테니까 무리하지 말라며 만류했다.

알렌이 테레시아와 함께 점심 식사를 준비하고 있다. 가벼운 점심 식사여도 일가족 다섯 식구가 먹을 음식은 양이 꽤 많았다.

"나 왔어."

로단도 집에 돌아왔다. 아침부터 10시 즈음까지 알렌도 같이 밭일을 했었는데 도중에 빨래를 하고자 먼저 집에 돌아왔었다.

매일매일이 화목하다. 로단이 고구마를 베어 먹으며 중얼거렸다.

"가족도 많이 늘어났는데 슬슬 방을 넓히는 게 어떨까? 알렌, 너도 자기 방을 갖고 싶겠지?"

아마도 지금 있는 아이용 방은 작다고 생각하는 듯했다.

"응? 아니야, 지금 이대로도 괜찮아. 돈도 없는데."

"아니, 있잖아. 네가 벌어준 돈이 꽤 많아."

이 돈이면 방을 만드는 데 필요한 목재를 살 수 있다고 로단이 말했다.

'아이고, 평민이 되기 위해서 애써 번 돈이니까 괜한 데 쓰면 안 되죠.'

알바헤론의 고기는 전부 팔았다. 은화를 342닢이나 모아뒀다. 물론 돈은 가장인 로단이 관리한다. 전부 넘겨주었다.

그러나 가족 모두를 평민으로 만들려면 은화가 오천 닢 필요하다. 아직도 한참 부족했다. 사치를 부릴 처지는 아니었다.

로단에게도 테레시아에게도 평민이 되기 위해서 저축한다는 말은 꺼내지 않았다.

"아니, 음, 또 크게 다친다거나 뭐라가 병에 걸린다거나 급할 때 쓰려면 남겨 놔야지."

아직 혼자서 쓸 방은 괜찮다고 로단에게 말했다.

"그, 그런가?"

뭐, 알렌도 더 자라면 생각이 바뀌겠지, 라고 중얼거리는 로단. 무리하게 방을 늘려서 짓지는 않으려는 모양이다.

"아, 맞다. 아버지, 마을에 수로는 다 완성됐었지?"

"수로? 그래, 완성됐단다. 너도 도왔잖냐."

'역시나, 큰일 났네.'

이 마을에는 나무를 짜서 세워 둔 울타리가 있었다. 하지만 빈틈이 있는 터라 뿔 달린 토끼와 같은 낮은 랭크의 마수가 들어오는 경우가 종종 발생했다. 아무리 약한 마물도 어린아이에게는 위협적이다.

몇 년이나 전부터 울타리 주위에 흙을 파내서 수로를 만들고자 힘썼다. 마수가 들어오지 못하게 막기 위해서였다.

이 작업에는 주로 밭일이 없는 1월부터 3월 동안에 농사일을 안 하는 농노가 참가했었다. 알렌은 로단과 함께 올해 참가했다.

얼마 전 수로가 완성됐기 때문에, 마을에는 E랭크의 마석을 가져다주는 뿔 달린 토끼가 못 들어오게 되었다는 것이다.

'큰일 났네, 클레나네 집은 마석을 챙겨놨으려나?'

알렌은 급히 마석을 확보할 방법부터 강구해야 했다.

"실화냐……."

알렌은 혼자 휴경지 안에서 중얼거렸다. E랭크 소환수의 분석을 계속한 지 사흘째다.

지난 사흘간 온종일 마석 수집에 열중했고, 오늘 겨우 간신히 E랭크의 소환수를 다 모을 수 있었다.

마석은 마수의 몸속에 있다. 아마도 마수의 심장 근처에 위치하는 듯했다. 이 이야기는 촌장의 아들 페롬스에게 들었다. 페롬스는 박식해서 알렌과 달리 무엇이든 알고 있었다.

알렌이 마석의 용도를 묻자, 마도구의 원동력으로 쓰고 있다는 대답이 돌아왔다. 영주가 사는 도시에는 가로등 같은 마도구가 있다고 한다.

다만 이 마을에는 마도구가 없기에 마석은 전혀 수요가 없다고 한다. D와 C랭크의 마석이라면 영주가 사는 도시로 가져가지만, E랭크는 거의 쓰레기와 다를 바 없는 취급을 받는다고 한다. 동화 한 닢도 안 나가는 물건이었다.

그 결과, 뿔 달린 토끼를 사냥해도 마석을 모아 두는 사람이 있는가 하면 버리는 사람이 있었다. 참고로 겔다는 후자였다. 그는 마석을 쓰레기 취급하며 마당에 내다 버렸다. 그 덕에 클레나의 집 앞마당에서 조금은 주울 수 있었다.

하지만 E랭크 소환수를 전부 생성하고 합성하려면 알렌과 클레나의 집에 있었던 마석만 가지고는 모자랐다. 아침에 물을 길으러 온 농노에게 일일이 부탁을 해서 간신히 모든 소환수를 다 모을 수 있었다. 별 가치가 없는 마석인지라 알바헤론의 해체를 도와줬던 농노들이 흔쾌히 내어 줬다.

알렌은 꼭 해소하고 싶은 의문이 있었기에 휴경지의 파릇파릇한 수풀 안쪽에 왔다. 이제는 이 수풀보다 소환수가 오히려 더 컸다.

바깥에서 훤하게 보일 텐데도 차마 신경을 못 쓰고 넘겨버릴 만큼 더 중요한 생각이 머릿속을 가득 채웠다.

"이게 제작자의 의도인가?"

눈앞에 있는 소환수를 만지작거리며 마침내 이해했다.

게임이라는 놀이에는 제작자의 의도가 있다. 이 직업은 이렇게 육성하는 것이 좋다. 전투에서는 이렇게 활약하면 된다. 그러한 의도가 반드시 있다. 예를 들면, 검사의 능력치는 공격력 및 체력이 높아서 다른 사람을 지키는 방패 역할에 적합하다든가.

그런 제작자의 의도를 일부러 무시하고 즐기는 방식도 있다. 일명 변태 플레이라고 불리는 방식이다. 마법사인데 전혀 잘 어울리지 않는 메이스를 들고서 물리 공격 위주로 사냥하는 것이 그 예겠다. 의도를 따르는 플레이인가, 변태 플레이인가. 둘 중 무엇이 더욱 강할지는 일목요연했다.

제작자의 의도를 파악하는 것은 게이머의 필수 소양이다.

이것이 평범한 게임이라면 공략 사이트든 입소문이든 조사할 수 있었다. 그러나 이곳은 이세계다. 스스로 궁리할 수밖에 없다.

줄곧 소환사는 무엇일까 고민했었다. 7년을 쭉 고민해왔다. 자기 자신의 직업이니까, 어떠한 전투 스타일이 어울릴까, 어떻게 싸워야 더욱 의도를 잘 파악해서 힘을 발휘할 수 있을까 고민해왔다.

소환수에게 전투를 맡기는 것이 전부는 아니다. 이 부분은 H나 F랭크의 소환수가 가진 특기를 살펴보고 이해할 수 있었다. 다만 그것이 다가 아니었다. 제작자의 의도는 E랭크 소환수를 전부 갖춤으로써 비로소 이해할 수 있었다. 혹은 이해의 영역에 한 발자국 가까이 다가갔다.

그리고 알렌은 제작자, 즉 신의 의도를 깨닫고 경악했다.

아래는 E랭크의 소환수들이다.

· 벌레E(나비)의 스테이터스
【종　류】 벌레
【랭　크】 E
【이　름】 아게하
【체　력】 25
【마　력】 0
【공격력】 20
【내구력】 50
【민첩성】 50
【지　력】 24
【행　운】 28
【가　호】 내구력 10, 민첩성 10
【특　기】 인분

· 짐승E(세이버 타이거)의 스테이터스
【종　류】 짐승
【랭　크】 E
【이　름】 타마
【체　력】 50
【마　력】 0
【공격력】 50
【내구력】 20
【민첩성】 35
【지　력】 28
【행　운】 21
【가　호】 체력 10, 공격력 10
【특　기】 할퀴기

· 새E(매)의 스테이터스
【종　류】 새
【랭　크】 E
【이　름】 호크
【체　력】 23
【마　력】 0
【공격력】 22
【내구력】 24
【민첩성】 50
【지　력】 50
【행　운】 27
【가　호】 민첩성 10, 지력 10
【특　기】 매의 눈

· 풀E(완두콩)의 스테이터스
【종 류】 풀
【랭 크】 E
【이 름】 마메타로
【체 력】 21
【마 력】 50
【공격력】 20
【내구력】 22
【민첩성】 20
【지 력】 13
【행 운】 50
【가 호】 마력 10, 행운 10
【특 기】 생명의 풀

· 돌E(토벽)의 스테이터스
【종 류】 돌
【랭 크】 E
【이 름】 카베오
【체 력】 50
【마 력】 20
【공격력】 33
【내구력】 50
【민첩성】 20
【지 력】 23
【행 운】 28
【가 호】 체력 10, 내구력 10
【특 기】 단단해지기

너무나 큰 충격 때문에 알렌의 머릿속이 새하얘졌다. 의식을 되찾고 급히 돌E 소환수를 카드로 되돌렸다.

마도서에 적힌 각 소환수의 특기에 주목한다.

'이제 확실하게 각 그룹에 따라 명확한 역할이 있다고 봐도 되겠군.'

메모 기능을 이용해서 각 소환수의 그룹별 역할에 대해 정리해보았다.

· 벌레 그룹

【특기】 도발, 빨아먹기, 인분

적을 도발하여 화나게 하거나 공격력을 낮추는 등의 효과를 이용해서 상대에게 디버프를 거는 역할로 보인다. 「인분」도 명칭을 보면 착란이나 마비, 수면 등의 효과를 적에게 유발하리라고 예상된다.

· 짐승 그룹

【특기】 구덩이 파기, 깨물기, 할퀴기

유일하게 공격이 메인인 그룹이다. 높은 체력과 공격력으로 적을 무찌른다. 마수를 쓰러뜨리기 위한 주역은 짐승이다. 공격형 소환수는 기본적으로 고랭크를 골라서 쓰게 될 것이다.

· 새 그룹

【특기】 성대모사, 전달, 매의 눈

「성대모사」는 다른 사람의 목소리를 흉내 낼 수 있다. 또한 말하는 내용도 자유롭게 지시할 수 있다. 적 진영에 침입했을 때 쓸만해 보인다. 「전달」을 이용하면 먼 곳의 사람에게 정보를 전해줄 수 있다. 「매의 눈」은 아마도 색적 관련의 특기일 것이다. 첩보 및 정보 수집이 주된 사용 방법으로 보인다.

· 풀 그룹

【특기】 아로마, 생명의 풀

회복이 특기인 그룹이다. 생명의 풀은 이름을 봐서 체력을 회복하는 능력이라고 예상할 수 있다. 앞으로도 회복 관련의 특기가 추가되리라 생각된다.

· 돌 그룹

【특기】 단단해지기

돌 소환수의 뒤에서 적의 공격을 피할 수 있을 듯 하다. 방어를 주체로 하는 보호 계열이다.

E랭크의 특기 검증은 이제부터 또 진행해야겠지만, 그룹별 특기에 따른 예상은 더욱 수월해졌다.

모든 소환수에게는 역할이 있었다. 능력치도 자기 역할을 수행하기 위하여 가장 필요한 두 개의 능력치가 높게 설정되었다.

'공격, 수비, 디버프, 회복, 색적 등 모든 임무를 수행할 수 있는 게 소환사구나. 앞으로 추가되는 소환수의 그룹은 분명 지금은 못 하는 분야를 가능하게 만들어줄 거야.'

소환사는 혼자서 모든 직업의 역할을 수행할 수 있다. 검사처럼 공격도 가능하다. 승려처럼 회복도 가능하다. 도적처럼 척후도 가능하다. 또한 당장은 수행하지 못하는 직업의 역할도, 추후 새로운 그룹의 소환수가 추가되면 해결될 것이다.

이것이 제작자가, 신이 의도한 소환사라는 직업의 능력. 알렌은 그렇게 이해했다.

마도서를 펼친다. 그곳에는 수납 스킬이 있다. 이공간과 연결되어 장작이 끝없이 들어갔다. 가로세로 30센티미터의 입구를 통과할 수 있는 물건이라면 무한하게 수납이 가능할지도 모르겠다.

'앞으로 마석이 잔뜩 필요하니까.'

각각 그룹별 소환수에게 필요한 마석을 메모 공간에 써넣었다.

· 벌레 그룹, 한 개
· 짐승 그룹, 한 개
· 새 그룹, 세 개
· 풀 그룹, 다섯 개
· 돌 그룹, 아홉 개

나중에 추가된 그룹의 소환수일수록 더욱 많은 마석을 필요로 하는 구조였다. 이번에 해금된 마흔 개의 홀더 전부를 돌 소환수만으로 채우려면 무려 삼백육십 개의 마석이 필요하다.

'몇십, 몇백 개의 마석을 들고 다닐 순 없으니까 수납 스킬이 해방된 건가. 마석도 점점 더 큼직한 걸 써야 할 테고.'

고찰을 계속하는 동안에 문득 뇌리에 어떤 광경이 떠올랐다.

그것은 소환사로서 정상에 오른 자신의 모습이다. 무수히 많은 소환수들이 알렌의 주위를 둘러싸고 있다. 어떤 상황에 처하더라도 어떤 적이 상대여도 싸울 수 있는 무쌍의 군세. 모든 것은 소환수가 해준다. 적을 모조리 박살내면서 진군하는 최강의 군단.

"무쌍의 군단……. 이게 마왕조차 뛰어넘는다고 말해지는 소환사의 힘인가!"

무심결에 말이 나와버렸다.

아마도 지난날보다 더욱 열심히 소환사라는 직업을 연마하는 데 전력을 쏟게 될 것 같다.

이렇게 알렌은 제작자의 의도를, 신의 의지를 조금이나마 이해할 수 있었다.

* * *

9월의 중순이다. 이제 곧 여름에서 가을로 바뀔 무렵이었다.

"준비는 다 했어?"

"응, 아버지."

로단이 말을 걸어오기에 대답했다. 오늘은 아침부터 외출하는 날이다. 어제 촌장의 심부름꾼이 와서 호출을 받았다. 로단만 가는 줄 알았는데, 이번에는 알렌도 오라는 지시가 있었다. 용건은 아직 못 들었다.

여느 때와 마찬가지로 테레시아, 마쉬, 뮈라는 집에 남는다. 현관에서 로단과 알렌을 배웅해줬다.

"어이, 로단. 역시나 너도 호출받았군?"

도중에 겔다와 마주쳤다. 아마 겔다도 촌장에게 불려 가는 듯했다.

'겔다 아저씨도? 뭐, 나까지 부른 건 조금 이상한데. 보통 촌장은 아버지와 겔다 아저씨한테 자기 용건을 전달하니까.'

두 사람은 농노의 대표자이기에 무슨 일이 있으면 촌장이 직접 불러다가 대화를 나눈다.

촌장이 맡기는 의뢰는 보어 사냥이 전부는 아니었다. 어딘가의 농노와 농노가 싸움을 했는데 화해를 주선해달라는 등 자질구레한 일을 맡기는 경우도 많다. 또한 겔다는 금방 주먹이 올라가는 성격인지라 싸움의 중재는 항상 로단이 맡아서 처리했다.

"겔다, 넌 용건을 들었어?"

"아니, 나도 찾아오라는 말만 들었다."

겔다도 어떤 용건으로 호출 받았는지는 듣지 못했다.

'우리 세 사람을 지목한 건 보어 사냥이 이유인가? 다음 달부터 시작하는 보어 사냥 때문에 또 무슨 일 있다거나? 저번에 내건 조건은 작년이 열다섯 마리, 올해가 스무 마리를 잡으라는 내용이었잖아. 뭔가 상황이 달라진 건가?'

셋이서 걸어 나아가며 생각한다.

알렌은 지난 3개월 동안 온 마을을 쏘다니며 마석 수집에 열을 올렸다.

우물터에서 만난 농노들에게 말을 붙이고, 클레나의 집 앞마당에 굴러다니는 마석을 찾고, 드골라와 페롬스에게도 부탁했다. 상점의 주인에게도 혹시 안 버린 E랭크 마석이 있나 물으며 온 마을을 끈질기게 수소문한 끝에 이백 개 이상의 마석을 모을 수 있었다.

지금은 풀E에 비중을 두어 카드를 구성했다. 마력을 늘림으로써 조금이라도 빨리 소환 레벨을 5로 올리기 위해서였다. 소환 레벨을 5로 올리려면 스킬 경험치가 300만 필요했다.

다음 달에도 보어 사냥을 가야 할지 망설이고 있다. 경험치만 생각한다면 가는 것이 좋다. 다만, 조금이라도 돈을 더 벌어서 농노 신분을 탈출하자니 마을에 남아 알바헤론을 사냥하는 것이 좋다는 생각이 든다.

경험치 벌이를 우선할 것인가, 자금 마련을 우선할 것인가. 자꾸만 망설여졌다. 그래서 알렌은 팔씨름 재시합을 아직껏 하지 않았다. 이번 호출도 재시합 여부를 판단할 근거 중 하나로 쓰자는 생각을 하고 있었다.

그런 생각을 하는 사이에 촌장의 집에 도착했다. 집 안에 들어가자 촌장의 방으로 안내해줬다.

"오오, 왔는가. 기다렸다네."

촌장이 팔을 벌리며 맞이해준다.

"그래, 촌장. 무슨 일이야. 알렌은 왜 불렀고."

'맞아, 나는 왜 필요한데? 혹시 방어구가 완성돼서 설명해주려고?'

"자, 천천히 얘기하세나."

말을 돌리며 촌장이 손을 들어 올리자 탁자에 차와 다과가 나온다.

'과자다. 엄청 맛있잖아!!!'

이 세계에 와서 처음으로 본 과자다. 밀과 설탕을 재료로 써서 구운 것으로 짐작되는 과자를 알렌이 우걱우걱 먹어 치운다. 알렌은 단것을 좋아했다.

다만 로단과 겔다의 미간에는 주름이 졌다. 평소 같았으면 차는 나와도, 굳이 과자까지 나오지는 않았을 테니까.

"그래서? 우릴 부른 이유는?"

로단은 촌장에게 따지듯이 물었다.

그러자 차를 마시고 한숨을 돌린 촌장이 말한다.

"사실 말일세, 다음 달에 영주님께서 클레나 마을로 직접 방문하신다네."

""""뭣?!""""

"하나 더, 보어 사냥을 참관하겠다고 말씀하셨네."

어제 영주의 심부름꾼이 이 이야기를 전해줬다고 촌장은 말한다.

"영주님 앞에서 보어 사냥을 하란 말인가?"

"그런 뜻이지."

겔다의 질문에 즉답하는 촌장. 로단도 겔다도 진짜냐며 거듭 물었다. 알렌은 다음 달이면 태어난 지 여덟 살이 되는데, 영주가 마을에 찾아온다는 이야기는 들어본 적이 없었다. 마을을 세우고 13년 만에 첫 방문인지도 모르겠다.

'어째서? 어째서? 급전개인데?'

"다음 달 언제쯤 오시는지 여쭤봐도 될까요?"

"10월 중순 무렵이라 들었다. 역시, 흐음."

'응?'

알렌의 말에 묘하게 반응하는 촌장. 그걸 예민하게 알아차린 알렌은 수상쩍어했다.

"그래서, 뭘 어떡하라는 건데?"

"물론 보어 사냥은 실수 없이 철저하게 진행해주게. 영주님이 보시는 자리이니까."

실패는 용납되지 않는다고 다짐을 놓는 촌장.

"그런데 왜 내 아들까지 불렀지?"

영주가 온다는 것은 알겠다. 다만 이 자리에 무슨 이유로 알렌을 부를 필요가 있었냐며 의아해하는 로단.

"그건 말일세, 영주님의 시중을 들며 안내할 인물이 필요하다고 사절이 요구했기 때문이라네."

곧이어 촌장이 알렌에게 시선을 줬다.

""뭐어?!""

"네? 저요?"

로단도 겔다도 경악한다.

"이봐, 이봐. 애한테 시킬 일이면 네 아들이 있잖아?"

"아니, 우리 집 아이는 아직 미숙하잖나. 귀빈 접대를 맡기기는 무리야. 전날의 만찬부터 응대를 부탁해야 할 상황이라네."

아무래도 사냥 설명만 맡기려는 것이 아닌 듯하다.

'으음, 어쩐지 과자를 내주더라니. 겨우 과자로 나를 구워삶겠다고? 나는 과자 따위에 매수되지 않는다!'

그렇게 생각하면서 다시 과자를 또 하나 먹었다.

"냠냠."

로단은 허락해야 할지 망설이는 눈치였다. 결정을 하는 사람은 알렌이 아닌 아버지 로단이다. 상대가 영주인만큼 실수를 저질렀다가는 큰일이 난다.

"나도 들었다네. 예의 방어구도, 사냥 방식도 알렌이 한 생각이라지. 게다가 말씨도 이렇게 번듯하잖은가. 안내 역할을 맡기기에 제격이지."

재차 채근하는 촌장.

고민하는 로단을 보며 알렌은 생각했다.

'영주한텐 관심 없는데. 다만…….'

알렌은 신분에 관심 없다. 소환사를 선택할 때도 농노라는 이유로 주저하지는 않았다.

농노 처지를 벗어나서 귀족이 되고 싶다는 생각은 티끌만큼도 없었다.

반대로 덜컥 귀족이 되어버리면 행동의 제약이 많아 레벨을 올리는 데 지장이 생길 테니까, 오히려 전력으로 피하고 싶은 마음이었다. 나라의 관리가 되는 것은 언어도단이다.

물론 농노는 농노대로 제약이 많다.

'이렇게 쭉 농노로 살면 바깥에도 못 나가고, 레벨을 올릴 자유도 없어.'

1년 중 레벨을 올릴 기회는 보어 사냥과 알바헤론 사냥으로 제한이 있는 상황이었다. 소환수도 아직 F랭크밖에 검증을 진행하지 못하고 있다. 정작 F랭크의 검증도 충분하지 못하다는 생각이 든다. 이런 상황은 벗어나고 싶었다.

물론 가족에게도 조금 더 좋은 생활환경을 마련해주고 싶다.

'분명 농노를 벗어날 수 있는 방법은 두 가지가 있다고 했지.'

예전에 겔다에게 들었던, 농노를 탈출하여 평민이 될 수 있다는 방법을 떠올린다.

하나는 한 사람당 금화 열 닢을 바치는 것. 그리고 다른 하나가 영주에게 포상을 받아 평민의 신분으로 올라가는 것이다.

작년 가을, 죽기 살기로 사냥을 해서 기껏해야 금화 세 닢 정도를 벌었다. 이대로 가면 평민이 되는 데 10년 이상이 걸릴 판국이었다. 이렇게나 제약이 많고 낮은 신분이면 돈을 다 모으기도 전에 가족에게 뭔가 안 좋은 일이 생길지도 모른다.

'보어 사냥에 참가할지 알바헤론 사냥에 전념할지 망설였는데 할 일이 정해졌군.'

"아버지."

"음? 불렀냐? 알렌."

알렌에게 안내 담당을 맡겨야 할까 고민하는 로단에게 말을 건넨다.

"영주님 안내 담당, 내가 맡을게."

"뭐?!"

"그리고 사람들이 보어 사냥으로 영주님을 위해 얼마나 노력하는지 가르쳐줄 거야."

웃는 얼굴로 말했다.

'영주한테 아버지의 공로를 잔뜩 알려줘서 평민 신분을 받아 내겠어.'

"오오, 수락해주겠나!"

촌장이 기뻐한다. 로단은 놀라면서도 반대는 하지 않았다. 분명 알렌이라면 잘 해내리라 믿기 때문일 것이다.

"그럼, 이제부터 뭘 어쩌면 되나?"

겔다는 영주가 참관하겠다는 다음 달 보어 사냥에 대해 이야기했다.

"촌장님, 부탁드렸던 방어구는 전부 완성됐을까요?"

"그래, 창고에 전부 넣어 두었다. 지금 보러 갈 테냐?"

"네. 방어구 사용 방법과 사냥 방식도 이것저것 이야기 해야 할 테니 창고로 가시죠."

철저히 보어 사냥에 임할 것이다.

다음 달, 영주의 앞에서 선보일 보어 사냥에 대비해 움직이는 순간이었다.

제12화 영주의 내방

10월 중순. 알렌은 여덟 살이 되었다.

오늘은 영주가 오는 날이다. 알렌은 안내자 역할을 맡아 영주에게 보어 사냥을 설명해줘야 한다. 아울러 전날 만찬에서는 식사 시중을 담당하기로 했다. 사냥에 대해 무엇인가 질문이 나왔을 때 그 자리에서 대답할 사람이 필요해서였다.

알렌은 아침 일찍부터 준비한 뒤 오전 중 촌장의 집으로 갔다. 하지만 로단과 겔다는 오지 않는다. 원래 농노가 영주를 그리 쉽사리 만날 수는 없다.

아침 9시 전에 도착한 뒤, 촌장의 집에서 쭉 대기(낮잠).

점심 전, 촌장의 집에서 일하는 평민이 깨워 줘 일어났다. 이제 목욕을 하고 몸단장을 해야 된다는 모양이다.

'오, 목욕탕은 처음인데? 여태 찬물 목욕이야 했지만.'

한여름의 더운 날에 큼지막한 나무통에다 물을 담아서 알몸으로 들어간 적은 있었다. 농노인지라 평소에는 비누도 없이 적신 삼베로 몸을 닦을 뿐이다.

아주 뜨끈하게 데워진 온수가 담긴 나무통에 몸을 담갔다. 온수가 식을 때까지 푹 몸을 담가서 깨끗하게 씻었다. 건네받은 옷은 평민도 잘 입지 못하는 꽤 고급품이었다.

그로부터 세 시간 정도 또 기다렸다. 잠들지 말고 대기하라는 당부를 들었다.

'아니……. 진짜 오래 기다렸다고.'

15시를 알리는 종이 울리고 또 한 시간 정도 기다렸을까. 드디어 도착했는지 집 내부가 무척 시끌시끌했다.

그리고 머지않아 영주가 촌장의 집에 들어왔다. 이제부터 촌장의 집 응접실에서 만찬이 열린다. 만찬이라고 해 봤자 좀 호화로운 저녁 식사일 뿐, 그냥 영주와 아래 부하들에게 식사를 대접하는 자리였다. 촌장만은 마을의 대표자로서 식사를 함께 먹는다.

사전에 촌장에게 영주에 대한 설명을 들었다.

영주가 사는 도시의 이름은 그란벨이라고 한다. 이곳에서 닷새쯤 가야 하는 장소에 있다. 이제부터 식사 시중을 들어야 하는 사람은 그란벨 남작이었다. 마을까지 닷새를 들여 도착한 만큼 꽤 피곤할 터이다.

그런 생각을 하던 중, 드디어 나서야 할 때가 왔다. 촌장의 집에 마련된 제법 큼지막한 주방은 무척 분주했다. 어딘가에서 데려온 대여섯 명의 여성이 요리를 만들고 있다. 깔끔하게 담아낸 요리가 주욱 놓였다.

응접실 입구의 문 앞에 촌장이 있었다. 이미 영주는 응접실 안에 있었는데, 알렌은 촌장과 함께 들어가야 하는 모양이다. 촌장은 상당히 긴장한 듯 보였다.

촌장이 먼저 들어가고, 문을 지나자마자 곧바로 「환영합니다, 영주님」이라며 인사를 했다.

"식사를 들여오게나."

문 너머에서 촌장이 식사를 가져오도록 지시했다.

알렌은 전채부터 요리를 운반한다. 테이블은 중앙에 하나였다.

'가장 안쪽에 있는 사람이 영주려나?'

영주로 보이는 남성이 가장 안쪽에 앉아 있었다. 연보라색의 머리카락과 매와 같은 눈. 특히 눈매가 꽤 예리했다. 40대 중반쯤 되었을까.

얼굴을 빤히 쳐다보지 않도록 주의하며 묵묵히 가장 안쪽에 앉은 영주부터 식사가 담긴 접시를 가져다줬다.

자꾸자꾸 요리가 나온다. 응접실의 입구 앞쪽까지 선반에 담아서 미리 준비해줬다. 굳이 주방에 돌아갈 필요는 없었다. 입구와 테이블을 왕복한다. 다른 사람도 같이 옮겨주면 좋았겠지만 아쉽게도 식사 시중은 알렌 혼자의 담당이었다.

'영주부터 가져다주고, 촌장을 포함해서 여섯 명인가. 응? 어린아이도 있네? 영주의 딸인가?'

순서대로 접시를 가져다준다. 영주로 짐작되는 남자, 옆쪽에 있는 집사 차림의 하얀 머리카락과 수염의 남자, 클레나를 만나러 왔던 기사단장 및 부기사단장.

그리고 영주의 옆쪽에는 영주와 같은 연보라색 머리카락을 가진 소녀가 앉아 있었다. 알렌과 비슷한 나이로 보인다.

소녀도 또래의 소년이 이 자리에 있어서 신경 쓰이는지, 힐끔힐끔 시선을 보내고는 했다.

"그나저나, 마을 개척에 참으로 고생 많았네."

"가, 감사합니다."

영주가 촌장에게 치하의 말을 건넨다.

“영내 개척령이 떨어지고 15년. 나의 영지처럼 개척에 성공한 사례는 없다네. 데보디여, 마을 주민들을 잘 이끌어서 용케도 이렇게까지 발전시켰군.”

‘영내 개척령? 뭐야, 그게?’

영주가 촌장을 칭찬하던 중, 알렌은 대화에 귀를 기울였다. 내일 보어 사냥을 나가기 전에, 필요한 정보가 불쑥 튀어나올 수 있다는 이유 때문이었다.

“다들 영주님을 위하여 진력했습니다.”

꾸벅꾸벅 머리 숙이는 촌장. 그는 전채 요리에 거의 손을 대지 않았다. 도저히 식사를 할 여유가 없는 듯했다.

“보어 고기의 건은 정말로 미안했네. 이것은 국왕 폐하의 명령이라서 말일세.”

‘응? 국왕이 보어 사냥을 명령했다는 거야? 갑자기 얘기가 거창해졌네.’

보어 사냥의 이야기가 나와서 더욱 청각에 집중했다. 식사 시중도 들어야 하니 무척이나 바쁘다.

“구, 국왕 폐하의 명령이었군요.”

“뭐, 사연이 있네. 엄밀히 말하자면 카르넬 경 때문일 테지. 카르넬 경……. 괘씸하게도 일부러 알현장에서 보어 사냥을 언급하다니. 덕분에…….”

무슨 생각을 떠올렸는지 노여움을 표시하는 영주. 눈매가 더욱더 예리해진다. 확 바뀐 태도에 겁을 집어먹는 촌장. 그의 이마와 뺨에서 비지땀이 배어 나왔다.

"주인님, 촌장이 두려워합니다. 게다가 스무 마리의 목표를 달성하면 주인님께서는 오히려 위신이 서지 않겠습니까."

영주를 쳐다보지 않은 채 집사 차림의 예순 가까운 남자가 입을 열었다.

"음? 그, 그렇군. 데보디 촌장, 미안하네. 보어 사냥이 국왕 폐하의 귀에 들어가서 말일세. 더 많이 사냥하라는 명이 떨어져버렸다네."

"그러한 사정이 있었군요."

보어 사냥의 숫자를 늘리게 된 사정을 간추려서 이야기해주는 영주.

그때 메인 디시로 고기 요리가 나왔다. 영주부터 순서대로 접시를 놓아준다.

"음?! 이 맛있는 고기는 무엇인가!!"

"저, 정말 맛있어요!!"

영주와 딸이 맛있다며 눈을 휘둥그레 뜨고 놀랐다.

"이게 무엇인가? 촌장."

굉장히 맛있었는지 촌장에게 묻는다.

"예? 아? 으음, 이것은……."

불쑥 질문을 받고 말문이 막히는 촌장.

"이 요리에는 알바헤론의 고기를 사용했습니다. 어제 우연히 사냥한지라 영주님을 위해 기꺼이 헌상했지요. 부위는 가슴, 넓적다리, 간입니다. 또한 향초를 써서 풍미를 더하였습니다."

말문이 막힌 촌장을 대신하여 알렌이 대답했다.

"음? 아, 그랬군……."

곧장 알렌에게 모든 사람들의 시선이 집중되었다. 보기 힘든 새카만 머리카락과 눈을 지닌 소년이 식사 시중을 들고 있었던 터라 영주와 다른 방문객들도 은근히 신경을 썼던 모양이었다.

시선을 알아차린 알렌이 살짝 고개를 숙여 인사한 뒤 식사가 끝난 접시를 정리한다. 여섯 명의 적은 인원이지만, 혼자서 시중을 들어야 하니 무척이나 바빴다. 분주히 응접실과 입구를 왕복하고 있다.

"과연 촌장이군. 정말 의젓한 아들을 두었어. 왜 여태 말해주지 않았나?"

"예? 으음, 이 아이는 로단이라는 자의 자식이온지라……."

촌장은 허둥지둥 자신의 아이가 아님을 이야기했다.

"로단?"

"오오, 생각났습니다. 가주님, 저 아이는 로단이라고 보어 사냥꾼들의 대장 노릇을 하는 인물의 자식입니다."

기사단장이 알렌을 알아보고 말했다. 기사단장과 알렌은 2년 전 연회에서 같은 자리에 앉았었다.

"보어 사냥꾼 로단의 자식인가?"

"예. 로단의 아들, 알렌이라고 합니다. 내일은 보어 사냥의 안내를 맡아서 제가 동행할 예정입니다."

영주가 말을 건네기에 인사를 했다.

"혹시 로단이라는 사람은 기사 출신이었나? 아주 훌륭한 자식을 두었군그래."

"아, 아니요. 조부모 때부터 쭉 농노였습니다만."

자식의 예의범절이 훌륭한 터라 아버지 로단은 본래 기사가 아니었냐고 묻는다. 촌장은 로단의 아버지도 알고 있기에 아니라고 답했다. 그때였다.

“뭐?! 이 응접실에 농노가 있었어?!”

영주의 딸로 짐작되는 여자아이가 응접실에 농노가 있었다는 사실을 알고 혐오감을 드러낸다. 예쁘장한 얼굴을 한껏 찡그린 채 알렌을 쳐다보고 있다.

“어허, 세실! 농노도 어엿한 나의 백성이다! 무도한 발언은 하지 말거라!!”

영주는 곧장 목소리가 거칠어졌다.

“자, 잘못했습니다. 아버님…….”

눈물을 글썽이며 사죄하는 영주의 딸 세실. 곧이어—.

째릿!

‘으앗, 자기가 잘못해놓고 엄청 째려보네…….’

소녀는 너 때문에 아버지한테 혼났다고 말하듯 알렌을 노려본다. 아버지에게 물려받아 살짝 치켜 올라간 당찬 눈매가 알렌을 향하고 있다. 심홍색 눈동자는 지금의 감정을 잘 드러내고 있다. 되도록 눈을 마주치지 않게 시선을 피하는 알렌.

“그래, 알렌.”

영주가 또 알렌에게 말을 붙였다.

“예, 영주님.”

“내일은 네가 보어 사냥을 안내해준다고?”

“예.”

“사냥 방식도 자세하게 설명해다오.”

"분부하신 대로 준비하겠습니다."

"제노프, 자네도 잘 들어야 하네."

"넷!!"

기사단장이 대답을 한다. 제노프가 기사단장의 이름이었다.

'응? 기사단장이 사냥 방식을 듣는다? 무슨 이유로?'

알렌의 얼굴에 물음표가 떠오른다.

"로단의 아이야. 이번 토벌 목표인 스무 마리는 반드시 달성해야 한다. 왕명이니 말이지."

알렌에게 말을 건네는 기사단장. 알렌의 의문에 대답해준 셈이다. 알렌도 기사단장의 얼굴을 보고 답했다.

"예."

"견학한 결과, 달성이 어려우리라 판단되면 나의 기사단도 참가할 것이다."

'응? 그냥 견학을 온 게 아니구나.'

이제야 영주가 온 이유를 알았다. 올해 반드시 스무 마리의 토벌 목표를 달성하려는 의도였다. 작년에 열다섯 마리의 토벌은 달성했다. 다만 올해 반드시 스무 마리를 잡을 수 있다는 보장은 없다.

영주는 기필코 달성하겠다는 각오였다.

왕명을 수행하기 위해 기사단을 이끌고 보어를 사냥하러 온 것이다.

"그러한 사정이 있으셨군요."

촌장도 상황을 파악했다. 납득하며 고개를 끄덕거린다.

"영주님."

그때 알렌이 말을 꺼냈다.

"할 말이 있나? 괜찮다. 자세하게 설명해주면 뒷일은 기사단이 잘 맡아줄 테니. 아무 걱정도 하지 말거라."

사냥 방식만 가르쳐주면 된다고 말하는 영주.

"아니요, 영주님. 고작해야 스무 마리에 불과합니다."

"풉?!"

알렌의 말에 숨을 내뿜는 촌장. 영주도 기사단장도 눈이 휘둥그레졌다.

"내일 있을 보어 사냥, 클레나 마을이 하나가 되면 목표인 스무 마리는 확실하게 달성할 수 있다는 것을 보여드리겠습니다."

여섯 사람의 시선이 모여드는 와중에 머리를 숙이며 단언했다. 그 태도에는 어떤 두려움도 망설임도 없다.

너무나 자신 있게 말하는 알렌을 보자, 숨을 멈춘 채 아무도 대꾸를 하지 못했다.

* * *

영주와의 만찬을 끝낸 뒤, 알렌은 귀가하지 않고 촌장의 집에서 묵었다.

아침 6시를 알리는 종소리와 함께 활동을 개시한다. 꾸려야 할 짐도 없기에 외출 준비는 진작에 끝났다. 허리에는 늘 갖고 다니는 목검을 꽂아 놓았다.

영주, 기사단장, 부기사단장과 함께 촌장의 집을 나선다. 영주의 딸 세실과 집사는 촌장의 집에 남는다. 집사 차림의 인물은 정말 집사였다. 만찬에서 집사, 혹은 세바스라는 호칭으로 불렸다.

'광장을 야영지로 쓰고 있구나.'

마을에 있는 광장에는 기사단이 텐트를 쳐서 야영하고 있었다. 마을 인원끼리 보어 사냥이 역부족이라 판단될 경우 대체로 투입하기 위하여 체재시켰을 것이다. 숙박 가능한 장소가 딱히 없기에 야영을 하는 기사가 스무 명 정도 있었다.

기사단도 이미 준비를 다 갖춰 놓았다. 말을 두고 가려는지, 걸어서 영주의 뒤를 따라온다.

'오, 드골라다.'

드골라가 조금 떨어진 곳에서 반짝반짝하는 눈동자로 기사들을 바라보고 있다. 이번에는 클레나를 보러 왔을 때보다 곱절의 기사가 방문했다.

마을 문까지 왔다. 문에는 평민과 농노 집단이 있었다. 숫자가 도합 마흔 명이다. 작년에 사냥을 거들었던 평민과 농노는 전원 참가했다.

"오오! 갑옷을 착용했군!"

갑옷을 입은 인원이 절반쯤 된다. 그 모습을 보고 기사단장이 소리 높였다.

"예, 보어 가죽으로 만든 가죽 갑옷입니다. 전원이 입을 수량은 갖추지 못했습니다만, 부담이 큰 역할을 맡은 인물부터 우선해서 지급했습니다."

안내를 맡은 알렌이 대답한다.

"부담이 크다, 고?"

"보어 사냥을 진행하며 설명드리겠습니다."
"이것 때문에 촌장이 요청서를 보냈던 건가."
영주가 막 떠올렸다는 듯이 중얼거렸다. 작년 이야기다. 열여덟 마리의 그레이트 보어 중 열 마리의 보어는 전부 다 바치겠다. 다만 나머지 여덟 마리는 고기 이외의 부속은 남겨달라고 촌장이 요청서를 보냈다. 이 또한 알렌의 발안이었다.
고기가 필요하다니 고기는 바치겠지만 보어 여덟 마리 분량의 가죽, 뼈, 이빨은 장래를 위한 투자로서 쓰게 해달라고 촌장을 시켜 요청하게 했다. 당연히 로단, 겔다를 통해 촌장에게 말을 전했고.
영주는 목표 숫자 열다섯 마리를 상회하는 열여덟 마리를 사냥하는 데 성공했다는 이유도 있어, 촌장의 요청을 받아들였다. 그렇게 해서 올해 스무 마리를 사냥할 수 있다면 괜찮다는 말을 덧붙였다.
"예, 올해 반드시 스무 마리 토벌을 달성하기 위한 준비에 모두 사용했습니다."
"오호."
"……라고, 아버지 로단이 말했습니다."
로단이 생각한 방법이라고 말을 보탰다.
이번 알렌의 목적은 로단이 쌓을 공적을 마구 올려줘서 가족을 평민으로 만드는 것이다. 알렌이 생각한 여러 수단도 당연히 전부 로단의 머릿속에서 나왔다고 둘러댔다. 게다가 굳이 알렌이 떠올린 방법임을 증명할 바에야 로단이 한 말이라고 둘러대는 것이 신뢰를 사기에도 더욱 좋았다.
전원이 다 모였기에 곧장 보어 사냥터로 출발한다.

농노와 평민이 앞에 나서고 그 뒤를 기사들이 따라 걸어갔다.

기사단장이 타라고 권해줘서 알렌은 기사단장과 함께 말 위에 올라탔다. 영주는 마을까지 마차를 타고 왔지만, 오늘은 말에 올라타서 사냥터로 향하고 있다.

세 시간쯤 걷자 사냥터에 도착했다. 평소와 같은 사냥터였다.

낯선 전망대가 있다. 2미터쯤 높이로 나무를 짜 맞춰 만들어서 열 명은 올라갈 수 있는 전망대다.

"음? 이것은 뭔가?"

"이것은 영주님께서 참관하시기 편하도록 만든 전망대입니다. 이 위에서 보어 사냥을 살펴봐주시면 됩니다."

견학 준비는 만전이다. 그런가, 하고 대꾸하더니 영주가 후방의 계단에 발을 디뎌서 위로 올라갔다. 위쪽에는 의자를 준비해 놓았기에 그곳에 영주가 앉았다. 안내를 맡은 알렌과 기사단장도 전망대에 올랐다. 부기사단장은 기사들과 함께 전망대를 둘러싸기 시작했다. 영주를 지키기 위해서다.

아직 나무밖에 보이지 않는 숲 안쪽을 쳐다보는 영주. 매처럼 날카로운 눈매다.

'새삼 생각하니까 영주가 굳이 마수가 나오는 숲에 들어오다니, 각오가 굉장하네. 진짜 중요한 왕명인가?'

그냥 보어 사냥인데 사태가 무척 거창해졌다.

"이제 어떻게 하는 건가?"

기사단장이 묻는다. 영주에게 직접 설명하는 것이 아니라 기사단장을 거쳐 설명해야 예의인가 보다.

"먼저 세 명의 유인조가 이 광장에 그레이트 보어를 한 마리 데려옵니다."

"흠."

"그다음은 포위해서 쓰러뜨리는 형식이지요. 이제 유인조가 출발하는군요."

페케지를 선두에 세운 세 명의 인원이 숲 안쪽으로 사라져 간다.

"저 커다란 방패를 써서 보어의 진격을 막아 내는가?"

여덟 마리 그레이트 보어의 가죽, 뼈, 이빨을 소재로 써서 높이가 2미터나 되는 커다란 가죽 방패를 두 개, 가죽 갑옷은 열일곱 벌, 가죽 가슴 보호대 세 개를 제작했다.

거의 하마만 한 크기의 그레이트 보어다. 소재의 양으로 말하자면 더 많이 장비를 만들 수 있었겠지만, 일부가 제작비용으로 쓰여 사라졌다.

마을에 이런 장비를 만들어줄 방어구 장인은 없었기에 이웃 마을에서 데려왔다. 남은 가죽과 뼈를 넘겨주는 조건으로 비용을 안 받고 만들어준 덕분에 다행히 돈은 들이지 않았다.

거대한 가죽 방패를 본 기사단장은 제법 관심이 가는 듯했다.

"예, 두 개의 방패 사이에 끼우는 형태로 보어의 진격을 막아 냅니다."

"오호라."

사냥을 하는 농노와 평민, 그리고 큰 방패를 둘러보면서 생각에 잠기는 기사단장. 대강 사냥 방식을 파악한 모양이다.

페케지가 숲 안쪽으로 사라진 지 30분쯤 경과했다. 페케지 및 유인조 세 사람은 가죽제 가슴 보호대를 장비하고 있다. 가슴의 급소만 감싸주는 경량 중시의 장비다.

한 시간쯤 경과했다. 아직 돌아오지 않았다.

'음, 이번에는 시간이 꽤 걸리네. 노릴 만한 보어가 없나?'

숲속에는 수백 마리의 보어가 있다고 페케지에게 들었다. 백룡 산맥의 기슭에서 우르르 몰려든다고 한다.

"그러고 보니, 검성 클레나는 잘 지내고 있나?"

쭉 이어지는 침묵을 달래려는 배려일까, 기사단장이 이야깃거리를 꺼냈다.

"예, 기운 넘치게 잘 지냅니다."

'기운이 펄펄 넘치죠. 기운이 온몸 가득이에요.'

"그런가. 3년 후 초봄에는 강사를 보내줄 테니까 말을 전해다오."

"네, 알겠습니다."

'그러면 열한 살이 된 다음 해인가? 그다음 해에는 학원의 시험을 치를 테니까 공부 기간은 1년인가.'

"음? 괜찮겠나? 조금 더 빨리 보내진 않고?"

영주가 이야기를 듣고 있다가 끼어들었다. 시험에 떨어지면 왕도에서 웃음거리가 되어버린다.

"그럼 내후년의 초봄에 보내도록 집사에게 전해 두겠습니다."

"그리해주게. 그 학장은 검성이어도 시험 결과에 따라 떨어뜨리는 인물이니."

아마 영주는 걱정이 무척이나 많은 사람인 것 같다. 지금부터 1년 반 후에 클레나의 수험 공부가 시작되는 셈이었다. 끙끙 공부하는 클레나를 상상하던 중, 숲의 안쪽에서 무엇인가 소리가 들려왔다.

"오나 봅니다."

"흠."

광장의 저 너머에서 땅울림 소리가 들려온다.

『꾸워어어어어어어어어어어어!!!』

보어의 울음소리를 듣는 동시에 곧장 로단이 호령했다. 다들 호령에 반응하여 움직인다.

페케지가 숲 안에서 뛰쳐나왔다. 그리고 거의 곧바로 그레이트 보어가 숲을 지나서 돌진해 왔다. 보어는 페케지밖에 안 보이는 듯, 페케지의 바로 뒤에서 바싹 따라오고 있다. 이것이 페케지의 유인 기술이었다. 아슬아슬한 거리를 유지하고 있다.

큰 방패와 큰 방패의 사이를 빠져나가는 경로로 페케지가 달려온다.

겔다를 포함한 네 사람은 창을 들지 않았다. 네 사람이 둘로 나뉘어서 두 개의 커다란 가죽 방패 뒤쪽으로 몸을 낮췄다. 날아가지 않도록 힘을 꽉 준다.

보어가 큰 방패에 격돌했다. 큰 방패에 끼이는 모양새로 보어의 돌진이 멈춘다. 보어의 입 좌우 옆에 자라난 송곳니가 큰 방패를 우그러뜨렸다. 송곳니에 밀려서 잔뜩 늘어지면서도 끝내 찢어지지는 않는다.

"이런 방식으로 돌진을 막습니다. 저 큰 방패는 그레이트 보어의 외피 중 가장 단단한 등가죽을 두 장 겹쳐서 만들었습니다. 그런 방패를 2인 1조로 같이 들고서 버텨 냅니다."

"오호라."

"돌진을 멈춰 세웠으니, 보어가 날뛰지 못하도록 바로 포위합니다."

알렌이 상세하게 설명을 해 나간다. 큰 방패를 떼어 내서 급소를 노릴 공간을 확보해야 한다. 그 과정은 지금껏 했던 대로 2미터짜리 창을 써서 실행한다.

큰 방패의 옆쪽에 있던 포위조가 창을 들고서 얼굴을 중심으로 보어를 제압했다.

겔다의 기합 소리와 함께 뒤쪽에서 대기하고 있었던 4미터짜리 장창을 든 참가자들이 앞쪽으로 걸음을 내디뎠다. 참가자도 많이 늘어서 얼굴뿐 아니라 등까지 장창으로 공격을 개시한다.

"장창 부대는 작년부터 참가한 인원입니다. 참가 경력이 모자란 인원에게 맡기는 역할이지요."

"오호라, 방어구는 방패 및 단창을 들기에 위험 부담이 큰 인원에게 우선하여 지급했구나."

기사단장이 바로 이해하고 말했다.

"그렇습니다. 장창 부대가 실수해서 전방의 포위조를 공격하지 않도록 거듭 당부하고 있습니다만, 만약의 사태에 대비하기 위하여 등과 목, 후두부 등 급소도 가죽 갑옷으로 감싸 두었습니다."

알렌의 말에 고개를 끄덕이며 기사단장은 보어 사냥을 지켜본다.

포위 단계도 완료되었기에 로단 등 마무리 공격조가 목 부분의 급소에 혼신의 힘을 쏟아서 창을 찔러 넣었다.

"보어의 외피는 몹시 단단합니다. 저렇게 움직이지 못하게 제압한 뒤 목을 노립니다. 아마 급소를 잘 찔렀나 보군요."

"오오오."

보어의 목에서 선혈이 뿜어 나온다. 그 광경을 보고 기사단장이 감탄해서 소리를 냈다.

"가주님."

"뭔가? 제노프."

"저들은 물론 기사가 아닙니다. 다만 모두가 전사군요. 보어를 사냥하는 전사입니다."

각자의 역할을 수행하는 것은 기사도 마찬가지였다. 창기병, 궁기병, 척후대. 어느 한 직책이 빠져도 부대의 힘을 잃어버린다.

보어 사냥을 보고 군대와 비슷한 느낌을 받은 듯했다. 자기 역할을 이해한 각 인원의 행동에 감동하는 모습이다. 훌륭하다며 거듭거듭 중얼거리고 있다.

선혈을 쏟아 낸 보어가 천천히 쓰러졌다.

"확실히 훌륭한 전투였다. 이런 솜씨라면 스무 마리의 토벌은 문제없겠군."

쓰러지는 보어를 끝까지 지켜보다가 영주는 말했다.

보어 사냥은 마을 주민들만 나서도 목표를 달성할 수 있겠다고 확증을 가진 듯했다. 영주도 보어 사냥에 참관하는 동안 거듭거듭 고개를 끄덕거렸다.

"네, 가주님. 옳은 말씀이십니다. 음? 숲에 들어갔던 다른 두 사람이 돌아왔군. 어째서 저리 전력을 다하여 뛰어오는가?"

세 사람 중 돌아온 인원은 페케지뿐이었는데, 지금 막 나머지 두 사람도 숲에서 뛰쳐나왔다.

이미 사냥은 잘 끝났는데도 페케지와 마찬가지로 전력을 다해 숲 안쪽에서 달려 나온다.

그리고 기사단장의 의문에 대한 대답도 숲 안에서 나타났다.

『꾸워어어어어어어어어어어어!!!』

『꾸워어어어어어어어어어어어!!!』

나타난 것은 두 마리의 그레이트 보어.

혈안이 되어 유인조 두 사람을 바짝 쫓아오고 있었다.

두 마리의 그레이트 보어가 숲의 빈틈에 만들어진 광장으로 달려 들었다. 유인조 두 사람이 죽을힘을 다해 보어 사냥꾼 동료들이 있는 곳으로 달려온다.

"아니?! 레이브랜드! 보어가 두 마리나 나타났다!!!"

기사단장이 급히 전망대 아래에서 대열을 짜고 있는 부기사단장 레이브랜드에게 토벌 지시를 내린다. 영주와 보어 사냥꾼들을 지키기 위해서였다.

부기사단장이 큰 목소리로 외치며 돌격을 지시하려던 순간이었다.

"대단히 죄송합니다만, 기사단장님."

"음? 이런 상황에 무슨 말을 하려는가?!"

방금 전 대화와 마찬가지로 태연하게 기사단장에게 말을 건넸다.

"아직 사냥을 하는 도중입니다. 기사단은 물러주시면 안 되겠습니까?"

""뭐라?!""

같이 듣고 있었던 영주도 놀란다.

"어제 드렸던 말씀을 증명하겠습니다. 지금 영주님께서 토벌 달성을 확신하실 수 있을만한 사냥의 솜씨를 보여드리지요. 아직 사냥은 끝나지 않았습니다."

알렌의 이야기를 듣는 동안, 보어는 거의 농노들의 눈앞까지 들이닥쳤다. 이미 기사들이 나서기에는 늦었다.

그때였다.

"두 마리가 온다!!! 이 녀석들아, 기합 단단히 넣어라아아아아!!!!"

""""우오오오오오오오오오오오오오오오오오오오오오!!!!""""

곧장 기합을 넣는 사냥꾼들. 두려움도 망설임도 보이지 않는다. 지금껏 외친 것보다 더욱 큰 기합 소리로 로단의 호령에 호응한다. 조금 전진해서 이미 숨통을 끊은 보어의 앞쪽으로 진을 펼쳤다.

막 달려온 유인조 두 사람은 두 개의 큰 방패 사이를 전력으로 달려 지나간다.

그다음 거의 시간 차 없이 두 마리의 보어가 각각의 큰 방패에 격돌했다.

방금 전 사냥과 달리, 두 명이서 보어 한 마리의 돌격을 막아 내야만 하는 상황이다. 그레이트 보어의 코끝에 뿔이 큰 방패를 쫙 우그러뜨렸다.

한 발짝, 다시 한 발짝, 후퇴하는 두 개의 큰 방패. 하지만 큰 방패는 잔뜩 우그러질 뿐, 찢어지지는 않는다. 이내 진격을 멈춘 보어 두 마리.

"막아 세웠다! 둘로 나뉘어 포위해라!!!"

겔다의 외침과 함께 포위조가 둘로 나뉜다. 그리고 장창 부대도 둘로 나뉘어서 포위조의 후방에서 창을 찔러 박았다. 사냥꾼의 숫자는 마흔 명. 포위조가 절반으로 나뉘어도 충분한 인원이 확보된다.

로단 등 마무리 공격조도 재빨리 움직였다. 넷으로 갈라지더니 두 마리의 보어를 좌우 옆에서 목의 급소를 노리고 창을 앞으로 찔러 넣는다.

'좋아, 한 마리를 잡은 다음에 두 번째, 세 번째 사냥 타이밍이 빈틈없이 맞아떨어졌어. 연습시키길 잘했다.'

알렌은 마을의 보어 사냥 방식에 품은 의문이 있었다. 대체 왜 한 번에 달랑 한마리만 사냥하냐는 것이었다. 몰이사냥의 기본은 나타나는 적 전부를 사냥하는 데 있다. 남겨 두는 것은 말이 안 된다.

하지만 알렌이 본 광경은 보어가 두 마리 이상이었을 경우 한 마리 이외에는 진지에 접근시키지 않게 유도하는 방식이었다.

한 마리밖에 사냥할 수 없기 때문에 한 마리만 사냥했다. 두 마리를 같이 사냥할 수 있다면 왜 잡지 않았겠는가. 버겁기 때문에 줄곧 한 마리만 사냥했다. 그것은 알겠다.

그렇다고 했을 때, 생각은 다음 단계로 넘어갔다.

어째서 한 마리밖에 사냥하지 못하는가. 문제는 레벨도 무기도 아니다. 물론 인원수도 아니다.

전직 게이머 알렌이 내린 결론은 바로 방어구였다. 그레이트 보어의 공격에 견뎌주는 방어구를, 농노들은 장비하지 못한 상태이기 때문이다. 마직물 옷은 아무런 방어력이 없다. 10년 이상 사냥에 참가한 로단조차 일격에 빈사의 중상을 입었다.

다만 이렇듯 중요한 방어구를 마련할 수 없는 사정도 있었다. 사냥의 보수는 고깃덩어리다. 게다가 결국 가족을 위해 소비된다. 그러니 도저히 방어구를 살 여유는 없다. 물론 보어의 진격을 막을 수 있는 커다란 강철 방패는 이전에 알렌이 무기 가게에서 확인했던 단검의 값이 우스워지는 가격을 자랑한다.

결국 장비는 갱신되지 않고, 오로지 창만 바뀌었다.

2미터짜리 창은 창이라고 하기에는 무척 짧았다. 보어의 진격에 맞서 부러지면 안 되기 때문이었다. 그러나 너무 짧으면 뿔과 이빨에 공격당한다. 잘 부러지지 않아야 하며, 보어의 뿔과 이빨을 피하기에 딱 알맞은 길이였다.

그런 장비로 10년 이상 버텨왔다.

사냥의 기본은 사냥을 하며 장비를 더 좋게 바꿔서 더욱 효율적으로 사냥하는 데 있다.

이 같은 알렌의 견지에 따라 방패를, 또한 갑옷을 조달하는 데 성공했다. 그것은 두 마리의 보어를 동시 사냥하기에 충분한 장비 업그레이드였다.

알렌은 작전이 잘 기능하는 것을 보고 후유, 숨을 내쉬었다. 두 마리 동시 사냥은 아직 두 번밖에 경험하지 못했다. 이번이 세 번째였다.

'조금만 더 늦게 와줬다면 더 많이 연습할 수 있었을 텐데 말이야.'

"오오! 마무리를 지었나 보군."

두 번째 보어의 목덜미에서 선혈이 뿜어 나온다. 아마 급소를 지른 듯했다. 머지않아 세 번째 보어도 선혈을 뿜어냈다.

"세 마리를 무사히 잡았습니다. 다행이군요."

"그나저나 정말 훌륭하다. 세 마리를 거의 동시에 사냥하다니. 이제 열일곱 마리 남았군."

기사단장이 남은 목표의 숫자를 계산한 뒤 안심한다.

"아니요, 지금 세 마리를 더하면 올해는 열 마리를 사냥했습니다."

""뭐라고?!""

영주의 방문을 안 이후부터 이미 보어 사냥을 몇 번이나 다녀왔다. 이것이 네 번째 사냥이었다.

"그러므로 목표 스무 마리는 다음 달 중에 달성 가능할 겁니다."

사냥이 성공해서 기뻐하는 보어 사냥꾼들을 영주가 바라본다. 치켜 올라간 눈매에 엄격한 얼굴이지만, 은근슬쩍 푸근한 표정을 짓고 있었다.

"오호, 그런가. 이런 솜씨라면야 안심하고 마을 주민들에게 보어 사냥을 맡길 수 있겠구나."

영주가 맡기겠다는 말을 꺼냈다. 즉, 기사가 개입하거나 타지에서 농노를 데려오거나 하지는 않겠다는 뜻이었다.

"감사합니다. 다만 두 가지, 부탁드릴 것이 있습니다. 이후 사냥을 위해서라도 꼭 들어주셨으면 좋겠습니다."

"음? 부탁이라? 또 무슨 문제가 있나? 아주 훌륭한 사냥이었을 텐데?"

기사단장의 얼굴에 물음표가 떠오른다. 아무것도 걱정할 부분이 없는 사냥이었다.

"하나는 아직 장비를 갖추지 못한 사냥꾼이 있다는 문제입니다. 게다가 큰 방패를 가능하면 두 개는 더 만들고 싶습니다."

"흠."

알렌은 설명했다. 방어구도 마찬가지인데, 큰 방패를 세 개 구비하면 세 마리 동시 사냥도 조만간 가능해진다. 네 번째 큰 방패는 예비품이었다. 내구력 실험은 아직 네 번의 사냥을 거친 것에 불과하다. 망가졌을 때 쓸 예비품을 준비하고 싶었다.

"오호라, 내년 이후의 사냥을 위하여 좋은 장비를 갖추고 싶다는 말이구나."

"예, 아울러 다른 하나는 우려가 있는 사안입니다. 이 우려를 불식하지 못하면 사냥이 성립되지 않을 가능성이 있습니다."

알렌은 보어 사냥에 일말의 불안감을 갖고 있었다. 그것은 사냥에 성공하면 성공할수록 점점 커진다. 가족에게도 큰 영향을 끼치기에 가능하면 이 자리에서 설명을 하고 이해시키고 싶은 마음이었다.

"말해보거라."

영주가 보어 사냥의 문제점을 말해보라며 허락했다.

"예, 영주님. 이대로 가면 사냥을 나갈 의욕이 사라지게 될 것입니다. 사냥의 참가자도 줄어들 가능성이 있지요."

"음?"

물음표를 띄워 보이는 영주에게 바로 설명을 계속했다.

"당장 부족한 것을 말씀드리자면, 우선은 술입니다."

""술?""

말뜻을 파악하지 못하여 무의식중에 복창을 하는 영주와 기사단장.

곧장 설명을 이어 나갔다. 이대로 쭉 사냥을 하면 빠른 시기에 마을에서 보어 고기의 가치가 폭락하리라고 알렌은 이야기했다.

지금껏 겨우겨우 열 마리를 잡았던 보어가 스무 마리, 서른 마리 잡히게 된다. 지금은 아직 커다란 영향이 없지만, 고기 공급은 조만간 포화된다. 자연히 보어 고기의 가격이 폭삭 내려앉게 된다.

소금이나 장작과 교환할 때도 훨씬 더 많은 보어 고기가 필요하게 될 것은 분명했다.

"오호라, 일리가 있군. 사냥에 힘을 내려면 술이 필요하겠어."

기사단장이 이해하고 대꾸를 했다.

"물론 사냥에 쏟을 힘을 북돋기 위해서입니다만, 고기와 술을 교환할 수 있는 여건을 만듦으로써 고기의 가치를 유지하는 것이 목적입니다."

마시면 사라지는 술을 보어 고기와 바꾼다. 보어 고기가 온 마을에서 사라져 가는 모양새를 조성할 수 있다. 술장수는 보어 고기가 넘쳐나는 이 마을에서 굳이 소금이나 장작으로 교환하지 않을 것이다. 고기가 적은 이웃 마을이나 큰 도시로 운송하는 걸로 충분할 테니까.

"과연, 고기의 가치가 일정 수준으로 유지되고, 아울러 술은 그것 자체가 사냥에 참가하는 인원에게 큰 의욕을 만들어준다는 거지?"

기사단장이 감탄했다.

"예, 옳은 말씀입니다. 딱히 술이 아니더라도 과일 등 소비되는 기호품이라면 무엇이든 괜찮을 겁니다."

이 요청은 이번 포상으로 평민이 되지 못했을 경우, 알바헤론 고기의 가치가 떨어지는 사태를 막기 위함이기도 했다. 농노들의 사냥 의욕도 지켜줄 수 있는 관계로 일석이조였다.

"흠, 좋은 방안이구나. 즉답은 못 해주겠다만 검토의 여지가 있어."

"감사합니다."

"그렇게 로단이 말을 했겠군?"

알렌이 말하기 전에 영주가 확인했다.

"예, 제 아버지 로단이 말했습니다."

영주는 그런가, 대꾸하고 무엇인가를 생각하듯 눈을 감았다. 침묵이 감돌았다.

"어찌하시겠습니까?"

보어 사냥이 끝났으니 이제 마을로 돌아가겠냐고 기사단장이 묻는다.

"그렇군. 알렌, 안내 수고 많았다. 로단과 겔다에게는 마을에 돌아가면 촌장의 집으로 오도록 말을 전해주거라."

"예, 알겠습니다!"

'오? 포상 주려는 거야? 평민 시켜줘, 평민!'

이렇듯 영주가 견학하는 가운데, 보어 사냥은 대성공이라는 형태로 끝을 맞이할 수 있었다.

제13화 홀로서기

동행한 스무 명의 기사들과 함께 막 사냥한 그레이트 보어를 마을까지 운반했다.

또 세 마리를 잡아 왔다며 떠들어 대는 마을 주민들의 목소리가 들린다. 관계자가 모두 다 나와서 해체 작업을 시작했다. 15시 전 마을에 복귀했는데, 일을 마치려면 해가 떨어지겠다고 저마다 말하는 소리가 들린다.

그런 와중에 로단, 겔다, 알렌은 촌장의 집으로 불려갔다.

로단과 겔다는 무사히 영주에게 마을의 힘을 증명했기에 한시름 덜은 모습이었다. 이제 보어 사냥을 이유로 마을 주민이 늘어나는 일은 없다. 농노가 쫓겨나게 될 우려도 전부 사라졌다.

로단이 정말 다행이라며 말을 꺼낸다. 본인을 걱정해서 한 말은 아니었다. 설마 로단이 밭을 빼앗기지는 않을 테니까. 이미 굳건한 지위와 활약을 증명했다. 로단이 걱정하는 대상은 보어 사냥을 가지 못하는 이웃 농노들이었다.

촌장의 집에 들어가자, 이미 영주가 응접실에서 기다리고 있는 중이라고 알려주었다.

목욕을 할 필요는 없다. 땀과 보어의 피에 젖어서 지저분한 낡은 마직물 옷차림인데도 괜찮다며 통과되었다. 일단 서둘러 응접실로 가라는 뜻이었다.

촌장이 문 앞에서 기다리고 있다. 촌장을 선두에 세워 네 사람은 응접실로 들어갔다.

테이블은 이미 잘 정리되어서 가장 안쪽에 영주가 의자를 두고 앉아 있다. 그 옆에는 영주의 딸 세실이 앉았다. 응접실의 양끝에는 집사, 기사단장, 부기사단장이 서 있었다.

응접실의 중앙 부근에서 1열 횡대로 무릎 꿇었다.

무릎을 꿇자 영주가 입을 연다.

“우선은 촌장. 마을의 발전, 정말이지 훌륭하구나. 영내 개척령이 떨어진 지 15년. 영내 개척에 실패한 영지도 많은 와중에 이렇듯 마을을 발전시킨 수완이 참 훌륭하다. 진정으로 감사하네.”

“화, 황송합니다.”

어제 저녁의 만찬에서도 한 말을 다시금 언급했다. 촌장이 있었기에 마을도 있다. 우선은 마을의 대표인 촌장을 치하한다. 무릎을 꿇은 촌장이 더욱 깊숙이 머리 숙였다.

“그리고 로단, 겔다.”

“”넷.“”

“보어 사냥은 똑똑히 지켜보았다. 말로 형용하기 어려운 훌륭한 사냥이었지. 영주로서 감사의 말을 전하고 싶네. 고맙군.”

농노에게 깊은 감사의 말을 전하는 영주. 여전히 눈매는 날카로우나, 그 목소리는 무척 부드러웠다.

로단과 겔다가 머리 숙여서 영주의 찬사에 대답했다.

“이런 성과를 거둔 영웅이 나의 영지에 있었는데도 여태 아무것도 해준 게 없었군. 늦게나마 포상을 내리지 않는다면 영주의 책무를 게을리 하는 격이야."

'오오, 포상이 떴다! 돈은 괜찮으니까! 평민 시켜줘, 평민!!!'

알렌이 고개를 숙인 채 포상의 내용을 기다린다.

"로단, 아울러 겔다. 자네들, 그리고 아내와 자식을 평민으로 삼겠다. 이제 평민이 되어 더욱더 책무에 힘써주게나."

""감사합니다.""

또다시 머리를 숙여 감사의 말을 꺼내는 로단과 겔다.

'해냈다아아아아아아아아!!!! 평민이 됐어. 어떡하지, 내일부터 마을 바깥에 사냥을 갈 수 있어! 아자~! 백룡 산맥에서 백룡을 확 사냥해버릴 테다.'

침이 흘러나올 것 같아도 죽기 살기로 참았다. 8년 동안 꿈꿨던 마을 바깥의 마수 사냥이었다. 마음속에선 웃음이 멈출 생각을 않는다.

그 후, 알렌과 로단뿐 아니라 10년 이상 보어 사냥을 해온 농노와 다른 가족들도 평민으로 올려주겠다는 말이 나왔다. 또한, 미혼인 자가 농노와 결혼하면 역시 아내도 평민으로 올려준다는 이야기도 나왔다. 10년 이상 보어 사냥을 해온 농노가 있다는 것은 영주도 알고 있었다. 모든 사람이 만족할 수 있는 포상이다.

"평민이 되거나, 계속 농노로서 살아가거나. 촌장, 철저히 확인을 받게. 평민에게는 평민의 책무가 있으니까 말일세."

농노와 다르게, 평민에게는 인두세가 부과된다. 아내가 있고 아이도 잔뜩 있다면 가족의 숫자만큼 많은 인두세가 매년 부과된다. 평민과 농노 중 어떤 신분으로 살아갈지 본인에게 선택권을 준다는 말이었다.

"이걸로 나도 귀족의 책무를 다할 수 있겠군."

왕명인 보어 스무 마리 토벌의 목표를 달성하는 것은 영지를 다스리는 귀족의 책무였다. 이제 안심하고 본가로 돌아갈 수 있겠다고 말했다.

포상 이야기를 마치고 이곳 응접실에서 나눠야 할 대화가 끝을 맞이하려던 때였다. 불쑥 집사가 입을 열었다.

"주인님."

"무슨 일인가? 세바스."

그렇게 대화가 마무리되려 할 때, 불쑥 입을 연 집사에게 영주가 물었다.

"주인님, 국왕 폐하께서 하셨던 말씀 한 가지가 남아 있습니다. 보어 사냥이 시작된 경위에 대해 여쭈어보셨지요."

"음? 오오!! 그랬었지. 세바스, 미안하네."

'응? 보어 사냥을 시작한 이유?'

집사가 눈을 내리감으며 가볍게 머리 숙이는 동작을 하는 와중, 로단은 무슨 소리냐는 표정을 지었다.

영주가 다시 말을 이었다.

"미안하군. 이것은 정식 왕명까지는 아니나, 국왕 폐하께서 궁금해하신 내용이라네. 로단, 아니, 보어 사냥꾼 로단."

"네, 넷."

"사실은 국왕 폐하께서 어째서 보어를 사냥하려는 생각을 했는지에 대해 여쭤보셨다네."

영내 개척령은 왕국 전역에 발령되었다. 영토를 가진 귀족이 악전고투하고 있는 와중에, 개척을 성공시켰을 뿐 아니라 보어를 사냥해서 고기를 바치기까지 했다. 이것은 온 왕국의 모범이 되는 훌륭한 사례라며 칭찬을 받았다고 한다.

그리고 다른 영지에도 참고하고 싶다며 국왕이 자세한 경위를 물어보았다는 이유였다.

"보, 보어 사냥을 시작한 계기 말씀입니까?"

로단의 표정이 흐려진다. 그의 말이 이어지지 않자, 응접실에는 침묵이 감돌았다.

"음? 무슨 일인가?"

마땅히 뿌듯해하고 자랑해야 할 성과다. 그렇게 생각하고 있는 영주는 로단이 왜 입을 못 여는지 이해할 수 없었다. 이유를 물으려 한 순간—.

"영주님."

겔다가 말을 꺼냈다.

"음?"

"로단은 보어 사냥을 시작했던 이야기를 차마 할 수 없는 겁니다. 제가 말씀드려도 되겠습니까?"

'보어 사냥의 계기인가. 맞네, 들어본 적이 없었어.'

로단의 표정이 더욱 흐려졌다. 다만 말리지는 않았다. 영주도 상관없다고 답했기에 겔다가 설명을 시작했다.

"처음 개척촌인 이 땅에 발을 들여놓은 시기는 봄의 초입이었습니다. 백 명의 농노와 함께 마을을 개척했지요. 아마 13년 전의 일이었을 겁니다."

마을을 개척한다. 당연히 아무것도 없는 곳에다가 마을을 세워야 한다. 굉장히 많은 시간이 걸리는 사업이었다. 겨울이 오면 눈이 쌓이기에 개척이 어려워진다. 눈이 녹고 봄부터 시작해야 개척에 가장 긴 시간을 사용할 수 있다.

개척하는 곳은 영주의 사절이 지정한 장소였다. 본래 살았던 마을로부터 걸어서 이틀쯤 되는 거리에 있는 위치였다. 그곳은 평원이 아니라 드문드문 나무가 자라난 지역이었기에, 나무를 잘라 뿌리를 제거하는 작업부터 시작할 필요가 있었다.

"흠."

겔다는 서툰 경어를 쓰면서 계속 이야기했다. 로단은 눈을 감은 채 가만히 이야기를 들을 뿐이다. 꽉 쥔 주먹이 떨리고 있다.

"아득바득하며 나무를 다 뽑아낼 무렵에는 가을에 접어들었죠. 그때였습니다."

그때 사건이 발생했다는 이야기를 한다. 마을을 나가본 경험이 없는 농노들은 미처 예상하지 못한 일이었다. 평민들 또한 모르지 않았을까. 이곳은 본래 살았던 마을에서 상당한 거리가 있다.

"겨울을 나기 위해서 고이 모아뒀던 곡식을 보어가 먹어치운 겁니다."

처음 맞이한 가을이었다. 가을이 오면 이 숲에 그레이트 보어가 우르르 몰려든다는 사실을 그들은 알지 못했다. 마수를 대비하고자 울타리는 세워 놓았지만, 1톤이 넘는 거구 앞에서는 속절없이 파괴되었다. 그렇게 겨울을 나기 위해 필요한 식량을 절반 가까이 빼앗겨버렸다고 겔다는 이야기했다.

로단의 무용담을 들을 생각이었는데 분위기가 묘하게 흘러가는지라 미간을 찌푸리는 영주. 겔다가 계속 이야기한다.

“어떻게 할지 모두 모여 상의했지요. 본래 살았던 마을로 돌아가자는 말도 나왔습니다.”

이곳에서 이틀만 걸어가면 본래 살았던 마을로 돌아갈 수 있다. 남은 식량을 가지고 본래 살았던 마을로 돌아가서 겨울을 보낸 뒤 내년 봄에 다시 한번 개척을 하자. 그러한 이야기도 나왔다.

“하지만 저희 농노들은 본래 먹고살 길이 막막하여 이곳에 온 처지입니다. 돌아간들 아무도 환영해주지 않습니다.”

겔다의 가족을 비롯하여 기존 마을의 주민들은 개척민이 돌아오지 않는 것을 전제로 하여 겨울에 먹을 식량을 확보했을 것이다. 물론 환영도 받지 못할뿐더러 식량을 과연 나누어 줄지 알 수 없었다.

“이미 못 돌아간다는 사람도 잔뜩 있었죠.”

“그랬군.”

그렇게 말한 뒤 영주는 촌장에게 시선을 준다. 촌장이 깊숙이 머리 숙였다. 촌장은 민망하다는 표정을 짓고 있었다. 이 사실을 촌장은 물론 잘 알았지만, 영주에게 보고를 올리지 않았었기 때문이었다.

“그때 로단이 말했습니다. 보어를 사냥해서 겨울나기를 위한 식량으로 쓰자고요.”

진정한 영웅의 등장이었다고 겔다는 이야기했다. 괭이와 가래, 곡괭이 따위를 챙겨서 남자들을 이끌고 보어를 사냥하러 갔다고 한다. 지금처럼 스무 명 남짓이 아니었다. 곱절 이상의 인원수로 사냥을 했다. 남자들 대부분이 참가했었다.

지금처럼 세 조로 역할을 나누는 작전 따위 없었다. 다들 제정신이 아니었다. 우연히 혼자 다니는 보어가 있었다는 것, 운 좋게도 목에 곡괭이의 일격이 들어갔다는 것, 여러 행운이 겹치지 않았다면 필시 전멸하고도 남을 상황이었다.

"그리고 멋지게 보어를 사냥했겠군. 멋진 이야기가 아닌가. 왜 자랑을 하지 않는가. 알렌을 보아라, 처음 듣는다는 표정을 짓고 있구나."

자기 자식에게 자랑해야 할 멋진 이야기라고 말하는 영주.

"죄, 죄송합니다. 그때, 친구를 잃었던지라……."

"음?"

그레이트 보어 사냥은 위험하다. 죽기 살기로 사냥했다. 이웃들 많은 사람이 중상을 입었다. 그럼에도 죽기 살기로 사냥했다. 숨통을 끊기만 하면 신께서 시련을 극복한 포상을 내려주기 때문이었다. 그러면 신이 생명을 베풀어준다. 모든 상처를 치료해준다.

"신은 시련을 극복한 포상을 내려주셨습니다. 하지만 친구 한 명은 시련을 견디지 못했죠."

적의 숨통을 끊기 전에 한 명의 친구가 사망했다고 로단은 이야기했다.

"다 같이 결정해서 한 사냥입니다만, 로단은 못내 책임을 느껴서 이럽니다. 네가 마음고생을 할 일은 아니라고 줄곧 얘기해줬는데도 말이죠."

이야기를 계속하는 겔다. 마을에 돌아온 뒤 보어 사냥에 참가한 사람도, 참가하지 않은 사람도 똑같이 보어 고기를 나눠 먹었다는 이야기였다. 덕분에 무사히 겨울을 났다.

빈사의 중상을 입은 사람이 다수 있었고, 더욱이 사상자도 발생했기에 이후 참가자 수는 절반인 스무 명 가까이 줄어버렸다.

이상이 보어 사냥을 시작한 계기입니다, 라고 겔다가 말을 매듭지었다.

'그런가, 겹쳐 보였겠구나.'

이야기를 들으며 알렌은 떠올렸다. 2년 전 로단이 중상을 입고 돌아왔을 때의 기억이다. 평민 청년을 지키기 위해서 제 몸을 내던졌다. 본인도 가족이 있는 입장인데도 청년의 목숨을 우선하다가 중상을 입었다.

보어를 처음 사냥한 것은 로단이 열다섯 살 때였다. 분명 청년과 비슷한 나이였을 것이다. 과거에 사망한 친구와 겹쳐서 보였다. 가족이 있다는 것도 잊은 채 몸이 움직였을 것이다.

고개 숙인 채 침묵하는 로단. 당시의 기억이 되살아나는지 바닥에 짚은 손이 떨리고 있다.

"괜한 소리를 하여 미안하네."

"아, 아닙니다……."

응접실이 조용해졌다.

"그 이야기는, 확실히 자랑스레 떠들 사연은 아니군. 국왕 폐하께는 내가 잘 둘러대겠네. 그런 일이 있었을 줄은…… 흐음."

이어서 상념에 잠기는 영주. 또 응접실에 침묵이 차올랐다.

"왜 그러십니까? 주인님."

영주의 침묵에 반응하는 집사.

"아니, 세바스. 이래서는 부족하잖은가. 나는 방금 들은 이야기는 진실이리라 판단했네. 그렇다면 로단의 활약은 마을을 구한 것이라고도 충분히 말할 수 있겠지."

로단은 마을을 개척한 일등 공로자라고 영주가 말했다.

"그 말씀이 맞습니다."

집사도 부정은 하지 않았다.

"로단. 자네에게는 하나 더 포상을 주겠네."

"예? 포상 말씀입니까?"

금화 오십 닢이 필요한 평민 신분을 공짜로 준 영주다. 그것과는 별개로 하나 더 포상을 준다는 이야기였기에 로단은 동요했다.

"백성의 분투에 보답하는 것은 영주의 당연한 책무. 포상은 무엇이든 좋네. 뭔가 원하는 것이 있는가?"

"무, 무엇이든 괜찮은 겁니까?"

"있는가 보군? 뭐든 좋다네, 말해보게나."

'아버지가 원하는 포상인가. 뭘까? 술밖에 생각이 안 나는데.'

로단에게 망설임은 없는 듯했지만, 알렌은 로단이 원하는 것을 짐작하지 못했다.

"그, 그럼 영주님. 부탁이 하나 있습니다."

머리를 숙인 채 로단이 말을 꺼냈다.

"그래, 경청하겠네."

"제 아이 알렌을 영주님의 가문에서 부려주시면 안 되겠습니까?"

'어?'

"음?"

"제 아이 알렌은 저와 다르게 영리한 아이입니다. 분명 영주님께 도움이 되어드릴 수 있을 겁니다."

"오호, 아들을 나의 남작가에서 일하게 해달라?"

'잠깐!! 아냐, 잠깐만, 아버지. 안 돼. 아니야!! 어으, 크, 큰일 났다!!!'

당황한다. 얼굴에서 동요의 빛이 솟아 나온다.

"예, 심부름꾼이든 뭐든 상관없습니다. 아무쪼록 영주님의 가문에서 부려주십시오."

"그런가."

그렇게 말한 뒤 영주는 집사를 바라봤다.

"괜찮겠지요. 영리한 아이임은 틀림없으니까요."

남작가의 경영을 관리하는 집사가 반대하지 않는다. 옆에서는 기사단장이 흐뭇하게 고개를 끄덕거리고 있다.

'잠깐!! 반대해야지!!! 이대로 가면 쭉 꿈꿨던 백룡 생활을 빼앗겨 버려! 새, 생각을 하자.'

알렌은 무엇보다도 사냥을 좋아한다. 그리고 레벨 올리기를 좋아한다. 영주의 집에서 일하라는 말은 좋아하는 분야와 정반대에 위치한다. 영주의 저택에서 생활하면 온갖 제약이 따라붙겠지. 어쩌면 농노로 살 때보다 더 제한이 많을지도 모른다.

어떻게든 방법을 내서 이 상황을 타파해야만 한다. 죽기 살기로 머리를 회전시켰다.

"심부름꾼이라, 흠, 아니지."

"예?"

심부름꾼으로 받아주기는 싫은가 보다. 영주는 잘 깎아서 가지런

한 콧수염을 만지작거리며 말을 꺼냈다. 부탁을 받아들여주리라 믿고 있었던 로단이 유감이라는 표정을 지었다.

'오? 거절인가? 그래, 거절하는 게 상식적이지.'

"사냥에서 보여준 안내인 역할도, 전날의 식사 시중도 아주 훌륭했다. 과연 영웅 로단의 아들답더군. 자식을 정말 잘 길러주었네."

"네, 네엣."

"알렌은 우리 그란벨 가문의 시종으로 삼겠다."

"시, 시종 말씀입니까? 괜찮으신 겁니까?!"

너무나 놀라 목소리가 삑 갈라지는 로단.

'응? 심부름꾼이랑 시종은 다른 거야? 아, 아니지. 이런 생각을 할 때가 아니야!!'

"괜찮겠나? 세바스."

영주의 물음에 집사는 아무 문제 없다고 대답했다.

"알렌, 영주님께서 너를 특별히 시종으로 받아주신다는구나!"

영주가 앞에 있다는 것도 잊어버리고 알렌의 머리를 벅벅 쓰다듬어주며 기뻐하는 로단. 얼마나 기뻤는지 눈에서 눈물이 흘러넘치고 있다.

"알렌, 진짜 잘됐어. 우리 농노들은 절대 넘볼 수 없는 자리를 영주님께서 내어 주신 거다."

겔다도 덩달아 말을 보탠다. 혼이 빠져나간 듯 망연자실하는 알렌에게 이것이 얼마나 굉장한 일인지 가르쳐주고자 했다.

영주는 아무 말 없이 가만히 부자를 바라보고 있다. 이토록 큰 활약을 펼친 로단의 어두운 과거를 들쑤셨잖은가. 선부른 발언을 속

죄하려는 마음도 있는 듯했다. 얼굴 한가득 웃음 지으며 기뻐하는 로단을 보고 만족스럽다는 표정을 짓는다.

곧이어 선언했다.

"로단의 아들 알렌. 시종이 되어 우리 그란벨 가문의 말석에 이름을 올리도록 해라."

"예?"

알렌은 자신에게 하는 말에 물음표로 대답해버렸다.

'이거 혹시나 네, 라고 대답을 하면 즐거운 백룡 생활이 날아가 버리는 건가?'

"음? 왜 말을 못 하나?"

곧장 대답이 돌아오리라 생각했던 영주는 알렌의 반응을 보고 의아하다는 표정을 지었다.

"알렌, 잘 부탁드린다고 대답하면 된단다."

이럴 때 어떤 대답을 해야할지 몰라서라고 넘겨짚은 로단이 귀띔해준다.

'어떡하지, 이거…….'

로단을 본다. 그의 눈에선 눈물이 흘러넘쳐 뺨에서 뚝뚝 떨어지고 있다. 정말로 많이 기쁜가 보다. 아버지의 눈물은 처음으로 보는 것 같았다.

8년간 자신을 정말 열심히 길러준 로단. 이 세계에 오기 전에는 로단보다 나이가 많은 서른다섯 살이었지만, 로단의 삶과 노력은 지난 삶과는 상관없이 존경하고 있다. 로단의 아이로 태어나서 다행이라고 줄곧 생각해왔다.

가족을 위해 제대로 쉬지도 않고 전답을 일구고, 가을이 오면 목숨을 걸고 보어를 사냥해왔다. 로단은 이웃을 무척 아끼기에 농노들 사이에서도 존중받아왔다.

그런 그가 눈물 흘리며 기뻐하고 있다.

“자, 잘 부탁드립니다.”

‘무리야. 이런 상황에 거절하는 건 할 수 없어…….’

이렇게 알렌은 그란벨 남작가의 시종이 되었다.

* * *

영주와 접견이 끝날 즈음엔 이미 어둠이 드리워졌지만, 오늘 밤에는 식사 시중을 들지 않아도 된다고 했다. 내일 오후에는 영주 일행이 이 마을을 떠나기 때문이다. 그때 영지의 중심 도시 그란벨에 알렌도 함께 데려가겠다는 통보를 받았다.

집에 돌아가서 테레시아에게 시종 이야기를 전하는 로단. 테레시아는 정말 잘됐다며, 서글픈 표정으로 말했다.

그렇게 하룻밤을 보내고 아침이 되었다. 알렌은 자신이 물을 길어오겠다며 바깥에 나갔다. 딱히 잠이 오지를 않았다.

우물터에 와 있던 농노들의 눈엔 정이 가득했다. 지난 8년간 수없이 얼굴을 마주했던 농노들이다.

영주의 포상 덕분에 쭉 보어 사냥을 계속했던 농노 스무 명과 나머지 가족들도 평민으로 신분이 올라가게 되었다. 이 소식은 하룻밤 사이에 온 마을로 퍼져 나갔다. 이미 평민이 되겠다고 결정을 내린 농노도 다수 있었다.

"오! 알렌. 귀족의 집에서 일하게 됐다며. 정말 잘 됐구나!"

"감사합니다."

물을 길으러 온 농노들이 축하의 말을 건넨다.

집에 돌아와서 물독에 물을 채우는 동안에도 동생 마쉬가 아직껏 칭얼대고 있었다. 알렌이 떠나는 것이 섭섭하다는 말을 자꾸만 한다. 알렌도 가능하면 내년에 치러질 마쉬의 감정 의식에는 참석하고 싶었다.

아침 식사를 먹고 몸단장을 한다. 손때 묻은 목검을 허리에 꽂았다.

"옜다. 이것도 가져가라."

"어젯밤에도 말했지만, 괜찮아요."

로단이 내미는 작은 마대 주머니를 거절했다. 안에는 은화가 들어 있다. 알바헤론을 사냥해서 번 삼백 닢을 넘는 은화다. 알렌은 남작가에서 임금이 나올 테니 저 돈은 급할 때 쓰도록 아버지가 가지고 있어달라고 말했다.

"괜찮으니까 가져가라!"

"알았어요."

로단의 말투가 거칠어지는지라 알렌은 어쩔 수 없이 작은 주머니에 든 돈을 나눠서 백 닢만 챙겼다.

딱히 챙겨야 할 물품이 많지 않았기에 준비는 금방 끝났다. 짐은 자그만 마대 자루에 전부 쏙 들어갔다.

"오! 아직 있었군."

이제 출발하려던 때 겔다가 나타났다. 옆에는 미틸다, 클레나, 릴리가 있다. 주택가에 가는 도중에 잠깐은 들를 예정이었는데 이렇게 상대가 먼저 찾아와줬다.

클레나는 무척 슬퍼 보였다.

"진짜 가버리는 거야?"

"응, 클레나도 잘 지내라?"

"……."

클레나는 젤다에게 알렌이 마을에서 떠나간다는 소식을 듣고 왔다. 알렌의 말에 고개를 푹 수그리고 대답을 하지 못했다. 손에는 평소처럼 목검을 들고 있었다.

"좋아, 기사놀이를 하자."

"엥? 기사놀이?"

"그래."

"응!"

'좋아, 좋아. 마지막은 웃는 얼굴로 배웅받고 싶으니까.'

클레나는 기사놀이라는 말을 듣고는 갑자기 기운이 솟아났다. 다만 마당은 스무 마리의 알바헤론을 널어 두었기에 쓰지 못한다. 마당 바깥에서 하기로 했다. 두 사람의 가족들이 지켜보고 있었다.

목검을 꽉 쥐고 5년 이상을 들어 익숙한 대사를 다시 듣는다.

"내 이름은 기사 클레나! 자, 정정당당히 겨루자!!"

새삼 저 대사를 듣자 뜨거운 감정이 느껴졌다.

"나는 그란벨 남작가의 시종 알렌. 검성 클레나, 오너라!"

클레나가 어리둥절한 표정을 짓는다. 평소와 대사가 달라서였다. 또한, 클레나를 기사가 아닌 검성이라고 불렀다.

알렌이 받은 신분은 로단이 13년 전부터 목숨을 걸고 보어를 사냥해왔던 성과 덕분이다. 알렌은 아버지가 목숨을 걸고 쟁취한 칭호를 의도해서 사용했다.

“뭐 해? 안 덤빌 거야?”

다시금 묻는 알렌. 그제서야 간다고 대답하는 클레나.

그렇게 기사놀이가 시작됐다. 알렌과 클레나의 부모들이 쭉 지켜봐왔던 기사놀이였다. 목검이 거센 기세로 휘둘러진다. 절대로 여덟 살 아이의 속도가 아니었다.

“작별의 기사놀이인가.”

“그러게, 꽤 괜찮군.”

로단의 혼잣말에 겔다는 이런 모습이야말로 알렌과 클레나답다는 듯이 대꾸했다.

다만 관전하던 가족은 곧 위화감을 느꼈다. 모두들 줄곧 클레나에게 밀리는 알렌밖에 보지 못했다. 기사놀이에서는 분명 클레나가 압도적으로 강했을 텐데. 그런데 오늘은 알렌이 오히려 클레나를 압도하고 있다.

“엥?”

“뭐 하나, 검성 클레나. 그 정도인가!”

도발당한 클레나의 검에 힘이 들어갔다. 그러나 휙 피한 알렌의 검격에 이내 밀려난다. 클레나가 오히려 방어만 하고 있었다.

곧 가족, 이웃들과 헤어지게 됨을 안 뒤로 알렌은 클레나와의 작별 인사는 기사놀이로 하겠다는 결심을 했다.

그와 동시에 다짐했다. 마지막 기사놀이는 기필코 승리하겠다고.

"앗?! 뭐야? 어째서?"

당황하는 클레나. 지금껏 한 번도 패한 경험이 없는 알렌에게 자꾸 밀린다. 평소의 움직임이 아니었다. 지난 5년간 본 적이 없었던 속도. 알렌과 클레나의 양쪽 부모도 놀라워하며 보고 있었다.

알렌은 지금껏 사용한 적 없었던 새 그룹의 카드, 새E를 스무 장 만들었다. 그 결과 민첩성이 폭발적으로 상승했다.

【이 름】 알렌
【연 령】 8
【직 업】 소환사
【레 벨】 7
【체 력】 152 (190)
【마 력】 208 (260) +200
【공격력】 75 (94)
【내구력】 75 (94)
【민첩성】 144 (181) +200
【지 력】 216 (270) +200
【행 운】 144 (181) +200
【스 킬】 소환 〈4〉, 생성 〈4〉, 합성 〈4〉, 강화 〈4〉, 확장 〈3〉, 수납, 제거, 검술 〈3〉, 투척 〈3〉
【경험치】 0/7000
· 스킬 레벨
【소 환】 4
【생 성】 4
【합 성】 4
【강 화】 4
· 스킬 경험치
【생 성】 47946/1000000
【합 성】 47900/1000000
【강 화】 47640/1000000
· 획득 가능 소환수
【 벌레 】 EFGH
【 짐승 】 EFGH
【 새 】 EFG
【 풀 】 EF
【 돌 】 E
· 홀더
【 벌레 】
【 짐승 】
【 새 】 E 20장
【 풀 】 E 20장
【 돌 】

소환사의 민첩성 능력치는 A이므로, 성장기대치가 높았다. 지금은 레벨이 7로 올랐고, 새E 카드를 스무 장 채워넣음으로써 민첩성이 300을 넘겼다.

아직 레벨을 올리지 않은 클레나는 대응할 수 없었다. 금세 궁지에 몰렸고, 알렌의 목검이 클레나의 목 앞에서 멈췄다.

"져버렸어."

"흠, 검성 클레나. 무승부군."

'좋아, 마석은 거의 다 써버렸지만, 뭐, 상관없나.'

"엥?"

클레나 본인은 완패를 인정했다. 알렌과 클레나의 양쪽 부모가 봐도 알렌의 승리였다.

"이것은 틀림없는 무승부로군."

"무승부우?"

고개를 갸웃거리며 얼굴에 물음표를 띄운다.

"그래, 무승부다. 검성 클레나. 승패는 다음 대결까지 미뤄야겠구나."

"엥?"

"승부는 결판이 나지 않았어. 그러니까 다음에 만날 때까지 승패는 미뤄 두자는 거야. 클레나."

호칭을 다시 클레나로 한다. 언젠가 어른이 되어 또 만나자는 약속이다.

"응, 다음에 만날 땐 내가 이길 거야! 알렌!!"

목검을 두 손에 들고 웃는 얼굴로 대답하는 클레나. 이 얼굴을 보고 싶었다.

알렌은 잘 알고 있었다. 클레나는 열두 살이 되면 왕국에 있는 학원 도시에 갈 테고, 그 이후는 왕가에 발탁되어 활동할 것이다. 신분도, 살아가는 공간도 달라진다. 더는 못 만날지도 모른다. 오히려

더는 못 만날 가능성이 더 높았다. 그럼에도 결판을 내지 않은 채 기사놀이를 끝내고 싶었다. 그래서 열심히 모은 마석까지 거의 다 써버렸다.

기사놀이가 끝난 뒤 이제 가겠다고 말하며 모두와 작별을 했다. 테레시아는 알렌을 꽉 끌어안아 「잘 지내렴」이라고 말해줬다. 알렌은 눈물이 나올 것 같았다. 다만 지금은 울 수 없었다.

목 놓아 우는 마쉬의 곁에 다가간다.

"마쉬, 강해져서 뮈라를 지켜줘야 한다!"

"으, 응."

힘주어 꽉 안고 작별의 인사를 했다. 동생을 위해서라도 형은 울면 안 된다.

로단과 함께 마을의 문으로 향했다. 딱히 대화는 없었으나 아무튼 애틋함을 느낄 수 있었다.

주택가에 도착하자 광장에 자주 본 얼굴의 소년이 있었다. 감자 얼굴의 드골라다. 그 옆에는 페롬스도 있다. 알렌을 향해 무엇인가를 들고 달려온다.

"야, 알렌."

드골라가 쓰는 호칭은 꽤 예전부터 『까만 머리』에서 『알렌』으로 바뀌었다.

"옜다, 가져가라."

무뚝뚝하게 막대 비슷한 물건을 척 내민다.

"응? 어? 괜찮겠어?"

드골라는 알렌에게 단검을 건네줬다. 어딘가에서 본 기억이 나는 단검이었다.

'이건 2년 전 금액을 확인했던 단검이야. 은화 오십 닢이었지. 결국 못 샀지만.'

알바헤론을 잡아 번 돈은 가족을 위해 쓰겠다고 결정한 터라 가지고 싶었어도 끝내 사지 않았던 단검. 드골라는 자기 아버지에게 들은 이야기를 줄곧 기억해주었나 보다.

"고마워, 소중하게 쓸게."

"그래, 막 써먹어라. 잘 가라!"

그렇게 말한 뒤 겸연쩍었는지 어딘가로 달려가버렸다. 2년쯤 알고 지냈던 사이였지만, 틀림없는 알렌의 친구였다. 단검을 목검의 옆쪽에 꽂은 뒤 다시 걸음을 뗐다.

잘 지내라며 마을 주민들이 말을 걸어온다. 아마도 남작가에서 일하기 위해 마을을 떠난다는 소식이 이미 주택가에도 퍼진 듯했다. 불쑥 눈자위가 뜨거워졌다.

"이곳은 네가 태어나 자란 마을이다."

"응, 아버지."

줄곧 조용했던 로단이 이제 문이 보이는 곳까지 왔을 때 알렌에게 말을 건넸다.

"너는 분명히 시종으로 끝나지 않아. 철저하게 책무를 수행해라. 그때까지 연락은 안 해도 되니까."

무리해서 연락을 보내려고 하다가 농노 출신이 남작가에서 일하게 된 행운을 놓치면 안 된다는 말이었다.

"응, 열심히 할게."

그렇게 말을 주고받고 문 앞에서 로단과 헤어졌다.

곧 출발시간이다. 안내를 받아 마차에 올라탔다. 마차 창문으로 태어나 자란 마을을 바라보는 알렌. 천천히 나아가기 시작한 마차에서 보이는 풍경이 점점 작아져 간다. 로단은 이미 보이지 않았다. 마을이 멀어져 간다.

꾹 참았던 눈물이 흘러내렸다.

이렇게 알렌은 클레나 마을을 떠나 영지의 중심 도시인 그란벨에서 생활하게 되었다.

태어나서 8년간 농노였던 알렌이 평민의 신분을 얻어 그란벨 남작 가문의 시종으로서 새로운 삶을 맞이하는 순간이었다.

특별 수록 에피소드 호수의 근처

알렌과 영주 일행이 마차를 타고 그란벨로 출발한 지 사흘이 지났을 무렵.

“기사단장님, 신속한 대응에 정말 감사드립니다.”

“암, 백성의 불안을 제거하는 것도 기사의 책무이니까.”

늙어서 휘청휘청하는 촌장이 기사단장에게 호들갑스레 감사의 인사말을 건네는 모습을 알렌은 조금 떨어진 곳에서 보고 있었다.

‘결국 할아버지, 할머니는 못 만나는구나.’

이곳은 클레나 마을이라는 이름을 받은 개척촌의 이웃 마을, 즉 로단과 테레시아가 태어나 자란 마을이다.

이 마을에 부모님의 조부모가 살고 있겠지만, 우선 농노 처지의 조부모가 촌장의 집에 있을 리 없었다. 자신도 자유롭게 움직일 수 있는 신분은 아니어서 만남은 이루어지지 못했다.

농노는 이동에 제한이 있는지라 일단 태어났던 마을을 떠나면 부모와 두 번 다시 만나지 못하는 것이 보통이라고 로단에게 들었다.

조금 더 자유롭게 활동할 수 있는 신분을 얻으면 만나러 갈까 생각하면서 알렌은 자신이 타고 온 마차를 찾았다.

그란벨로 향하는 마차는 몇 대 있었는데, 알렌이 타는 마차는 고용인들의 마차다.

"얘, 시종아. 이리 와보렴."

'음? 나를 부르는 건가?'

마차를 찾던 중 머리 위에서 목소리가 들렸다. 목소리가 나는 방향을 쳐다봤더니 그란벨 가문 전용의 장식이 있는 마차 창문으로 세실이 얼굴을 내비치고 있었다.

"네, 세실 아가씨. 무슨 일이십니까?"

"잠깐 얘기를 하자. 내 마차에 타렴."

'아니, 난 할 얘기 아무것도 없거든? 왜 자꾸 귀찮게 굴죠?'

"네, 분부 받들겠습니다."

아직 저택에 도착하지는 않았지만, 아무것도 안 하기도 조금 민망한지라 이곳 이웃 마을에서도 식사 시중을 담당하고 있다.

그런 와중에 나이가 비슷하기 때문일까, 틈만 나면 세실이 말을 걸어온다.

딱히 내키지는 않으나 귀족의 딸이 타라고 말했으니 탈 수밖에 없었다.

평민과 농노는 특별히 심한 차이를 느끼지 않았다만, 귀족님과는 신분이 정말 확연하게 다르다는 것을 느낀다.

'응? 여성 전용 차량인가. 탄 사람이 전부 여성이잖아. 아, 부기사단장도 있네.'

세실이 탄 마차에는 여성 고용인이 몇 명 타 있다.

아마도 이 마차는 이번에 방문했던 여성 고용인을 세실과 함께 태운 듯했다.

그리고 호위를 맡았는지 부기사단장도 앞자리에 앉아 있다.

세실이 여기야, 라며 지목한 장소는 그녀의 맞은편 자리였다.

이 지옥은 도대체 뭐냐며 한탄하면서도 시키는 대로 말없이 자리에 앉았다.

거의 도료를 칠하지 않은 마차인지라 흔들림도 심하고 탑승감도 최악이었다. 하다못해 마차 안에서는 부담감 없이 편하게 있고 싶었는데. 마음속으로 한숨을 쉰다.

선두의 마차가 출발하자 곧 알렌이 탄 마차도 덜컹덜컹 이동을 개시했다.

개척촌보다 인구가 많은 곳인지, 아니면 마을 주민이 다 밖에 나왔는지는 알 수 없다만, 꽤 많은 사람들이 마을에서 떠나는 마차를 배웅하고 있다.

"어때? 엄청 환영해줬지?"

그런 마을 주민들을 바라보던 때 세실이 말을 건넸다.

"네, 과연 영지를 다스리는 그란벨 가문입니다. 평상시에도 늘 영지의 백성들을 아껴주시는 덕분일 테죠."

"그래, 맞아. 후후."

'칭찬했으니까 쿠션 하나만 줘라.'

세실은 이 말을 듣고 싶었는지 그란벨 가문을 칭찬해주자 해죽해죽 웃음이 그치지 않았다.

그런 세실의 엉덩이 아래에는 알렌과는 다르게 쿠션 비슷한 깔개가 겹겹이 놓여 있었다.

"알렌 군은 가주님께 보어 사냥을 자세하게 설명할 때도 느꼈지만, 농노라는 생각이 안 들 만큼 의젓하구나."

알렌의 대답을 듣고는 같은 마차에 탄 부기사단장이 감탄하며 말했다.

그란벨 남작이 농노의 자식을 시종으로 들인다는 뜻밖의 결단을 내린 이유가 이러한 면모에서 비롯되었을까 생각하는지도 모르겠다.

"칭찬해주셔서 감사합니다."

부기사단장이 칭찬해줬기에, 답례를 했다.

"그 대답도 굉장한 거야. 지금 몇 살이었지?"

"올해로 여덟 살이 됩니다."

"엥? 나랑 같은 나이잖아."

'오? 진짜로? 동갑이었나.'

"그랬군요, 몰랐습니다"

듣자 하니까 세실은 알렌과 동갑이었다.

그래서 뭘 어쩌라는 거냐는 생각도 있었다만, 세실은 잠시 생각을 하다가 「그래, 동갑이었네」라며 혼자 중얼중얼 말했다.

드문드문 자라난 나무를 베어서 만든 길을 마차로 이동하기를 몇 시간.

어린 세실도 있어서인지 마차는 본래 말에게 꾸준히 쉬게 해줘야 하는지 잘 모르겠다만, 몇 번인가 정차한 뒤 휴식을 취했다.

휴식 때마다 어떻게든 다른 마차로 옮겨 타고 싶은 마음이었으나, 그때마다 세실에게 붙잡혀서 그란벨 가문의 이야기를 들어야 했기에 알렌은 결국 자리를 바꾸지 못했다.

'그란벨 가문 이러쿵저러쿵 얘기는 마도서에도 메모 안 할 거야.'

별 관심도 없는 그란벨 가문 내부의 이야기에 맞장구를 쳐주던 중에 세실이 창밖에서 무엇인가 생각을 떠올린 기색으로 말했다.
“어머, 이 부근은……. 곧 어머님이 말씀하셨던 호수가 나와.”
“세실 아가씨, 호수에는 못 들릅니다.”
세실의 말에 부기사단장이 쌀쌀맞게 대꾸했다.
“아직 아무런 말도 안 했잖아! 그나저나, 왜 들르면 안 되는 건데!!”
세실은 부기사단장의 말에 화내며 항의했다.
‘응? 뭐야, 뭐야? 여기 근처에 호수가 있다고?’
세실의 주장은 이러했다. 이번에 보어 사냥을 하는 광경도 견학하고 싶었는데 아버지가 위험하다며 허락을 안 했기에 마지못해 포기했다. 아버지 말에 잘 따라서 착한 아이 노릇을 했으니까 부탁 하나쯤 들어줘도 괜찮지 않냐는 논리였다.
세실의 어머니가 말하기를 호수 근처에 아름다운 노란색의 꽃이 피어난다고 했다. 세실은 그 꽃을 꺾으러 가고 싶다고 부기사단장에게 말했다.
“다른 곳에 들를 상황이 아닙니다. 아무 사고가 없었다면 괜찮겠습니다만, 이 부근에 떠돌이 오크가 출몰했다지요. 단장님도 토벌을 위해 별동대를 이끌고 나가신 만큼 아가씨의 안전이 가장 우선입니다.”
“……그래, 알았어.”
세실은 부기사단장이 절대 못 간다는 태도를 바꾸지 않았기에 항의를 포기한 듯했다.
‘오크인가. 본 적은 없지만 강하겠지. 분명 C랭크의 마수였던가.’
알렌은 기껏해야 그레이트 보어나 알바헤론, 뿔 달린 토끼밖에 직접 본 마수가 없다.

개척촌을 나와서 또 새로운 마수의 이름을 듣게 되었다. 과연 마수가 활개치는, 검과 마법의 판타지라는 생각이 든다.

다만 오크는 꽤 유명한 마수인지 아버지 로단에게도 말을 들었다.

오크가 사람들이 사는 마을을 습격해서 마을 하나가 아예 통째로 사라질 만큼 망해버리는 사태도 종종 일어난다고 한다.

"역시 토벌을 하는 건가요?"

"토벌할 필요가 있지. 쭉 방치해뒀다간 자기들끼리 마을을 만들기도 하는 위험한 마수니까."

처음 한 마리는 떠돌이 오크라고 불리지만, 토벌하지 않은 채 방치하면 그곳에 눌러앉아서 오크가 마을을 만들어버리는 사례도 있다고 한다. 어쩌면 오크가 사람들 사는 지역과 가까운 위치에 이미 마을을 만들고 있을지도 모른다.

얼마 전 들른 마을의 촌장이 행상인에게서 마을에 오던 중 떠돌이 오크를 목격했다는 정보를 듣고 남작과 기사단장에게 상담했었다.

그란벨 남작은 그 이야기를 중요하게 여기고, 떠돌이 오크를 발견했던 상세한 위치를 촌장에게 물어 파악했다.

그 결과, 기사단장은 그레이트 보어 사냥을 도울 예정으로 데려왔던 기사단 중 절반을 이끌고 떠돌이 오크 토벌을 위하여 개별 행동을 개시했다.

그러한 사정도 있어 이쪽은 나머지 절반의 기사와 함께 그란벨 가문으로 서둘러 귀환하는 중이라고 한다. 도저히 세실을 위하여 호수 근처에 들를 여유는 없어 보였다.

'아하, 오크 때문이구나. 분명 그란벨에는 모험가 길드라는 조직이 있다고 들었는데. 도시에서 자유롭게 활동할 수 있는 시간이 생기면 마수 조사도 겸해서 꼭 가봐야겠다.'

오크의 정보와 함께 이후의 예정을 마도서에 기록했다.

그리고 앞으로 취할 행동을 검토하는 데 열중했던 알렌은 세실이 무엇인가 골몰히 생각하는 표정으로 상념에 잠겨 있었다는 것을 미처 알아차리지 못했다.

그로부터 한나절이 지나기도 전에 오늘의 이동이 종료되었다.

원정길 곳곳에 마을이 있는 것은 아니다.

마을이 없을 경우는 야영지를 설치해서 하룻밤 묵는다.

그리고 사건은 다음날 아침에 발생했다.

슬슬 출발하려던 때, 고용인 여성이 핼쑥한 얼굴로 소란을 피웠다.

"세, 세실 아가씨가 안 계십니다!"

"뭐?! 아니!! 어찌 된 일인가!!"

그란벨 남작이 소리 높이는 와중에 고용인이 설명을 한다.

고용인이 아침 식사 자리에 불렀을 때 세실은 「안 먹어. 마차 안에서 쉴래」라고 대답했다.

고용인은 남작에게 상황을 보고한 뒤 아침 식사를 마치고 마차 안에 돌아갔더니 이미 세실이 사라지고 없었다고 한다.

'아이고, 보나 마나 호수 근처에 꽃을 꺾으러 갔겠네.'

"어쩌면 호수 근처로 꽃을 꺾으러 갔을지도 모르겠습니다. 서둘러 찾아보는 것이 좋겠습니다."

"알렌, 그게 무슨 말이냐."

시간이 없는지라 간결하게 이야기했다.

마차 안에서 세실이 어머니에게 줄 선물로 호수 근처에서 피어난다는 꽃을 가지고 귀가하고 싶어 했다는 이야기를 한다.

"어째서 보고를 하지 않았나, 레이브랜드 부기사단장!"

"며, 면목 없습니다."

그란벨 남작이 부기사단장에게 화내고 있다.

"되었네. 부대를 나눠 서둘러 찾으러 가게!!"

호수는 이곳에서 정서 방향에 위치한다고 했다.

올바른 길을 따라서 찾으러 가는 부대 및 정확하게 길을 알지 못하는 세실이 북쪽이나 남쪽으로 잘못 접어들었을 경우도 고려하여 복수의 부대가 신속하게 편성되었다.

그런 와중에 알렌이 그란벨 남작에게 말한다.

"그란벨 남작님, 저도 세실 아가씨의 시중을 드는 몸입니다. 같이 찾으러 가겠습니다."

"음, 좋다."

'아싸, 찾으러 가도 된다니!'

본래는 여덟 살짜리 아이가 찾으러 가겠다는 말을 꺼내도 안 된다며 허락하지 않았을 테지.

다만 떠돌이 오크가 출몰했다는 상황에서 불쑥 세실이 실종되었다.

별로 마음에 여유가 없었는지 남작은 별생각도 않고 알렌의 말에 대답했다.

알렌은 허락을 받은 순간 호수를 향해 일직선으로 달려나갔다.

'카드 편성을 클레나와 기사놀이를 할 때 이후로 바꾸지 않아서 정말 다행이야.'

클레나와 마지막 기사놀이를 하던 때 홀더의 카드 구성을 모두 민첩성 중시로 변경했었다. 그 덕분에 평범한 사람을 뛰어넘는 속도로 달릴 수 있다.

쭉 달려가다가 드문드문 자라난 나무가 사라지고 탁 트인 위치에 다다랐다.

'호수인가. 응? 없는데. 어, 꽃밭이다.'

주위 시야에 막히는 것이 없는데도 호수 근처에서 세실이 안 보인다.

다만 노란색 꽃이 무리를 지어 피어난 꽃밭이 있을 뿐이었다.

'발자국이라도 발견하면 찾아볼 텐데. 꽤 빨리 달렸잖아. 혹시 추월한 건가?'

발자국을 찾아보고 싶어도 이렇듯 광대한 꽃밭에서 흔적 하나를 발견하기는 무척이나 어려울 것이다. 알렌은 다른 방법을 궁리했다.

어쩔 수 없이 노란색 꽃을 세 송이 정도 수납으로 회수한 뒤 왔던 길을 되돌아갔다.

'이렇게 될 줄 알았으면 호크의 특기를 먼저 분석했을 텐데.'

좁은 개척촌 안에서 F, E랭크의 소환수를 분석하기는 어려웠다.

그 때문에 현재 세실을 찾는 데 사용할 선택지가 적다.

새E 소환수의 특기는 매의 눈이다. 아마도 색적 계열의 특기라는 예상은 하고 있다만, 어떻게 써야 하는지도 알지 못하는 상황이었다.

이미 추월했을 가능성도 고려하여, 왔던 길과는 조금 벗어난 경로로 다시 달렸다. 분석은 마치지 않았을지언정 어쩔 수 없는 상황인지라 새E 소환수에게 수색을 맡겨보자는 생각을 한다.

하지만 그때 커다란 나무 그늘에 낯익은 옷자락이 힐끗 보였다. 세실이 입고 있었던 드레스다.

'찾았다!'

서둘러 나무 아래에 달려갔더니 세실이 부들부들 떨고 있었다.

"이제……."

"안 돼!"

괜찮습니다, 라고 말을 하려던 때에 세실이 말을 가로막았다.

'응? 왜 이러지. 앗, 이 냄새는.'

알렌은 이상한 냄새가 나고 있음을 깨달았다.

그리고 세실이 숨은 나무에서 조금 떨어진 곳에서 인간 형태의 어떤 개체가 나무를 등받이 삼아 앉아 있다는 것을 알아차렸다.

'오크다.'

돼지 비슷한 얼굴에다가 짐승 가죽으로 만든 허름한 옷을 대강이나마 걸쳐 입었고 발밑에는 거대한 창을 놓아두었다.

아마도 푹 잠든 것 같았다.

지금 상황을 보고 알렌은 이해했다.

짐작하건대, 세실은 몰래 호수에 가서 꽃을 꺾어 오려고 이곳에 왔다. 그러다 뜻밖에도 곯아떨어진 오크를 발견하고 기겁해 몸이 움직여주질 않아, 들키지 않게 숨을 죽인 채 숨어 있었던 것이다.

"세실 아가씨."

"으, 응."

알렌은 세실에게 들리도록 작은 목소리로 말을 건넸다.

“머지않아 부기사단장님이 기사단을 이끌고 올 겁니다. 제가 업어드릴 테니까 이곳을 천천히 벗어나시죠.”

‘싸운다는 선택지는 도저히 말이 안 되지. C랭크의 마수인 데다가 세실 아가씨도 같이 있으니까.’

아직껏 분석을 진행하지 못한 소환수를 써서 싸운다는 위험을 감수하지는 않는다.

알렌이 혼자 싸워서 쓰러뜨린 경험이 있는 것은 알바헤론, D랭크의 마수까지다.

“자, 업겠습니다.”

나직하게 말한 뒤 알렌이 등을 보이며 몸을 구부리자 세실이 바짝 안아 들었다.

천천히 걸어서 나무를 방패로 삼아 오크로부터 멀어지던 중 세실이 귓가에 속삭였다.

“알렌, 꽃은 챙길래.”

“윽?!”

『이런 상황에서 말입니까?』라는 말을 알렌은 가까스로 되삼켰다.

“어머님께서 또 꽃을 보고 싶다고 말씀하셨단 말야.”

살짝 울먹이는 목소리로 말한다. 어떻게든 챙기고 싶은가 보다.

알렌은 들키지 않도록 슬쩍 세 송이의 노란색 꽃을 수납으로 꺼낸 뒤 세실에게 보여줬다.

“세실 아가씨, 꽃이라면 세 송을 제가 꺾어서 챙겨 두었습니다. 그러니 다른 분들께서 계시는 마차로 돌아가시죠.”

“앗, 어째서 이걸?! ……이게 어머님이 말씀하셨던 꽃이구나.”

세실은 천천히 세 송이의 꽃을 받아 들더니 조용히 입을 다물었다.

잠시간 말을 주고받는 동안에 마차 달리는 소리가 들려온다.

이쪽을 향해 똑바로 달려오는 듯했다.

"세실 아가씨!!"

부기사단장이 말을 탄 기사를 몇 명 이끌고 다가왔다.

"세실 아가씨께서는 무사하십니다. 이곳에서 조금 떨어진 장소에서 오크가 쉬고 있더군요. 주의하십시오."

"그래, 알겠다."

그렇게 말한 뒤 부기사단장은 기사 한 명에게 세실과 알렌을 말에 태워서 마차가 있는 곳으로 돌아가도록 명령했다.

다른 사람들은 오크를 토벌하러 간다고 한다.

'역시 기사단이니까 강하겠지. 도저히 사람이 쓰러뜨릴 수 있는 크기의 마수로 보이지는 않았는데.'

앉은 상태였어도 알 수 있을 만큼 오크는 인간만 한 덩치가 아니었다.

그런 생각을 하던 중 머지않아 마차가 눈에 들어왔다.

세실이 말에서 내리더니 꽃을 꼭 쥔 모습으로 그란벨 남작을 향해 달려간다.

알렌은 남작이 세실을 조금 더 혼내주기를 바랐지만, 남작은 세실의 무사 귀환을 기뻐하느라 꾸중부터 할 경황이 없는 듯했다.

그런가, 그랬구나, 라고 대답해주며 남작이 세실의 이야기를 들어주고 있다.

부기사단장이 복귀한 것은 그로부터 잠시 더 시간이 지난 이후였다.

무사히 오크 토벌을 마쳤다고 한다.

그레이트 보어 사냥을 도우러 왔던 기사단이니, C랭크 마수 하나쯤이야 당연히 여유롭겠지. 알렌은 별걱정을 하지 않았다.

이렇게 일련의 사건은 해결되었고, 일행은 다시 그란벨을 향하여 나아가기 시작했다.

그리고 그동안 알렌은 줄곧 세실의 명에 따라서 같은 마차로 함께 이동하는 신세가 됐다. 세실이 더욱 열심히 귀찮게 구는 것 같다는 생각이 든다.

저택에 도착할 때까지 종일 세실의 수다에 시달려야 했던 알렌은 앞으로 감당해야 할 시종 생활이 조금 불안해졌다.

■ 작가 후기

이 책을 구입해 주셔서 감사합니다.

여기부터는 후기입니다.

무엇을 써도 괜찮다니까 저, 하무오가 「소설가가 되자」 사이트에서 소설을 쓰기 시작했던 계기를 써보고자 합니다.

3년 전의 일이었습니다.

저는 월급쟁이 회사원이었는데 귀가 후에는 꽤 한가했습니다.

시간을 때우기 위해 달마다 상당한 수의 만화를 전자책으로 구입했습니다.

만화의 장르는 다양하게 유명한 작품도 잔뜩 읽었습니다만, 그 당시부터 전자책에도 이세계물이나 전생 · 전이물의 파도가 밀어닥치고 있는 추세였습니다.

이런 장르도 있었구나, 생각하며 빠져들었고 닥치는 대로 수많은 작품을 읽었었죠.

그런 와중에 구입했던 책이 어스 스타 노벨에서 출간된 네코코 선생님의 작품, 『전생했더니 드래곤의 알이었다 ~최강이 아니면 목표로 하지 않아~』였습니다.

사실 표지와 타이틀에 끌려서 만화인 줄 알고 구입했죠.

구입해서 안을 봤더니 불쑥 활자가 나온지라 처음 감상은「실수했다」였습니다.

실수로 구입했을지언정 이미 돈도 쓴 입장이니까 읽어볼까 싶어서 읽기 시작했습니다.

이때 저는 오랜만에 라이트 노벨을 읽게 되었습니다.

마지막으로 라이트 노벨을 사서 읽은 것은 10년을 훌쩍 넘어서 20년 이상 옛날이었다고 기억합니다.

읽기 시작한 뒤 감상은「진짜 재밌네!」였습니다.

그야말로 감동했었죠.

꽤 분량이 많은 책이어서 한 권을 세 시간쯤 들여 정신없이 읽었던 기억이 떠오릅니다.

그다음은 2권, 3권을 추가로 구입해 읽다가 문득 한 가지 사실을 깨달았습니다.

4권이 없었던 겁니다.

4권은 아직 안 나온 건가, 혹시 다른 전자책 사이트에는 있을까, 종이책은 이미 4권이 판매 중이지 않을까, 인터넷을 열심히 검색했습니다.

그러다가 들어간 곳이「소설가가 되자」였습니다.

이때가 제가 처음으로「소설가가 되자」라는 사이트에 방문하게 된 순간이었죠.

거기에서 4권의 다음 내용을 읽었습니다.

4권의 다음 내용을 다 읽은 저는 다시 전자책으로 돌아가는 대신에 「소설가가 되자」의 작품을 읽고 또 읽으며 하루하루를 보냈습니다.

그로부터 1년 반 정도, 틈나는 대로 「소설가가 되자」의 여러 이야기를 읽었습니다.

하루의 꽤 많은 시간을 「소설가가 되자」에서 독서를 하는 데 사용한지라 읽고 싶은 작품이 점점 사라지는 날을 맞이하고 말았습니다.

어떻게 할까 고민한 끝에 스스로 소설을 써보자는 생각을 했습니다.

「소설가가 되자」는 초보자도 각자 자유롭게 연재를 하는 사이트입니다.

저 또한 수백 권의 작품을 접했습니다.

어쩌면 이 정도라면 나도 쓸 수 있지 않을까. 가능한 게 아닐까 생각하면서 작품 연재를 시작했던 겁니다.

소설 연재를 시작한 때가 2019년의 봄이었습니다.

그로부터 시행착오를 겪으며 이세계 전생 · 전이물을 두 작품 「소설가가 되자」에 연재했습니다.

두 번째 작품이 이 책, 헬 모드입니다.

이상이 제가 소설을 쓰기 시작했던 계기입니다.

제가 어스 스타 노벨 대상의 공모전에 참가했던 이유도 「소설가가 되자」에서 소설을 쓰는 과정에 많은 공부를 했던 작품이 어스 스타의 출간작이었기 때문입니다.

제 마음속에서 애착이 있는 출판사지요.

마지막으로 이번에 이 책을 제작하는 데 도움을 주신 관계자 여러 분들께 감사의 말을 전해드리며 마무리하고자 합니다.

어스 스타 노벨의 관계자님, 이 책을 홍보하는 계획에 텔레비전 광고까지 넣어주셔서 정말 감사드립니다.

출간 경험이 없는 저에게 정중하게 대응해주신 편집자 I님, 제 작품에 캐릭터 디자인을 덧붙여주신 일러스트레이터 모 님, 알렌에게 목소리를 불어넣어주신 성우 타무라 무츠미 님께도 감사의 말을 전하고 싶습니다. 정말 감사드립니다.

또한, 이 책을 집필하는 과정에서 많은 배려와 응원을 베풀어주신 회사 관계자분들과 이제껏 낳아 길러주셨던 부모님께도 깊은 감사의 말을 전합니다. 정말 감사합니다.

이후에도 쭉 작품을 만들어 나가고 싶은 마음이오니 계속 하무오를 응원해주시기를 모쪼록 부탁드립니다.

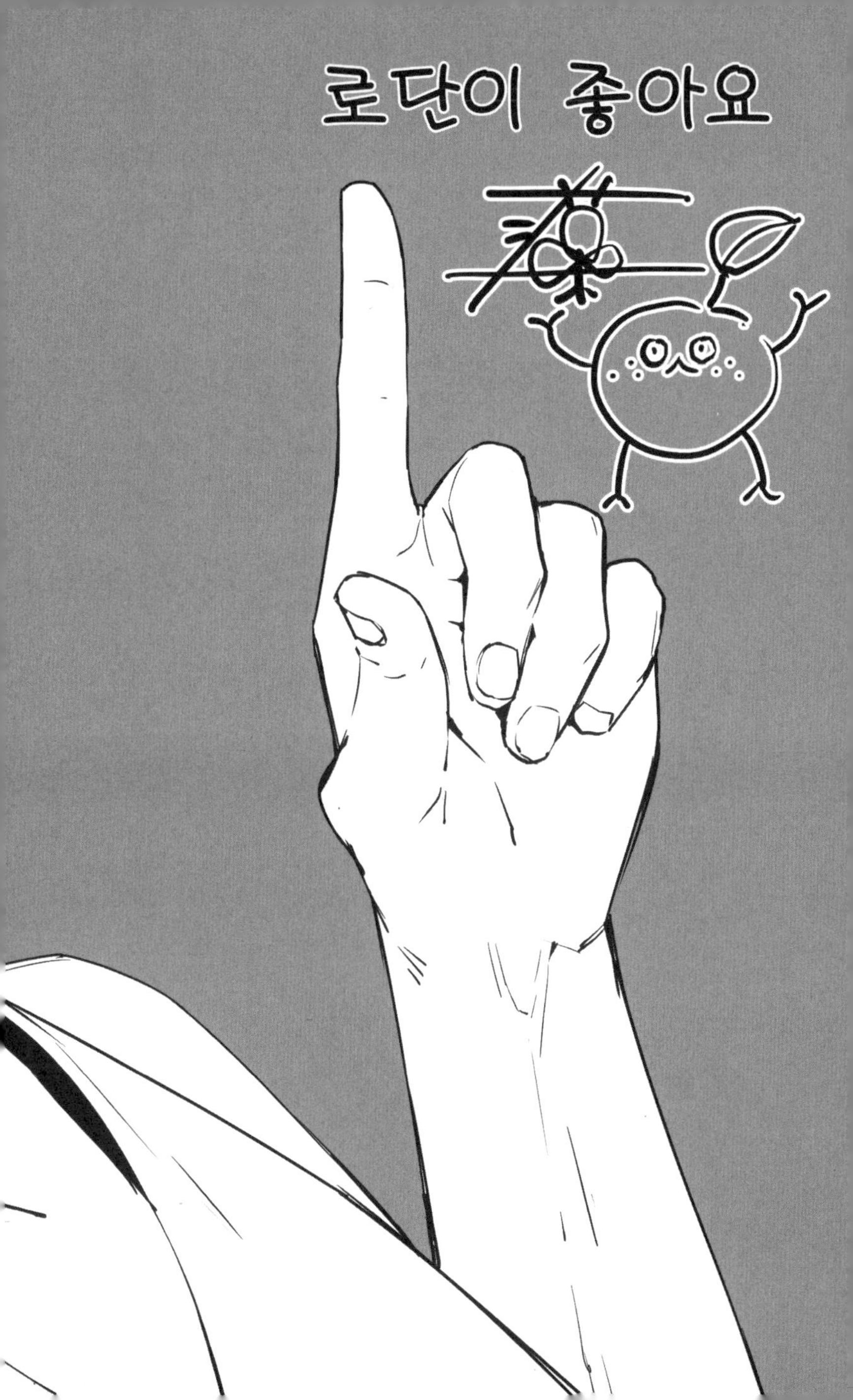
로단이 좋아요

헬모드 1
~파고들기 좋아하는 게이머는 폐급 설정 이세계에서 무쌍한다~

초판 1쇄 발행 2022년 7월 20일

지은이_ Hamuo
일러스트_ Mo
옮긴이_ 김성래

발행인_ 신현호
편집장_ 김승신
편집진행_ 권세라 · 최혁수 · 김경민 · 최정민
편집디자인_ 양우연
관리 · 영업_ 김민원

펴낸곳_ (주)디앤씨미디어
등록_ 2002년 4월 25일 제20-260호
주소_ 서울시 구로구 디지털로 26길 111 JnK디지털타워 503호
전화_ 02-333-2513(대표)
팩시밀리_ 02-333-2514
이메일_ lnovellove@naver.com
L노벨 공식 카페_ http://cafe.naver.com/lnovel11

Hell mode ~yarikomizukino gamerwa haisetteino isekaide musosuru~ Vol.1
By Hamuo, Mo

ISBN 979-11-278-6501-6 04830
ISBN 979-11-278-6500-9 (세트)

값 10,000원